《山西抗日根据地红色文化经典文献大系》
编纂委员会 编

山西抗日根据地红色新闻经典文献

晋冀鲁豫根据地卷（五）

张汉静 主编

山西出版传媒集团 山西人民出版社

山西抗日根据地红色新闻经典文献

晋冀鲁豫根据地卷（五）

罗丹萍　编撰

一九四二

YI JIU SI ER

《新华日报》华北版

一九四二

教育上的革命

最近中共中央发表了"关于延安各级学校的决定",这是反对主观主义的精神在学校教育上的具体应用,还是培养干部工作中的新纪元,还是中国教育上的一个革命。

该决定中指出:过去干部学校教育上的基本缺点,"在于理论与实际、所学与所用的脱节,存在着主观主义与教条主义的毛病",这种教育,确会使得若干干部只会死记和背诵各项原则和结论,而不会解决实际问题。他们能够背诵资本论,但不能了解法币为什么会跌价,他们对于革命理论并不能真正领会其实质,并不能真正了解其精神和方法,只是空洞的望文生义,机械的学习了革命理论的词句。

马列主义教育之目的,是为了培养改造现实的战士。

因此，理论与实践、所学与所用的一致，就该是教育工作的基本原则，这就是说使学生能够"用马列主义的精神和方法，去分析中国历史当前的具体问题，去总结中国革命的经验，使学生养成这种应用的习惯，以便在他们出校之后，善于应用马列主义的精神和方法去分析问题与指导实践。"（中共中央决定）因此，除了教授马列主义的理论之外，又要教授中国历史与中国情况、党的历史与党的政策，使学生既学得理论，又学得实际，并把二者联系起来。

了解现实，是进而改造现实的第一步。要了解现实，就要用党中央所提倡的自由研究的方法，去研究瞬息万变的敌我友各方情况，严密注视周围环境中的各种问题。要澈底改变过去对历史比对现状兴趣大，对外国比对中国兴趣大，对原则比对事实兴趣大的恶劣倾向；要养成一种新的风气，鄙视那些纵论古今中外，而对周围环境却一无所知的"夸夸其谈"；要鼓励实事求是，注重具体材料的作风，只有从具体材料的研究中，才能认识事件发展的规律，才能定出正确的政策。

在这一种新的教育内容之下，对教学方法，也提出了新的要求。显然，那种注入的、独断的填鸭子的方式，是应当停止了。新的方法，应侧重启发和研讨，特别是学习，课堂上不仅有教师的讲授，而且要有质疑辩论和解决，这样才能咬得烂、懂得透，才能养成学生独立思考和钻研问题的习惯。实习的方法，是马克思主义所认为最好的教育方法。一定的学校，应与一定的工作机□或事业部门取得联系，举行定期的实地考察，以补充和印证正课的讲授。学生从处理事物的过程中，自然会获得分析比较和综合等经验，也能进而加强所学的信心和致用的能力。如果说学习历史、地理、社会、政治、自然科学等具体常识对于工农老干部最为迫切，则实习调查对于实际经验缺乏的知识份子，意义更为重大。

在新的任务面前，教员质量的提高更具有决定的意义。我们要求教员认真研究教课内容和教学方法，使其具体现实生动易懂，以贯澈理论与实际上一致。教员不仅在课堂上要负责，并且要在学生全部学习过程中负责，对于学生的学习、生活、思想各方面的情况，都有细致的了解，亲切的关心和具体的帮助。

这种新的课程内容，新的教学方法，是需要通过各种不同的学校来实施的。我们党今天担负着极具复杂而艰巨的任务，我们需要培养出大批的有专门技能的干部，来完成这些任务。要达到这一目的，各种专门性质的学校，一定要认清自己的性质与任务，真正各有所长，招收学生也要按照其志趣、才力、阅历、经验和发展前途，并采取少而精的原则。在抗战建国的大业中，干部有决定一切的意义，全党同志应切实认识党中央这个决定的重要性和培养干部的工作重要性，而对于各种学校给以一切必需的帮助。

中央这个决定的基本精神，不仅适用于延安，而且适用于一切抗日根据地；不仅适用于学校，而且适用于在职干部的学习。我们相信中央这个决定的澈底实行和干部学校的澈底改革，将为主观主义、教条主义在党内敲响最后死亡的丧钟，并且给予抗战建国事业以有力的推动。

（原载一九四二年一月十八日《新华日报》华北版第一版社论）

文化战线上的一个紧急任务

黎城离卦道的汉奸暴动后，全区人民都熟悉了黎城人民流传的一句话，这便是"黎瓜道是利刮刀"。这把刀的行使人是日寇，而刀锋却是向着中国同胞，向着抗日民主政权，向着参加会门的同胞自己。在这一事件后，更清楚的看出，一个带着迷信伪装的迷途，正在敌人特务机关摆布下，诱惑我根据地的同胞迷失方向丧送自己。我们要加强对敌政治斗争，就必须给参加会门的同胞，做一番艰苦的"指路"工作。

会门有许多是始于明末清初的兵马时代，时起时伏，从义和团暴动及军阀兵乱以来更有发展，目前则多为敌人所利用。其中如白莲教、清红帮等，皆为反抗过去统治的秘密结社，至今则有各种流派流传，其中如红枪会等，则为反抗土匪溃兵的骚扰而组织的迷信自卫组织。它的共同特点表现在组织形式以至于思想信仰上，都带有非常浓厚的迷信色彩，因之，在近世，便于为封建势力所利用，现在敌人则抓紧这一落后部份，勾引上层愚弄下层群众，供其驱使，反对根据地的光明建设。

今天的会门大部皆带有反革命的政治色彩，其中长毛道、明眼道、离卦道、孔子道等皆为敌所利用。也有一部份是完全迷信的组织，如太阳齐清茶道等，其特点多为以个人福利寄托于迷信，所谓"不修今世修来世"思想便是。从形式上来区别此两类会门，前者对群众多不公开，行动诡秘，鬼鬼祟祟，而后者则较公开，颇为当地人民所熟悉。

会门目前在若干落后地区都有所发展，这一事实我们不应熟视无睹。分析其发展原因，则不外：第一是由于敌我斗争空前紧张，有计划的利用会门是敌人总的政治阴谋的一部份，敌在天津曾设有东亚佛教总会，标榜万道归一，用以统一会门，经过会门去使群众脱离抗战和进步的政治生活，发展落后意识；利用一些政治上无知或政治上失意的社会野心家来瓦解抗战阵营，制造各种对立，从而进一步与敌人政治阴谋结合。第二是由于战争的残酷性、持久性和破坏性，使某些落后群众要求安定的生活，此点遂为敌人与会门所利用，把生活安定寄托于"真龙天子"，或是把生活不安定归之于"劫数"。第三是由于我们有些地方政策执行的偏向，工作方式生硬，没有照顾落后的群众，没有妥善的照顾各阶级利益，没有充分的说服动员，致使有一些人在政治上表示不满。此外，有些地方工作上形式主义与主观主义，任意浪费民力，如施行不必要的抗战勤务，引起一些群众不满。第四是由于它在群众思想意识上有传统基础，迎合落后谈鬼说神，颇易为某些群众所接受。由此可见，如果不耐心的进行会门群众工作，仔细的理解他们，就不能打破会门的影响，打击敌人的诱骗。

对于今天蔓延中的会门，我们决不应抱持任何麻痹的态度，看不清楚它在群众中的麻醉作用，黎城汉奸暴动是一个最实际的教训。很多地方会门与特务机关结合造谣破坏，他们用"不管兴邦与丧邦，不管前王与后王"来败坏我民族气节；他们用"日本打中国，是中国人遭劫数"来转移我们斗争的目标，戕丧我抗战意志；他们用"二十八宿落漳河两岸"，"保宣统，真龙天子出世"来反对抗日政府，反对政府的政策法令；他们用"今生修得来世福"来削弱斗争情绪；涉县敌人走了，房子被烧，会门便传出"抗战抗了三年半，抗了个口朝天"，来散布失败情绪；三三制一提出便受到曲解。这些事例无一处不表现出它的破坏作用，也证明了教育群众，克服落后，是每个文化战士的当务之急。

现在，适逢文化人大集会，我们要求大家都来注意这一严重的实际问题。

这就要我们仔细分析和认识敌我斗争情形，不要只满足于一般的工作，只从大处着眼，而要注意细微而又具体之处；不仅要从政治上一般的去提高群众，还要在敌人每个具体的阴谋面前，都能尖锐的予以揭露，使纸老虎现出真状，这种对群众的提高是最深刻与有效的。

这就要求我们具体了解落后群众，他们有些什么问题，他们的生活状况，他们的要求，他的想法，都要经常的关心与细密的了解。在一些组织形式与工作方式上都应该有所改善，而文化战士则应与各种工作上的官僚主义、形式主义以尖锐的批判，把文化与实际斗争结合，把文化与广大群众结合。

这就要求我们努力推行科学的文化的教育，进行大众的启蒙运动，回答群众不能解释只好委之于神的各种问题。假若我们不能从思想上改变对天旱无雨的认识，只是不准给龙王爷唱戏，结果除了增加群众不满而外，别无实效。大众的问题必须从面向大众中发掘出来，而面向大众的基本方式，应该是到群众中去，服务大众，认识大众。这里首先要有打破陈套的勇气，不为过去"大众化运动"所拘限，要深入农村，了解农民，打破形式主义，和局限于机关文化的机关主义，要使文化成为大众——首先是农民大众自己的文化。

（原载一九四二年一月十九日《新华日报》华北版第一版社论）

民兵与民力

"发展民兵,培养民兵战斗力,以为坚持敌后抗战与反攻之助手"。

从彭德怀同志这一英明的指示中,可以看出今后民兵工作的方向,仍是继续发展,但这种发展,并不是像开辟工作时代那样的发展,而是□同时注意到培养与巩固民兵的战斗力。

在彭德怀同志的指示里,同时还重新给今后民兵的作用,做了一个正确的估计,他指出,由于日本帝国主义"失败已成定局","在敌后数年的艰苦抗战,到如今是胜利已益见接近,但接近胜利的两年,是最困难的两年",前面还有一段最艰苦的路途,因此,今后民兵乃是坚持敌后抗战与反攻的助手。今天的正规部队正□□□精兵，提高质量，加强战斗力，准备将来反攻，在数量上则以不超过当地人民的百分之二为标准。要想使主力军顺利的去完成这一伟大的历史任务，必须有战斗的民兵作助手，没有这个坚强的助手，主力军就不得不"裸体跳舞"，也就无从去谈整理与训练。

今后民兵要能担负起这样光荣的任务，民兵建设的本身也□□□加强，必须作最大的努力。主力军要精，民兵就要多，但不应是形式上的多，而同□□要注意到它的质量，二十日召开的全区武委会干部会，对这一问题应当有认真的讨论。我们希望这次会议能够突破历来□置工作的老一套，不是争论今后的方向是发展抑□巩固，这是已经确定好了的，不是甲乙丙丁、1234写出一个□□，定出一个数目字就算完事，而是要来打开算盘算□□，这个□的名目便是民兵与民力。因为不给民力算清，空喊民兵的发展，结果是不可能的。

过去，我们算账的范围主要是财力物力，人力的□□没有好好的算过。谁都知道民力是战争源泉，可是大家往往曲解了这句话的真义，以为民力可以随便浪费。我们常常忽略了战争给民力带来的□变化。单就敌人掠夺方面来说，据敌人公布一九三七年壮丁出□者有三十二万三千六百八十七人，一九三八年有五十万零一千六百八十六人，一九三九年有七十五万四千八百八十二人，一九四〇年有一百二十万人，再加上一九四一年敌寇预计的一百十万人（在敌人疯狂抽丁下，这数目是可能达到的），在这五年中，便有了四百余万壮丁被掳走，假若再加上参军、死亡，以及被敌人所杀害的数字去重新认识一下根据地的人力的消长，其结果便又将不□，而抗战勤务工作，生产劳动等方面的群众生活时间也不能不计算在内，这样就会从根本上给今后民兵工作提出一个重大的问题。百团大战以后，在太行区曾经提出"劳力与武力结合"的口号。今天检查起来，这一口号实行的结果，在工作好的地区往往是武力没有能很好的和民力结合，而在工作较次地区则往往是劳力与武力脱离。这就告诉我们，合理的解决民兵的工作方式与组织形式等问题，就成为非常重要了。

让我们再就手边的材料来算一下，辽县黄漳村的一个不脱离生产的村干部，在三个月内自己只剥了半天麻，挖了半天萝卜，其余的时间不是勤务，就是工作；黎城段村一个民兵，一月内支差五天，受民兵训练五天，站岗三天，差不多去了他的将近一半时间。和西马坊寺头因处在战斗环境中，民兵经常有半个月的集中，越到农忙越要集中（因为敌人加紧破坏），结果使他们的劳作发生了很大困难。许多地方妇女自卫队，每天上课放哨，妨碍了家庭劳作，这些材料虽然是部份的，但也可窥见一斑。我们应该认识到，今天民兵及民兵干部有着高度的对敌斗争热情与工作积极性，这是值得我们敬佩的。然而，对于他们过分的勤务，以至长期的脱离了生产不能劳作，却不应置之不理。我们绝不应只满足于上操之整齐，上课之众多，站岗之热心，还要看一看他们的生活时间是否已经受到了不合理的妨碍。许多"不主事"的青年男女是喜欢成天活跃在外的，可是我们还要看看从这方面所□起的家庭影响。从领导上，我们也需要仔细的考查一下，到底有那些做法与形式是铺张的，是浪费民力的，这些检讨不是否定过去的工作成绩，而是探求一个更高的发展。从客观上看，现在也应该是算账的时候了，不如此，民兵就会变质，少数好的民兵会成为脱离生产的游击队，大多数不好的民兵结果会变成脱离群众的"保安队"，一般的民兵则将要时起时伏，疟疾式的发展，而不是一直往上。

这□账，希望这次武委会干部会议能算个清楚。

要□□几个代表不同典型的村庄，一般的可分为根据地的（包括冬日劳作多的，如榆社，冬天要拾"冬柴"，劳作较少的，如武乡，比较一般的，如涉县），游击区的，从这些村子的具体统计数字去了解各地人口与民兵的比例，民兵生活状况，生活时间（包括勤务时间与劳作时间），参加民兵动机，家庭影响，以及自卫队勤务分工情形等，从这中间要得出一个结论，就是节约民兵的时间。真正把积蓄武力、寓兵于农，同节省民力、增加生产正确的统一起来，并把这一结论当做决定问题的出发点。正确的解决了以上的重大问题，民兵政治工作以及其他□问题都能迎刃而解，发展民兵的巨大任务也必然会得到胜利的实现。

（原载一九四二年一月二十日《新华日报》华北版第一版社论）

新加坡告急

"新加坡有成为克里特第二的危险!"在马来亚前线血战受伤的澳军士兵,这样警告着。在远隔重洋的英伦舆论界和国会,都表现无限的关切和焦虑,□且掀起了剧烈的辩论,从这就已可想见新加坡——英国在远东的最大要塞和太平洋反侵略国家的共同堡垒,已遇到寇临城下非常危急的境地。

月余来马来亚战事的过程,显露了英国方面在战前准备之不足。不错,英国正有事于欧菲,不能以全力用诸远东西南太平洋上,而且防线辽阔,易被敌人乘间袭击,但是这并不能掩盖英国在马来亚防卫工作的弱点。如马来亚英空军之薄弱,出人意料之外;敌第五纵队熟悉敌地每一角落，为日军作向导，槟榔□仓猝放弃，不及破坏，民众反日武装，寥寥无几，凡此种种，都反映英当局的准备疏忽，予日寇以长驱直入的机会。这一情况引起了英国国内人士甚至友邦人士的纷纷责难。然而往者已矣，来者可追，检讨过去失败的经验，正是为了找寻胜利的途径。在这里，同一阵营内的战友们用不到互相埋怨来造成悲观的空气，只有互相勖勉，来加强战斗的意志。今天新加坡与荷印，诚然处于危急存亡之秋，然而还不能说是大势已去，不堪挽回。尽管过去对新加坡要塞的巩固有过高的估计，但是它的设备还是在全球数一数二的，他□拥有百万居民，这样的要塞，决不应拱手让人，而应当发挥它的威力，予敌人以有力的打击。在西南太平洋统帅魏菲□坐镇之下，荷印各主要岛屿，应当成为日寇前进的障碍和拱卫新加坡背后的长城；为日寇鞭长莫及的澳洲和印度，应当成为新加坡的大后方和美英源源接济的转运站。如果美菲孤军在马尼剌轻易放弃以后，仍能坚守柯里几多尔，□挫强敌，已历半月之久，那么新加坡军民更可以坚守待援，粉碎日寇一鼓而攻克的企图。

今天太平洋上日寇凶焰方张，民主国家正处于逆境，可是在欧盟战场上，苏联节节反攻，使希特勒凶锋大挫，败象渐□，于是轴心宣传正在尽力夸张日本的胜利，以掩饰德国的挫败，德寇之狂炸地中海马尔他岛，正表示它在苏德战场上失利的情况下，急于策应在东方的盟友，而日寇计划在两个月以内攻下新加坡，亦是为了迅速完成在西南太平洋"□可以攻、退可以守"的优越战略地位，以便和希特勒春季新策动取得联系和配合。新加坡如在短时期内失守，不但将使太平洋抗日战争进入□艰苦的新阶段，而且对于世界反侵略战争的局面亦将有若干不利的影响，因此坚守新加坡，阻止日寇两个月内占领它的计划，实具有重大的意义。

然而在这里必须指出，日前世界战局的重心，仍在欧洲战场上，而不是在太平洋上；轴心国的□首，仍然是希特勒，而不是日寇。新加坡如不幸失守，虽然将使太平洋局势进入空前严重的阶段，使日寇可以跳梁于一时，以牵制反侵略阵线□部份力量，然而这并不能给英美等民主国家以致命的打击。在希特勒被击败的条件下，太平洋上民主国家最后解决日寇，仍可操左券。

今天新加坡要塞的攻防战快要展开了，全世界反侵略人士都盼望新加坡不要蹈马尼剌宣布不设防的可耻覆辙，而是要用柯里几多尔孤军奋斗的精神，"宁为玉碎，勿为瓦全"，即令日寇获得寸土，亦必使它支付最大的代价，坚决保卫新加坡！同时准备万一失守时，继续长期作战的步□，勿轻敌，勿气馁，抱着最后胜利之信心，坚苦奋斗，这将是西南太平洋上反侵略各国渡过目前难关，转守为攻的方针。

（原载一九四二年一月二十一日《新华日报》华北版第一版社论）

精兵之道

"兵不在多,在于精。"这是一句颠扑不破的名言。自来不乏这样的事例,革命的武装,往往人数不众,武器不良,却能以少胜多,战胜数倍于自己的强大敌人。而土匪、军阀、独夫、霸权虽然拥兵百万,虎狼成群,平日作威作福,盛气凌人,而一遇临阵作战,往往不堪一击。这没有别的,就在于前者有高尚的奋斗理想,优秀的政治品质,高度的战术素养,以及出类拔萃的谋士猛将,兵不多而精;而后者却往往是一群乌合之众,内部腐败涣散,平素既乏军政训练,战时就只有弃械而走。

打开中国近代史,就从辛亥革命说起:武昌起义,革命党人所掌握的只有一部份新军——工程营,而能攻督署,占军械局，义旗起处，万众响应，卒至推翻满清，奠创民国。北伐当时，兵力亦并不过多，得力于黄埔一批骨干，卒能所向披靡，势如破竹，推翻军阀统治，外观世界史事，法国巴黎公社，苏俄十月革命后的击败十四个帝国主义国家的武装干涉……无不证明上述名言的千真万确。

　　敌后华北，在抗日根据地建立时期，日寇倾师南下，后防较为空虚，敌后农村急剧动荡，民众遍地怒吼，急需有一支强大的武装力量来打开局面，开拓工作。当时我们在用兵上采取分散使用，大量发展的办法，这是完全正确的。正因我们执行了这种正确的军事方针，培植了相当数量的武装力量，才能坚持这五年的艰苦斗争，奠定今日敌后的抗战大局，但时至今日，敌寇的战略指导已经有了变化。"掌握占领地"的口号高唱入云，对敌后根据地的"扫荡"连续不绝，各种斗争愈益尖锐和深入，而我人力物力财力在五年战争中确也已受相当耗费，在这种情况下，如果依然继续以往的方针，墨守不变，那末不但得不到多大成绩，反而会招致更大损失。为了减轻人民的负担，为了适应新的斗争环境，坚持长期的游击战争，并积蓄力量，准备一切反攻条件，以迎接新的伟大时期的到来，我们的军事建设的中心不能不有所改变。今后我们的中心注意力，应该放在地方武装的扩大与巩固上面，而主力部队则应采取精兵主义。

　　所谓"精兵"，并不是说取消主力或消极的裁减主力兵团的员额，这样必然会削弱主力部队的战斗力。恰恰相反，一定的质量是与一定的数量分不开的，在敌后这样残酷紧张的战争环境中，足额的兵员是十分必要的。我们所主张的"精兵"，主要意义是说，要紧缩和充实主力部队的编制，提高部队的政治军事质量，巩固部队的战斗实力，培育部队的精锐元气。任何革命武装，不仅要善于扩充自己的队伍，发展自己的力量，而且更须善于在适当时机整理自己的营伍，加强自己的锻炼，健全自己的内部，巩固自己的力量，巩固自己的阵地。当环境愈是艰苦，胜利愈是接近的时候，这种巩固工作就愈加重要。

是的，我们的主力，曾在炮火中日夕锻炼，战斗力是相当坚强的，但仔细检讨，却也并非没有弱点。战斗部队日夜奔走杀敌，伤亡在所难免，编制一般就并不如何充实，而休整教育机会很少，战士政治军事素养不高，干部质量也难能使人完全满意，特别是文化和科学知识的不够，使我们未能适应现代化战争的要求。这是一个很大的缺陷，凡是关心我主力部队，几乎无不有此痛切的感觉。再就部队的组织和编制说，始终还难免有头重脚轻的现象。战斗部队的兵员不饱满，中下级干部不健全，而各个直属队则人员充塞，机构庞杂。至于后方机关之枝节横生，叠床架屋，更是各根据地的普遍病态。一个军事学校，往往要两个工作人员来照顾一个学员；一个军营工厂，如果有四个半工人在那里做工，就得有五个半不事生产的工作人员，诸如此类，在在说明我们今天在人力物力的分配与使用上，还存在着许多严重问题，有形无形的都影响到我们主力部队的战斗力。实行精兵，首先就是要纠正这种不合理的病态，克服人力使用上的浪费，充实战斗兵团的实力，提高部队的质量。

那么，如何实行"精兵"呢？首先就要调整编制，紧缩后方机关，减少人员马匹。团的直属队，无论如何不得超过全团人数的五分之一。此外工厂、医院、学校、机关人员均应有一定的编制和比例。真正选派一批精壮的兵员、优秀的干部到战场部队中去，到连队里去，充实野战兵团的编制，加强下级的领导，使我们的基础真正坚强起来。其次就要利用每一个战争的空隙，多多集中整训，加强政治、文化、军事等各方面的教育，提高部队的质量，特别是识字文化教育，应该普遍施行，成为一般战士的必修课。在这方面，我们注意改善教育的方式，编制必要的课本，启发他们的学习兴趣。再次就要在各战略地区举办陆军中学，选拔一批干部入校，领受正规化的教育，特别是科学知识和现代军事技术。澈底扫除今日存在于我们若干干部中的愚昧落后状态，启发他们的智慧，开拓他们的视野，充实他们的头脑，健全他们的身心，来创造一批新时代的干部，治国平天下的人才。

再次就要真正以经营事业的方式，举办一些工厂作坊、工艺学校等，发动部队中的老弱幼童入内，从事学艺生产，半工半读，既可减少民间负担，也可培养一批社会有用人才，为未来百年之计。

我们要坚决地实行精兵，而且要在精兵原则下，使我们的主力军更加正规化，更加精壮坚强，更加生气勃勃！

（原载一九四二年一月二十二日《新华日报》华北版第一版社论）

克复摩亚斯克

展开着的红军冬季攻势，于迭克要镇，痛击德寇之后，日昨又收复了莫斯科正面德国最重要之据点——摩亚斯克，这是苏联红军在抵抗纳粹匪军侵略中的新的重大胜利。

摩亚斯克是莫斯科西方的最后一个大城市，是进入苏京的咽喉，只要记起拿破仑侵俄，鲍罗丁诺（摩亚斯克西）一役，便开辟了长驱直下莫斯科之路。只要记起去年十月中旬，德国在占领摩亚斯克以后，便大言不惭地声称："莫斯科在望"，将于十月革命节在红场上检阅"德军之进城凯旋式"。而苏联公报亦不讳言前线形势恶化，数百万苏京居民更连夜开赴京城四郊，冒寒风构作工事，以抵抗敌军前进之情势，便可以知道摩亚斯克在莫斯科攻防战上的战略的重要性了。如果更注意到最近苏德前线形势的发展，苏京周围，苏军逐一夺回其重要的外围城市，如加里宁、如卡卢加、如沃洛卡拉木斯克、如玛洛耶罗斯拉维兹，而卢萨与米丁之克复，使摩亚斯克已陷于苏军钳形攻势之中，苏军远出部队更北绕乌格拉河，直逼维兹玛，在这种情况下，摩亚斯克已经是一个袋形突出地带。可是德军却并不以此而存撤退之想，相反的，却以十万精锐固守该地，显然为的是保持这个要点，以作将来春风解冻，卷土重来时三犯莫斯科的重要出发点。可是德军的企图终于被粉碎了，在红军铁拳打击下，纳粹匪军不得不抱头鼠窜了。

　　摩亚斯克之收复，更一度证明德军所夸口的它是攻无不克、守无不固的不可战胜的军队的"神话"，是澈底破产了。莫斯科和列宁格勒之挫败，德军再衰三竭、师老无成，早已说明了纳粹匪军所谓攻无不克者，只是巴黎之类的不设防城市而已。为英勇战士奋起保卫着的苏联西部，对于德军是可望不可接的，摩亚斯克的克复，更显示了德军虽欲固守一据点而不可得。

　　摩亚斯克之收复，同时亦更证明了纳粹冬季严寒，东线不能作战，德军撤至冬季预定防线之谎言的无耻。目前正是俄罗斯真正严冬之际，摩亚斯克乃是德国以十万精锐所欲固守之地，可是苏军并不是畏寒，现代武器亦并不因零下二三十度之天气而冻结，却于摩城展开激战，反复冲杀，使德军终于不能不放弃他在莫斯科外围之最重要据点，而向更远的"冬季预定防线"撤退。可担心的是：这个"预定防线"究竟在那里？也许将在莱英河畔罢！？至少总不会在苏联国境之内，因为苏联人民和工农红军以无比的决心，誓必将敌人驱出于国门之外。

　　事实所显示的德国锐不可当的威势是过去了！经过半年以上的战斗，德国的军事机构已在开始崩裂，而苏联则半载苦战，经验日增，力量优劣之势，正在互易。现在红军反攻方兴未艾，当然俄罗斯酷寒的冬季，多少是有利于苏军反攻的一个因素，可是天时并非决定的因素，决定的因素是苏联红军的艰苦英勇的战斗力，苏联人民保卫祖国的决心，苏联生产力巨大及苏联将领及领袖的英明指挥。

摩亚斯克之收复,不但是苏联反德战争中的重大胜利,而且也是整个反侵略阵线底重大胜利。因为尽管日寇能乘英美各国之不备,突然发动,陷香港、占马尼剌、直逼新加坡,造成远东战局岌岌可危之势,以至波动伦敦,掀起英国政潮之波澜,可是世界战局之决定中心,固在此而不在彼。希特勒侵略罪魁的失败,便决定着整个轴心集团之命运。因此摩亚斯克之收复,是在远东捷报频传中反侵略各国在主要战场上胜利的共同捷报。我们应不仅为苏京之解除威胁而庆祝,而且为反侵略诸国的共同胜利而庆祝摩亚斯克之解放!

(原载一九四二年一月二十三日《新华日报》华北版第一版社论)

到钢铁民兵之路

不久以前，本报在社论《民兵与民力》中，曾指出解决问题的出发点，但还并不是问题的全部解决。我们既然认识到"从何着手"，那现在就要谈"做什么"了。

我们的目标是创造打不烂的钢铁民兵，朝着这个目标走去，是一条漫长的道路。民族战争曾改变了一切，战争曾把农民的散漫性，转变为军事的组织性与纪律性，把经年耕种劳作的人，一变而为大众的射击手，把农民狭窄的观点，代之以牺牲小我的民族精神，于是全民武装激成高潮，民兵发展一日千里。但战争是长期的残酷的，社会发展也不会一个筋斗翻身十万八千里。因此，人民武装的行程，是一个异常艰苦的改造过程，改造的唯一办法，端在健全的政治工作。

我们搜集了不少关于民兵的不良现象，均足以证明有些地区民兵的政治认识是较差的，举其大者如：（一）破坏群众纪律，任意打骂群众，随便拿群众的东西，抢婚、抓赌、劫路、勒索、掩护走私、偷盗群众空舍清野时所藏财物，甚至于竟有侮辱妇女等恶劣行为；（二）服装特殊，□来□去，大吃大喝，不愿参加生产，看不起自卫队，形成宗派式的特殊组织；（三）动不动就要吃公家粮食（如检阅、侦察、警戒、受训、破路、打游击等均在内），有的人不吃公粮就不干，有的为发财而当民兵（如缉私或包庇走私），有的为抢东西而才打游击；（四）在战争中不能认真保卫群众利益，有的在战斗中不愿掩护群众转移，保卫家乡，而跑到远处打游击去；有的在群众转移处乱打枪，而在被敌人追逐时，反而退向群众转移地区，以致累及群众；也有的跟群众一起逃难，忘掉自己的职责。这一些严重的事实，虽然还仅仅是个别地区的个别现象，我们自不应把它夸大，不应把它当作一般的表现，但它同时也正透露出一个新的问题，这就是急切要求提高民兵的政治质量与战斗力。这里，政治工作正是一个有决定意义的新的工作，因为没有政治觉悟而空谈战斗力、空谈军事技术，结果会走到岔路上去。同样，没有政治觉悟，纪律也属空谈，革命纪律的基础是自觉，自觉正是政治觉悟的具体表现。这除了战争带来的民族觉醒外，主要的要靠政治工作。

决定民兵政治工作的出发点，是民力，因为民兵是群众武装，劳动时间应是主要的，因此政治工作之进行，应当在不浪费民力的原则下，根据不同的地区，不同的季节，确定一定的办法。

那么民兵政治工作的内容是什么呢？这就是：第一密切与群众关系，反对土匪化流氓化；第二保证民兵战斗力的提高与战斗任务的完成；第三保证民兵积极的参加生产，参加劳动。就目前民兵训练内容而言，现在应当讲解民兵与民力的结合，要用实际而具体的数字的计算，使群众了解民兵与民力结合的重要，因此而得出结论，民兵必须与广大群众打成一片，只有这样，才能成为健全的群众武装。对于民兵与群众利益的一致，应根据各个不同时期、不同条件（如在战前、战争中、战后、生产期间等），订出恰合当地所需的具体内容，进行反复的教育工作。

关于政治工作的具体实施，我们建议：第一要建立政治工作系统，以村为单位的政工人员应多方培养。这次晋冀豫区武委会的政工会议应担负起这一重大任务。第二加强训练，训练的最好教材与方法，应该是最实际的、现实的。因此，这次在政工会议上，应以研究不同典型的村庄为中心，根据战时的、平时的、青年的、战场上的四大范围，以队为单位加以研究。这样做，必然会产生丰富的成果。第三应该制定一个比较长远的工作计划，作为奋斗的目标；同时，也需要制定一个最近的实施步骤，特别是春耕即将来到，如何在春耕生产中施行政治工作，应该多加研究。第四应分别不同地区的具体条件，订定不同的实施方案，比□在接敌区进行训练，应该以很短的时间给以必要的内容，根据地内某些形式，在那里是完全不合适的，在时间上，不仅要计算人民劳动时间及政治工作的时间，而且还要把敌人奴役我民力的时间也计算上去。

钢铁不能一日炼成，到钢铁民兵之路，正需要用艰苦的政治工作去开山，这一个新的问题的提出，将进一步解决了民兵今后发展上的若干问题，我们期待着本区武委会政工会议，能在这方面获得重要的成就。

（原载一九四二年一月二十四日《新华日报》华北版第一版社论）

根绝旧社会的遗毒——贪污

今天我们提出根绝贪污这一口号,是有其新的特殊政治意义的。在根据地财政经济如此困难,人民生活如此艰苦的情况下,如果我们部队机关内部,依然潜伏着营私舞弊勾当;如果我们工作人员中,依然隐藏有贪污腐化情事,那么,真是上无以对国家民族,下无以对根据地的父老!我们要实行"精兵简政",节省民力,首先便要反对贪污浪费,而贪污——这一旧社会的遗毒,更是我们必须立即消灭的敌人。

谁都相信,我们敌后的抗日民主政府是廉洁的政府,我们工作人员的生活向来是十分清苦的,而我们坚持敌后抗战的八路军,更是以艰苦卓绝著称。而且,在抗战初起,在根据地刚才建立的时候，我们就曾猛烈地开展过反贪污的斗争，我们的党政军民向来就最仇恨贪污，可以说我们自身就是在反贪污以及反对其他各种旧社会的恶习中茁壮起来的。然而，严格检查起来，我们机关内部，个别贪污份子还不能说已经不复存在，某些贪污营私的情事，还不能说已经完全根绝。

就以去年一年为例吧，明目张胆的招摇撞骗，贪污渎职、卷款潜逃的事件，固已迭□出现，而偷偷摸摸的侵吞公款、盗卖公物、营私肥己的勾当，亦大有人在。有的更改单据，假□公账，中饱私囊；有的冒领津贴，私受财帛，据作己用；有的则更挪用公家的钱财，经营私人的买卖，投机渔利，猎肥享乐……诸如此类，不一而足。特别是某些经济部门，如税务机关，个别贪污不法之徒，戴革命的面具，□踞政府的地位，公然利用自身权位之方便，贪污受贿，包庇走私，流弊所致，不仅税收锐减，根据地财政经济遭受损失，人民无形中又增加一笔负担，而且关税□垒破坏，对敌经济斗争力量也为之削弱。可见贪污舞弊祸患之大，实不容吾人忽视。

但这还只是事态的一面，是易于查觉，易受舆论法纪制裁的一种贪污。此外还更有营私舞弊的另一面，这就是变相的集体贪污——"打埋伏"。"打埋伏"这种自私自利的行径，在我们营伍中是相当普遍的现象。虽经三令五申，一再纠正，却始终没有完全肃清。由于"打埋伏"而隐匿的钱款之巨，物资之多，以及因此而招致的损失和浪费之大，诚足令人咋舌。每次大"扫荡"的时候，总要发现几件这样的事故，就是有许多资财，受到敌人的发掘和破坏，但在事后却每每查访不到失主和被害人是谁，这就说明"打埋伏"已经造成何等重大的恶果，甚至连自己的资财都不知计算和管理。据最近一个可靠的统计，太北一地去年一年已经查获的"打埋伏"的款项，即达三十万元之巨，其余没有□发的，当不知多少。"打埋伏"——今天应该明确断定是贪污行为的一种，盖其出发点大多是自私自利的小集团观念和狭隘的本位主义，说来好像是为了自己的"公家"，为了本单位的"大众",也因此而往往易于为一部份人所谅解和原宥,甚至上下其手,通同作弊,视为理所当然的"合法"行为,而实际恰正是损人利己的卑鄙勾当,充分反映了我们营伍中残存的落后意识。"打埋伏"的结果,小团体的生活或许有某些改善,本单位的排场或许可以阔绰一些,但整个根据地的财政却因而更加困难,全体军民的生活也因而受到损害。再者,因为"打埋伏"这一集体贪污的弊端存在,使我们内部财政经济混沌不清,流弊丛生,更大开了盗窃的方便之门,助长了不肖之徒混水摸鱼的勇气。

贪污的产生,是有其社会根源的。虽说我们所处的已经是新民主主义社会,但金钱的魔力依然很大,它无时无刻不在诱惑我们走向腐化堕落的道路。如果我们政治上趑趄不前,思想眼界狭隘,私生活放荡不羁,经不起外界物质的诱惑便会误入歧途,堕落陷阱。不少曾有光荣历史的干部,往往因为一念之差,起初是揩油一针一线,以为这没有什么大不得了,而日久成性,渐至自暴自弃,终至闹到身败名裂,断送自己远大前程,这是十分值得惋惜的。因此,根绝贪污这一旧社会的遗毒,不仅是出于节约公家钱财,减轻人民负担,而且也是栽培干部,防止干部堕落的一个必要措置。我们每一个人对于贪污这一敌人都应有最高的警惕。

至于根绝贪污的办法,那么应该从多方面着手,首先要求一切机关部队,自觉地抛弃"打埋伏"的恶劣作风,真正作到朱总司令所说的:"有一人报一人,缺一马报一马。"同时,严格执行审计制度,加强对于账款的审核和稽查。一文钱的进出,都须做到有据可稽,有账可查。公家财物,不管是不动用的资财或日常应用的杂物,均应加以细密的登记。今天用掉一样,就在账上减去一笔,明天添置一件,便在册内增加一样,这样账款既清,审计既紧,制度既严,不肖之徒也就无法施其剽窃偷盗的伎俩了。

其次就要在各机关内部,开展反污浪费的斗争。贪污与浪费有一共通的病根,这就是不体念物艰,不爱惜民力,不认识根据地的困难,不知道天有多高地有多厚。我们要抓紧标本的对象和事例,普遍的开展这一斗争,以此教育干部，教育全体人员，使大家了解财政经济的困难和民生疾苦，知道节省公物，珍惜民力的重要。对于贪污营私、侵占公物、盗用公款的败类，不管他官有多大，地位有多高，一定要予以坚决的惩处，直至采取最严厉的手段，亦应在所不惜。而对于那些勤忠职守、廉洁奉公、私生活朴素俭约的人员，则应予以真诚的奖掖，要在我们营伍中养成一种崇尚节俭的风尚，嫉视贪污的舆情。

（原载一九四二年一月二十五日《新华日报》华北版第一版社论）

消灭浪费节省民力

过去我们曾经一再号召实行节约，然而，在这一九四二年的新春，在这更加接近胜利，同时要咬紧牙关，渡过这最困难的两年的今天，我们在这里提出节约问题，决不是单纯的旧话重提，而是有它簇新的内容与严重的政治意义。因之，今天谁要把节约问题，当作老生常谈，那便充分表示了他对今天敌后处境的漠视，表示他政治上的麻痹。

同时，浪费现象在今天依然严重的存在，也使我们难以缄默，使我们不得不大声疾呼，以引起大家的应有的注意。过去的浪费，不仅表现在物力财力方面，对人力的浪费也是异常惊人的。如机关团体的机构重重，叠床架屋，人事纷纭，头重脚轻，不仅没有达到今天应有的工作效率，即对"案牍劳形"的旧日官吏，也不能没有愧色。而工作的铺张形式，会议的繁杂拖沓，更不知浪费了多少人力！这些现象的存在，已够严重，但如将我们视野扩至民间，其严重的程度又何止十倍！举例言之：各村的站岗放哨，多是形式的点缀，一村一人，则数千村庄，每日即要空耗数千个宝贵的人力，其对生产影响之重大，不言可知。他如会议的繁多，支差杂乱，在在均非养息民力之道，都与节约精神，背道而驰。这不是说不论什么地方都不要站岗放哨，不论什么会议都不要召开，不管在什么情况之下都不要支差，而是说只顾形式、不关心民力的任意浪费现象，是应当坚决反对的。

对物力财力浪费现象的存在，也是相当的普遍，如对粮食不节省，对牲口不爱护，以及对子弹、衣服、灯油、文具……浪费的数字，如果将它计算起来，数字都是惊人的庞大。记得在精兵简政正在强调提出之际，辽县各村镇的新年庆贺，仍然是灯光澈夜，"社火"辉煌。这都表现了许多人对今天敌后处境困难的认识，还是万分不够的。

今天敌后生死的关键是经济问题，已引起了大家的注意，然而有人说，解决经济上的困难是生产问题，节约不过是消极的细微小节，何足斤斤计较。这些人不了解节约（尤其是人力的节省）与生产，是不可分割的一个东西的两面。同时，我们不要忘记，我们今天是处在敌后，是处在战争频繁敌人加紧封锁破坏的困难环境。我们生产上许多不易克服的限制，许多困难的条件，都加重了节约的作用及意义，提高了节约的估价，丰富了节约的内容。因之，今天反对浪费与节省民力的收效优良与否，与根据地的生死问题是结合在一起的。

所以，我们要克服困难，渡过这最艰苦的两年，要不使闹出什么乱子，以致延缓胜利的到来，就必须：

一、要节省民力，滋养民力。不必要的会可以不开，不必要的支差可以免掉，形式化的站岗放哨可以取消，形式化的训练班可以不"训"，甚至平沟破路，也应当很好的去组织，顾及到民力的节省，而不要一味的"多多益善"。总之，任何一个工作布置，任何一个号召，都应为人民着想。最近边区政府号召旧历年关劳军时，即禁止送匾额锦帐之类的东西，便是一个很好的范例。我们应当将这种精神，贯澈到每一个工作部门中去。

二、节省时间，提高工作效率，使工作逐渐走上制度化、正规化。反对不必要的繁杂的无限制的会议，反对不□时间的"□谈"的习惯，反对拖沓的工作作风，尤其是下层的机关团体，更要注意这个问题，以期澈底肃清头重脚轻、上动下不动的畸形现象。

三、尽一切可能撙节物力财力。这里须要从大处着眼，小处着手。我们应当了解到：一个人一天节省一两米，则全区一日节省的数目，也就相当巨大；一个人一年节省一双鞋，则全区所节省的数目，也就必然可观，因之，要求每一个人都要从自身作起，千万不要以为自己可以特殊，可以例外而"稍微"随便一点。必须了解，我们多节省一文钱，便可以多积蓄一分民力，多增加一分抗战元气，抗战的胜利也就多了一分保证。日前边区政府杨主席已向人民提出保证，今后无论如何，绝不再增加人民的负担。这对民力的休养生息，是有绝大的意义。我们希望政府尽一切可能，保证自己这一诺言不折不扣的兑现。

艰苦的路程，已不是渺无边际，只要我们能真正咬紧牙关，节省民力，撙节开支，踏过这一段最困难的程途，胜利的曙光就在前面。

（原载一九四二年一月二十七日《新华日报》华北版第一版社论）

反对武装建设中的形式主义

自从我党提出"反对主观主义""提倡实事求是的切实的作风"后,这不仅在思想方法上引起一个伟大的革命,而且在各种实际工作面前,都提出了新的批判任务。作为主观主义表现形式之一的形式主义,会长久的侵蚀着干部的头脑,曾给工作的进展以莫大损失。在群众武装建设上,同样也有着形式主义在作祟。

这主要的表现在什么地方呢?

武装建设中形式主义第一个表现是在领导方面。有些地方武委会只具形式缺乏实际内容,到今天还是一副空架子,没有认清武委会在武装建设中的实际作用。如某分区曾有人误解武装建设与群众团体的密切一致,把武装工作整个交给群众团体，武委会只留下一个"光杆主任"。某县武委会主任整月不做武装工作，完全做了屯积公粮工作。和顺某武委会主任在战争情况非常严重的时候，却在计算合理负担。许多地方，除了下些命令而外，实际工作是无从谈起的。武委会是整个群众武装建设的重要领导环节和枢纽，不应该摆个空架子，而把武装工作的领导责任分散到各群众团体。应当经过武委会来实□对各种群众武装的统一领导，这样做并不等于包办，因为武委会本身就是一个民主的组织形式。因此，武委会绝对不应该同实际的武装建设工作反对敌武装斗争脱离，绝对不应当把武委会变成只有一个"光杆主任"。这次晋冀豫区反"扫荡"经验告诉我们：武委会这一机构的设立是完全正确的。但是为什么有许多地方看不到武委会的领导呢？这是机构的运用问题，换句话说，是由于领导上"徒具形式"的结果。

　　武装建设形式主义第二个表现是在组织制度上，也就是在民主与集中的实际运用上常常有偏颇之处。往往民主流于形式，不能恰合军事性的要求。在游击行动中常有在半路用民主方式而否决的事件发生，如武乡某地民兵决定追击敌人，半路上有一人提议不追，结果就不追了。此外许多地方民兵本身会议时，往往照例谈一会不关痛痒不能解决问题的大道理，也是因为民主流于形式，偏于□端，而运用得不恰当的缘故。而在集中方面则又往往不能恰合人民武装群众性的要求。有些地方打游击成为一种全县民兵轮流的制度，结果形成群众极大的不必要的负担。许多地方行政命令方式仍未除掉，勤务工作重重叠叠，而不能进一步体念民艰，节省民力。四年来群众武装斗争经验证明，群众武装的组织原则基本上应该是民主集中制。它必须基于群众利益，照顾群众生活时间，保持一定程度的群众性。这样，就肯定了它的民主性，不是简单的民主形式，而是实际的民主权利。但也正因为是武装组织，在编制上组织机构上都应力求划一，以适合军事的统一性，在命令上则采用自上而下的部队长名义。这种集中正是为了发挥统一的斗争力量，它有着民主性的内容，这是我们应该认识到的。

武装建设形式主义第三个表现是在组织形式与工作关系上。组织层次重叠，东拉西扯，是过去一个重大缺点。武委会、群众团体武装部门、民兵队部等名次繁多，在领导上则有指挥部、军区、各级政府等，往往东一个命令，西一个指示，干部已有无所适从之感，而工作上互相牵扯，力量分散，更做不出好多的成绩。再者在武装建设本身，也不乏空头的组织，最显著的便是妇卫队。许多地方妇救会还没有，便有了花名册上的"妇卫队"，有些地方妇卫队成立了，也不知道该做些什么是好。今后必须加强武委会的统一领导，取消或合并一些不必要的组织层次，明确群众团体与群众武装的关系。大家眼睛都向下看，真正在村子里把工作建立并充实起来。

　　武装建设形式主义最后一个表现是在工作方式上。有些人只是满足于一些数目字或为一些数目字而工作，如破路只注意人数次数，但并不注意动员破路的方式及人民的动机与意见，以致引起某些群众的厌烦；在执行抗战勤务上往往不顾及民力，站岗放哨只是形式；民兵检阅在武乡等地曾起了良好的推动作用，可是也有些地方，在检阅前不准备，检阅时空洞行事，民兵既无所得，反而劳民伤财；冬季民兵训练，在许多地方也是存在着严重的形式主义，开会往往是集合半天讲半天，讲的内容则多半是公式的一套。这些形式主义工作方式的产生，是由于今天某些干部还缺乏对民兵与民力有什么关系的正确的认识，脱离群众的作风仍然存在，以致不能在新的工作面前，以切实的点滴的工作方式去深入工作。

　　当然，武装建设的整个建树是谁都不能否认的，缺点的存在却是我们任何人都不应该忽视。今后群众性游击战有着新的历史任务，我们就要加紧挖疮去脓，最无情的批判过去。这样，才能使我们战斗力旺盛。形式主义正是我们工作上的主要敌人！

（原载一九四二年一月二十八日《新华日报》华北版第一版社论）

人人学会当家

——从一个机关浪费检查谈起

"一粥一饭当思来处不易,半丝半缕但念物力维艰。"这两句格言,不论治家或治国都可以适用。假如说精兵简政是一个大节约方案,那么做起来就必须有朱子这样治家的精神。我们曾经指出,目前的主要困难是财政经济的困难,因之,要想渡过□艰苦的两年,我们的牙关,在节约上就必须咬得更紧一些,真正认识来处不易,澈底体念物力维艰!要知道我们既然取之于民,就应该了解群众的生活情形,负担程度,财富能力;我们既然生活在边区,一切仰赖于边区,也就应该了解边区的经济情况,好使我们在这块土地上站住脚跟，不致因为过分沉重而坍陷下去。只有如此，才能在一粥一饭，半丝半缕上打算盘。回想过去，我们曾大声呼号节约，建立了统筹统支制度，严格编制，停止了财政上的混乱现象，同贪污浪费现象开展过严重的斗争，这些重要成绩，自然应该加以发扬，但是许多地方做的还不够细致，还不够深入，却也需要我们再加检讨。在精兵简政的历史任务面前，我们愿意把一个地方机关关于浪费的检查，作一番介绍，藉供各地的参考。但是应该声明，这个机关，无论在管理上、在执行制度上，在全区还是最健全的。

这里，在粮食方面，事务工作同志只注意按人数取粮，却没有注意每次的剩饭，常是时多时少。本来，有一定的人，就应该有一定的饭，否则便是管理上的疏忽。有了剩饭，常常是臭了扔掉，有的杂务人员扔着开玩笑，有的□便送给老百姓，甚至有些小同志吃馒头"打游击"。管理人员只注意按制度领粮，饭剩了却不想节省到下顿吃。有的干部则是讨厌吃剩饭，但不在清洁方面去改进，只是□着□头说□"不卫生"。伙夫勤务教育工作根本不理这一实际问题。试问，这何尝是想到"来处不易"的半点呢？

从服装上讲，有些干部自己衣服明明能够维持，只要拆洗缝补一下就可以不领新的，当发衣服时还是照旧去领，甚至有人因调工作故意领到双份。大多数同志是平时对衣服不知爱惜，任其破烂。试问，这何尝是体念□物力维艰呢？

在办公费上，灯油虽因煤油停止使用，浪费减轻了许多，但是，灯的使用并未组织好。二十个房间，平均一个房间不到两人，多是一人一灯，油是三元一斤，这样每天消耗要在斤半以上。假使能够实行灯火集体使用，这岂不能节省了好多？纸张浪费也很惊人，不必要的事也要照例写个纸条，纸大字少，以此为快。开会照例是有问必录，记完后扔在一旁，自己并不重新再看。印刷机关浪费更大，东一纸堆，西一纸束，宛如生活在纸世界。印刷坏了就扔掉，毫无计算，往往有时消耗比例数达百分之十五。纸头也不知利用，甚至拿来当□□，废纸不知变纸厂造纸，统统送到垃圾堆去。

在人力使用方面，人的使用脱离了工作的实际需要。一个油印部门按生产需要只要六人即可，实际上却是十人，致使工作者没有足够的具体工作，非常□闲。各部门在人力组织与使用上多不合理，勤务员一人照顾一人更是普遍。此外，有些干部缺乏公共道德观念，不爱惜公物，笔头夹子月月均领，不想多爱惜一分多使用一时，只想过了一月换换新的。对于老百姓的桌椅碗筷任意毁坏、丢掉，坏了一扔不想去修，甚至有的拿桌腿当柴烧。尤有甚者，个别同志好恶成性，十足的自私自利，竟有任意开假单据，报假账的贪污现象。

从这一机关的检查所得，每个干部都要深刻的反省一下。这不是非常明显的证明今天有些干部还不认识困难吗？这样下去，能够说节约有办法吗？因此，我们号召边区各级机关各部门，都要发动一个大检查，不只是检查预算执行的□目字，还要检查一粥一饭一丝一缕的情形，更要检查干部是否深知"来处不易"？是否"恒念物力维艰"？

由此，我们深深感觉到，节约□的□，要看干部是否认识困难。假如，我们每一个干部都有当家的精神，都像一个精明的家主那样的计算我们的生计，一针一线都要排在精确的使用计划里，肚子里有着一盘明白账目，懂得量入为出，懂得东西从何处来，用在何处，懂得一张纸一根线要多少钱，懂得盘中之餐，粒粒皆是人民的辛苦所得，牙关才能咬得更紧。没有这些日常的（那怕是很小的）生活认识，在日常生活细微处放松自己，那末节约再喊得响亮，也将成为革命的空大炮！

全区正在实行精兵简政，人少事多，必须最科学的合理的使用力量（人力物力财力），发挥最高度的工作热情，严守制度，改善组织与管理。每个干部都要学会当家，只有以当家的精神，才能认识困难，克服困难。当家的唯一方法，延安解放日报社论，已清楚的□□，是要每个干部"学习计算与管理"。要大家互相检查，研究节约方法，树立一个新的习惯，进行长期的教育。而现在急□着手的,便是进行一次严格的大检查。经过检查,培养每个革命战士的当家精神。

（原载一九四二年一月二十九日《新华日报》华北版第一版社论）

日本议会的新花样

  日寇议会,已于六月二十一日开会。此届会议中,日本统治阶级的企图,就是利用从急进革新派起,直到现状维持派与社会民主主义者为止的一切议员,赞扬"皇军赫赫战绩",鼓吹南洋的肥美资源,高唱"建设大东亚新秩序底圣业",向法西斯匪首东条欢呼,使人民大众被惑于新的幻梦,卷进新的战争热狂与新的排外主义的高潮之中,而使之担负起庞大惊人的战费(二十六日下午,众院秘密会议,通过非常时期军事补充预算案,数达一百八十万万日圆)。同样日本法西斯军部更利用东方各民族反对西方帝国主义的意识和民族独立的热望,以议会的讲坛来作新的无耻的政治欺骗与诱惑,因此目前东方各民族不仅遭受着日本军部的军事侵略，同时还有为其政治阴谋所毒害的危险。此次会议中，从首相以至所有议员，一致同声合唱"从英美帝国主义的侵略和剥削中，解放东方各民族，东方的资源归东方人所有"底口号（同盟社广播）。所以东条在议会开会后，第一炮的施政演说中，除了叫嚣其长期作战，要求全国上下忍受一切困难外，还作了这样无耻的声明，即："菲律宾如果其民众将来能了解帝国之真意，作为建设大东亚共荣圈之一环，与我合作，则帝国欣然给与独立之荣誉；帝国对缅甸等之意图与菲律宾未有差异之处；至于荷印与澳洲，如彼等仍如现在一样，继续对帝国采取抗战的态度，则断然粉碎之，然其人民如能理解帝国之真意与我合作，则为了本身福利与发展，帝国愿助以一臂之力。"（同盟社广播）。

与东条相呼应，菲律宾的"汪精卫"塔尔额斯声明与日本合作，于本月廿三日接受日本军部的命令，成为新的菲律宾伪政府首领（同盟社）。在缅甸，日寇为配合军事进攻，以"独立"为幌子，策动现总理宇素一派投降，企图使该国成为第二个泰国。这个企图，虽因英国政府的逮捕宇素，一时受到挫折，但今后一定继续以"立即离英独立"的口号，向该国的亲日份子作同样的活动。和这同样的阴谋，同时亦在一部份由于今天英美陆海军失利而悲观失望的澳洲的资本家中进行着。

上述一切，说明日寇目前一方面进行残酷的军事进攻，同时他方面利用目前战局有利的进展，煽动被侵略国家人民间悲观的情绪，或者以"独立"的美名欺骗他们，用这些手段企图达到侵略的野心。但是日本法西斯的政治阴谋，成功可能性是很少的，即使有些成绩，恐怕亦仅为短时期的，而且仅限于局部的。为什么？因为第一，南洋人民已看清楚将近五年来日寇在中国所进行的"圣战"和"新秩序"的实质，并且也知道所谓"独立"，却不过是为掩盖最野蛮的日本法西斯的暴政和剥削的烟幕而已。第二，中国将近五年的抗战史实，告诉了南洋人民，如果全国团结一致，足以击退为优良杀人武器所武装的日寇军队。第三，他们确信他们的斗争，决不是孤立无援的斗争，正为全世界反法西斯人类所同情与援助，特别是英美的海陆空军，不久当能加强它的阵容，举行反攻，一定会援救日寇蹂躏下的各民族，并且最后胜利必在世界反法西斯阵营方面，所以他们必定以一切的方法与日寇进行斗争。

不过以上所述，并不就是说南洋全部的人民，决不会被日寇的宣传所欺骗，因为，当前不利的形势和各国内部的第五纵队，可能使其中一部份的人民为其欺骗所麻醉。因此击溃日寇的侵略，不仅要在军事上与之作战，并且必须与敌人的政治欺骗作斗争，轻视或忽视这种斗争，会障碍抗日战争迅速的成功。

进行这个斗争的最好方法之一，就是将日寇在中国曾经如何进行，以及中国人民如何与之作斗争的事实，在南洋人民之间广为宣传，使他们理解日寇的本质与提高他们胜利的信心。

然而仅仅这样还是十分不够的，最重要的基本的办法，就是英美荷兰等国，对于他们西南太平洋的殖民地，应当允许其在歼灭日本法西斯匪徒以后，给以名实俱备的独立，这是与日寇"独立"诱惑相搏战的最有效的方法。我们希望声明战后撤废在华治外法权的英美诸政府，现在对西南太平洋各殖民地采取同样的步骤，这样才能全面地动员东方十万万民众参加反法西斯的斗争。

日本法西斯军部没有仿效希特勒故技，将议会付之一炬，原因是因为日本的议会不仅是无害和最不民主的机关，而且对于国内人民是一个有效的欺骗宣传机构。而现在，日本议会不但成了向日本国内人民，同时也是向东方各民族欺骗宣传的讲坛。但是这只有当日本军部乘虚进攻英美，而取得某些胜利的时期，可能收到一时的效果。不远的将来，当反法西斯的力量发挥其全力而给德意日法西斯匪徒以致命打击的时候，日本人民就将和东方各民族合作，共同扫尽为虎作伥的议会和日本法西斯军部。

（原载一九四二年一月三十日《新华日报》华北版第一版社论）

希特勒将干什么

最近以来，世界战争的祸首——希特勒法西斯，在德苏战争中遇到了更大的困难，遭受着更大的挫折。莫斯科正面，德军所谓"最强固之据点"摩亚斯克，已被苏军克复了，奥勒尔东区也被红军攻入了，列宁格勒至斯摩棱斯克间，红军突破了德军阵线七十英里。在这一情况之下，希特勒究竟往何处去呢？

有人说：当德军在英吉利海峡受着阻碍，终于无法爬上英伦的时候，希特勒会不顾一切，立即把烽火转向苏联，现在希特勒又处在困难挫折之中，必然也将发动新的冒险，寻求新的出路。这种估计，显然是有其正确性的。因为最近十数日来世界局势之发展，德日意军事外交之各种活动，证明了希特勒跃跃欲试，企图走上新的冒险之路。德海军总司令与意海军军令部长会举行两日会谈，意大利同意德国派驻意舰"见习员"，作为实际上之指挥者；德日意在柏林召开军事会议，讨论关于三国军力之分配，同时又签订三国军事协定，决定指导共同作战之纲要；齐亚诺与匈总理曾举行重要协商，里宾特洛甫曾访问匈牙利，并决于短期内访巴尔干诸国。这些事实，毫无疑问都是和希特勒新的冒险行动有绝大关系的，尤其是柏林的德日意军事会议和军事协定，这不仅对于希特勒、墨索里尼，而且对于东条的侵略行动，都将有重大的意义，这里可能决定着德日意共同侵略的战略总方针。

然而希特勒底新的冒险方向，究竟将在什么地方呢？

为了策应日本，协助日本在太平洋上的侵略战争，希特勒底新的冒险，可能在地中海和近东。

在地中海方面，希特勒的冒险行动主要地将利用大量空军和海军，而最先着手的地方，无疑地将是马尔太岛。最近德意海军之合作，德意飞机的狂袭马尔太，不是完全无因的。在这方面，希特勒最主要目的，显然的不仅在于夺取英国之海空军据点，牵制和削弱英国的海空力量，切断英国在东西两战场之间的主要航路，并使之不克南援北菲，以利于北菲的进攻战斗，挽回目下轴心军之颓势，而且更有其重大意义的，是在于打通德日意法西斯之海上交通，企图经地中海、红海、印度洋一直到太平洋，逐渐使之连成一气。目前德日意法西斯在各战场上不能直接的联络，这是德日意侵略阵线最大最难克服的弱点，只要这个弱点依然存在，日德意在军事上与物质资源上便不能实行直接的互援互助，而这种互援互助，在今日尤见其必要。日本在西南太平洋上获得暂时优势，不难部份的抢到橡皮、抢到粮食、抢到石油，也抢到其他种种原料。但我们知道，日本是异常地缺乏机器，特别是生产机器的机器，没有它，日本的最后失败是更加确定的。在德国法西斯方面，不管希特勒霸占了多少国家，但毕竟还缺乏为进行战争所必不可少的东西如石油、橡皮等等，没有它，希特勒持久的侵略战争是难于维持的。因此现在日本方面想用南洋的掠夺物来换取德国的机器，而德国方面也盼望以机器来换取日本在西南太平洋的赃品橡皮、石油、锡等等，为了这些原因，用一切力量打通一条交通路线（不管海上的或陆上的），无疑的将成为德日意法西斯强盗间共同的迫切任务。

为达到这一点，希特勒在近东方面亦将发动新的冒险行动，而最先着手的必然是土耳其。因此最近土耳其积极加强国防准备，国防公债由五千万增到一万万。土政府下令推行反纳粹宣传，土总统伊诺鲁与许阁森会谈，这些完全不是偶然的。希特勒进攻近东的目的也决不单纯，一方面，希图打通德日意的陆上交通，由土耳其、伊朗、阿富汗、印度，直到缅甸、泰国、越南。另方面，由于要占据军事战略据点，切断英美援苏之路，其迫切任务，又在于夺取伊朗。

希特勒底新的冒险方向，除了上面所举的以外，是不是就没有别的可能呢？也有可能，希特勒法西斯将发动一切喽啰，集合一切力量，等待着春深来到，在苏德战线上卷土重来，举行新的大规模的进攻。因为东战场上的发展，使希特勒实在骑虎难下，东线上的纳粹军队，不论在何时何地，永远将遭受强大红军之威胁与牵制。

在今天说来，这两个可能何去何从，尚难遽下判语。然而无论如何，希特勒走新的冒险的道路，就等于走死亡的道路。无论他的血手将伸向什么地方，都必然会遇到重大的打击。全世界反侵略人民之日益团结，全世界反法西侵略阵线之日益扩大与巩固，红军之日益强壮，所有这些重大因素，无疑地将铸定了希特勒的命运，铸定了东条和墨索里尼的命运。

（原载一九四二年一月三十一日《新华日报》华北版第一版社论）

公债运动,再努力!

在边区生产建设公债推销运动行将结束之际,我们愿号召全区各界抖擞精神,作最后之努力,来完成公债推销全额,并努力超过计划。

这次公债运动,从开始到现在,光荣成果已经结实累累。数月以来,虽然在许多中心工作与反"扫荡"的交叉中,但公债运动,仍能深入农村,造成全体人民热烈动员的浪潮。士绅首先响应政府号召,为民表率;参议员到处以身作则,努力推动;干部起模范作用,争先购买;党政军民各机关都已超出原来计划;工农青妇各群众团体会员亦群起认购。这一个购买公债之热潮,未因斗争而消沉,未因屯粮备战而贻误,而且泛滥澎湃,远及敌占区同胞,竟使许多未忘祖国的伪军伪组织工作人员，也暗中托人购买，表示不忘祖国。边区建设公债的购买热，完全证明边区是边区人民自己的边区。最具体的测验出边区人民爱护边区的热忱。边区公债胜利已成定局，超过计划自在意中。

我们以最大的兴奋来预祝公债线上的全部胜利，因为，随着它的完成与超过，新的边区的建设已经在望。漳河之水，将灌溉千万亩肥沃新田，将生长无数米粮，成为边区人民的粮食。边区政府已贷款三十万元治理清漳河，浊漳河水利也正在商讨兴修。春耕贷款只太行一区，即达三十八万。如是巨款，皆从公债中拨付。种瓜得瓜，种豆得豆，公债的胜利，将在今年收获时节呈献果实，届时地广粮多，人民富力大增，手舞足蹈之情，自不难想像。另一方面，地下宝藏的开发，大小手工业的繁荣滋长，副产品的增加，皆将因公债的胜利完成而得到保证。同时，彭德怀同志"增加生产"的恳切号召，亦将见诸实现了。

现在全区军民各界就要在这百尺竿头，更进一步！用全副力量去迎接最后胜利。

但我们还应该深刻地去检查我们工作上的缺点，并纠正在人民中一些个别的误解，缺点与偏向是不可免的，但是我们如能努力加以纠正，则工作仍可以获得胜利。因此，在公债推销的最后努力中，应澈底改正缺点与偏向，真正做到完美无瑕。在公债推销运动当中我们最大的一个缺点，便是干部对公债推销的认识不够与向群众解释不够。事实上，这两者是互相影响的，干部认识不够，把劝购竟变成摊派甚至勒捐，有的按贫富去指定，有的按地点去分配，有的按分数去□合，甚至有的干部任意估计或挟私报复。总之是只着眼于"购"，而忘记了"劝"，只注意数目字的派出，而忽略了艰苦的政治动员。有些干部以为"动员"是为了"买"，因此"买"就算了，何必费事？！结果老百姓也就无从去理解公债之意义何在，就是听到了一些"大道理"，却也同自己的切身利益连系不起来，于是就认为是一种负担，把公债票当作年画贴在墙上；把公债票认为是钞票，甚至发出

"为什么不印冀南票而印公债票的疑问"！因此而产生了一些投机取巧的落后商人：他们知道公债不是合理负担而是"债"，将来是付息还本的，于是便贬价收买，因而吃亏的很多。此外，有些财政工作部门与工作人员，在技术掌握上不熟练，放出去整理不出来，管理与代销工作都缺乏精细的技术保证。许多地方代销处是有名无实，甚至把代销处的招牌广告当作标语四处张贴。

我们希望各地认真的作一番检查与解释工作，把一些误解化为正确的理解，把一些不良方式澈底纠正，把一些还未完成的地区迅速完成。要告诉群众目前边区政府对公债的处理的办法及与他们切身关连的利益，要解释公债不是负担，也不是钞票，而是要由政府还本付息的债券。更要把彭德怀同志关于增加生产的号召，与克服困难咬紧牙关渡过今后接近胜利的两年等连系起来，广泛宣传。这一最后的"再努力"，不要单纯由政府财政人员去做，而应是全体干部、群众领袖、士绅学者、社会名流共同的职责。

在这最后两个月内，"再努力"的突击，将带来的不仅是公债完成的大胜利，更是春耕的胜利开始，也是生产战线上新的全面的胜利的开始。

（原载一九四二年二月三日《新华日报》华北版第一版社论）

英国政局

不久以前,英下议院曾经展开三天的热烈辩论。辩论的结果,以压倒的多数,通过了对邱吉尔的信任案。这便使得由远东战场上的失利而引起的英国政治波澜,告一段落。

追溯英国政潮,其直接引起的原因,自然是英国在太平洋上暂时的失利,不过它所牵涉的问题,是极为复杂与广泛的。从英国报纸的议论和议院的辩论中看来,主要的问题有四个:(一)远东战场失利的原因,谁负责任及如何挽救危局;(二)军火生产不足的原因及如何加强军火生产;(三)英国与各自治领之间的关系及如何加强自治领与英帝国之间的统一和团结,如何消除自治领特别是澳洲、新西兰与英伦之间的分歧与争执；（四）如何加强政府的效率，及撤换某些不孚众望的阁员。

至于掀起这次政治波澜的力量与动机，也一样是极其复杂。首先当然是英国各界民众，对于远东战局的失利及由此而暴露出来的英国之准备不足，生产不足，效率缺乏等等的不安与忆念，尤其是对于留在政府内部的某些慕尼黑份子（哈里法克斯等），遭受特别猛烈的抨击；可是另一方面，一部份在远东拥有重大利益的人，却企图利用人民的愤懑来改变首先打倒希特勒的战略方针，而某些反动份子，更企图利用时机，改变援苏方针，妄称远东的失利，推源于英国以坦克飞机等武器供给苏联，以致削弱了自己的防卫力。

马来亚形势之恶化与新加坡之日益危殆。英国内部不满的日增，舆论激昂。阿特里和艾登的答辩，未能平静其不满与反对之声。仆仆风尘由美国归来的邱吉尔，以十天的时间从事于这些辣手的问题，于上月二十七日曾在下院以数小时的长篇演说，及继此而来的雄辩，平息了风潮和获得了只差一票的全体一致拥护。

自然，邱吉尔在下院及全国的威望，他第二次赴美的成就，他在下院演说的雄辩和令人信服的力量，是很有助于这次政潮的平息的。可是事情并不在于邱吉尔演说的漂亮和雄辩，而是在于邱吉尔及其同僚采取了一些迫切需要的步骤，部份地解除了英国舆论及人民之不安与焦虑。

首先是在坚持打倒希特勒第一的原则下，调遣必要的力量增援远东。空军的增加，原驻近东的印军精锐部队之抽调远东，散处各地的澳洲军之调回本土等等。所有这些步骤，不仅为平息舆论所必要，亦为英国对整个战局所必须采取的重要步骤。至于以希特勒为主要敌人，欧洲及大西洋为主要战场，并不是说太平洋战场无关重要，并不是说可以放纵日本在太平洋上的逞凶跋扈。而且由于种种原因，特别是过去"绥靖"日寇的错误政策的遗毒，以致英国（美国也一样）在远东的力量，实在是过分薄弱，使得日寇能够轻易地获得初期的暂时胜利。在不妨碍打败希特勒第一的战略原则下，派遣必要的增援，守住必要的地区与据点，以期将来能进行有效的反攻，这正是英国公正舆论所要求的，也是全世界反侵略人士所要求的，邱吉尔所做的亦正是这点。

其次，在调整自治领和英国关系上，英内阁除了原有机构外，特协助罗斯福发起组织太平洋军事会议，由英、澳、荷、新西兰组成，以调整澳洲新西兰与英伦之间关于战略及一般战争问题的争论。

对于战时生产问题，则与美国共同建立三个战时经济委员会，即物资分配、船舶筹运、原料管理，以增加军需之生产与运输，宣布本年度大炮之生产将达四万至四万五千尊，以显示政府加紧生产之决心。

对于调整内阁的人事，邱吉尔虽在下院强调其个人负责，然局部更调已见事实。这里，虽然驻苏大使□利浦斯犹未入阁，但不难预测，慕尼黑份子必然是不能久安于伦敦的。

国会的辩论和信任案的表决，表示了战时英国民主政治的气魄，亦表示了英国人民的团结一致，打击了反动份子自私的企图，促进了英国内政和军事的改进，这是值得庆幸的。可是还不能说，英国当局的内政和军事问题，已得到了毫无遗憾的解决，尤其是为英国人民所焦虑的加强和扩大战时生产问题，打倒希特勒第一的战略方针具体实施问题，增强战时指导问题，改善英国与其一切属邦特别是拥有四万万人民的印度的关系问题。英国人民正迫切地注视着这些问题获得圆满解决。

（原载一九四二年二月十日《新华日报》华北版第一版社论）

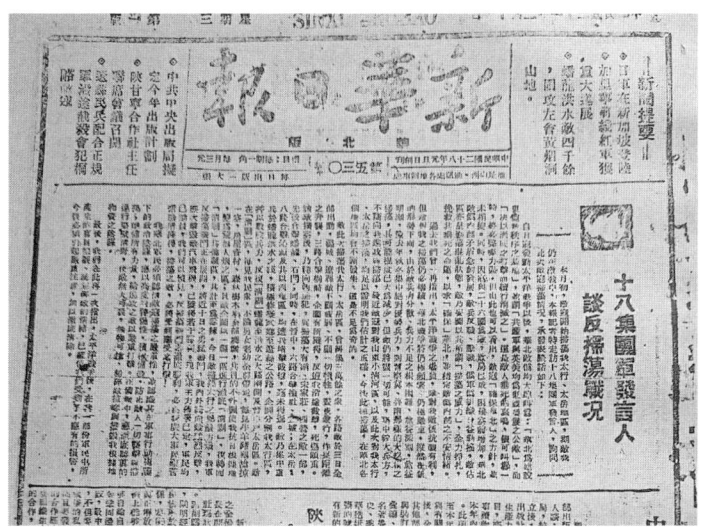

十八集团军发言人谈反"扫荡"战况

本月初,敌寇开始"扫荡"我太行、太岳地区,刻敌我仍在激战中。本报记者特走访十八集团军发言人,询问此次敌寇"扫荡"情况,承发表谈话如下:

自日寇发动太平洋战争以后,华北敌伪均大肆叫嚣:"华北为建设东亚新秩序之墓地",并谓"共产军与英美均为东亚发展之公敌",而"决以澈底之打击而续行消灭之"。这是敌人垂死的哀鸣,尽可叫□一时,终必声嘶力尽。但由此也可以看出,敌寇"确保□北"之方针,并未稍变。同时,因寇与二十六国为敌,败局已成,困难空前增加,华北敌伪内部矛盾急剧发展,敌兵反战、厌战,伪军伪组织日益动摇,敌占区亦呈动荡混乱状态。敌乃妄图以其所谓"'扫荡'之威力"，全力挣扎，挽救其垂死之命运，以求"确保"华北，并稳定敌伪内部之不安情绪。

过去我们曾一再指出，太平洋战争之爆发，虽对我敌后抗战有利，但敌对我之"扫荡"仍必继续，华北战争将仍极频繁，仍极严重。纵然在新的形势下面，由于敌兵力分散、兵力不足之根本困难，愈益深刻，愈益明显，像去年秋冬集中绝对优势兵力，对晋察冀、鲁南那样的大规模之"扫荡"，其可能程度已大为减少，但敌仍将尽一切可能，集中较大兵力，不断向我进攻与"扫荡"。最近敌寇对我山东小清河区，以及此次对我太行、太岳之"扫荡"，均足以证明我们估计之正确。今后此种"扫荡"，在华北各个地区均会不断发生，这是不足为奇的。

敌此次"扫荡"我太行、太岳区，曾纠集三万余之众。各路敌于三日全部出勤，潞城、辽县敌不顾疲弱、不顾一切牺牲，昼夜兼行，作长距离之奔袭，三路合击桐峪，企图有所获得，反遭我沿途截击，死伤颇重。该敌扑空后，乃转向西进犯，与"扫荡"大有镇、宋家庄、西营之敌一部，先后合击蟠龙、石门；同时，在晋中、六路合击榆社、□城；在太岳八路合击沁源及其以西地区，均遭我堵击截击，毫未得逞。敌乃集中重兵于蟠龙洪水之线，积极修筑武乡至辽县之公路，企图分割我太行区，并以数股兵力，反复"清剿"蟠龙至洪水之大路两侧及晋中与太岳区。敌在"清剿"区，每见我民众，不论男女老幼全部带走，每见牛羊猪鸡抢掠一空，房屋资材、森林树木均全部烧毁，其目的不外图使我抗日根据地，变为荒无人烟之区。且敌企图以一县一区进行澈底"清剿"，复转而"清剿"其他县区，其计至为毒辣。今日敌"扫荡"太行之凶□方□，我军反"扫荡"战斗正在展开。将近十日之勇猛战斗，我内外□向敌猛烈反击，历次击毁敌汽车飞机，已获得若干胜利。现我军主力布署已定，军民均已动员。我们可以预见，反"扫荡"战斗之澈底胜利，必□我广大军民艰苦奋战所获得，"扫荡"之敌，必将受到应受之打击！

我华北军民必须认清敌寇"扫荡"之严重性，并认识其在军事行动掩护下的政治阴谋。应以高度的警惕性，积极备战，防止敌人一切袭击与"扫荡"。准备所有力量，给进攻之敌以严重打击。在备战中，应澈底认真的进行坚壁清野，使敌无人可杀，无物可抢，粉碎敌掠夺与摧毁我根据地物资之阴谋。

最后，我们在此再一次指出，太平洋战争后，在我一部份军民中所产生的盲目乐观、疏忽轻敌的情绪，已经使我们受到了不应有的损害，今后必须此起严重注意，加以澈底清除。

（原载一九四二年二月十一日《新华日报》华北版第一版社论）

太行区反"扫荡"的胜利

□□……□□东、晋西北、太行、太岳以及冀东等地区,相继卷入"扫荡"与反"扫荡"的激战中。山西敌更曾狂妄叫嚣此次"扫荡"为"在晋日军之总攻击",蠢动之初,气焰颇为高涨。总观敌在山西作战目的及兵力配备,对太行区之野心尤为重大。它集结了三十六师团的全部、独立第六混成旅团的主力、一百一十师团及第六混成旅团之各一部其达一万以上之兵力,在敌华北驻屯军最高指挥官冈村亲自指挥下,拟以两个月时间向我太行区进行大规模的清剿"扫荡"。其主要企图,不外是澈底消灭与摧毁我根据地之人力、物力、财力。冀获得若干胜利,以与所谓"南太平洋之赫赫战果"互相配合,借以欺骗敌占区内抗日情绪高涨之同胞,并镇压敌伪军中急剧增涨之不稳情绪。同时，且为其今春新的军事冒险作进一步的准备，巩固其口口声声所宣称的"兵站基地"——华北的安全。

但是敌寇的企图，在我太行区军民协力打击之下，又一次失败了。鏖战持续经月，我太行区军民与进攻之敌艰苦奋战，日必数十次，杀声与枪炮声响澈太行山区各个穷乡僻壤，其中尤以桐峪、麻田、东崖底、南黍泉、蟠龙、大有、柴关、上下蛟漳、列江、后庄、黎城、龙镇各役的胜利，给予敌人的打击更为重大。在战斗中，我八路军全体指战员发挥了高度顽强、为民族而奋不顾身的战斗精神。在这里，我们谨向太行军区第×军分区司令员郭国言、一二九师××旅旅长兼太行军区第×分区司令员范子侠将军致沉痛的哀悼。郭范两同志为国家民族、为保卫抗日根据地，在大有与柴关战斗中，身先士卒，奋勇冲锋，流尽了最后一滴血！在战斗中，我华北各抗日根据地均曾作了有利的配合行动。晋察冀、冀西、冀南、冀中诸区域，曾向太行区外围平汉、正太大举破袭，使"扫荡"之敌遭受内外夹击，腹背受敌，被迫放弃了两月"扫荡"的计划。其最后"扫荡"太南之敌，亦于本月三日为我全部驱逐出太行抗日根据地之外。总计敌寇官兵前后被我军民毙伤者达三千五百余之众。

敌寇此次"扫荡"我太行区，企图消灭我八路军及其所属各级机关，但被消灭的不是八路军，而是敌官兵三千五百余人。敌企图以大烧、大杀、大抢的"三光政策"，变我肥美田园为"无人区"，但此种恶毒阴狠的行为，更益燃烧起我抗日人民的反抗烈火！各地民兵为保卫自己的家乡田园，保卫自己的父母妻子，配合八路军对敌搏战，创造了许多群众□敌的可歌可泣的史迹。事实证明，在我军民合力保卫中，抗日根据地是不能毁灭的。"扫荡"之敌，在四面楚歌中，士气更为颓丧，战斗力大为削弱，投诚与自动缴械者屡有发生。尽管敌人又照例吹嘘其"皇军的威力"，但又一次证明了胜利不是属于敌人，胜利是属于我太行区军民的。

不但如此，太行区反"扫荡"的胜利，对于打击敌人之配合轴心国作战，也具有非常重大的意义。然而，我们虽获胜利，但当我们庆祝太行区反"扫荡"胜利之际，却不应忘记敌人在此"扫荡"中所表现的新的特点，以及我军民在英勇血战中所获得的教训。

敌寇在此次"扫荡"中，屡以快速部队，不顾一切疲劳，向我指挥及领导机关进行突然性的反复奔袭，并采取夜间行动，走小路抄捷径，乘我不备，以谋达到合围消灭之目的。当扑空之后，复又突然转移与撤退，秘密集结，再作第二次的突然猛扑，用心极为狡黠毒辣。其对我根据地更逞其非人兽性，向深山穷谷进行反复清剿，男女老幼横遭枪杀与俘虏，粮食财物均伙集焚烧，且铁蹄所至，奸淫烧杀之余，更于残存之房屋中，置放大量糜烂性之毒气，中毒者或遍体溃烂而死，或心肺中毒而亡，惨酷程度，非言语所可形容。敌寇无非企图运用此非人手段，达到其毁灭我抗日根据地一切人力、物力与财力之目的。

我们不必讳言，在敌寇这种突然奔袭与空前惨酷的分区清剿中，由于太平洋战争爆发后所滋生的一种盲目乐观与疏忽轻敌的情绪，使我们受到了一些可以避免的损失。这一种忽视战局仍然严重的观点，不能不是这次反"扫荡"中重大的缺陷。我们警告大家，这一血的教训是再也不能重复了！

值此春季已经到来，敌人在太平洋上获得暂时胜利之时，日寇配合希特勒的"春季攻势"，进行新的军事冒险，特别是向苏联进攻的可能性是严重存在的。在敌人这一新的冒险情况下，华北的局势仍然和过去一样严重，敌寇的"扫荡"依然是继续的、频繁的，而且，新的"扫荡"的突然性与残酷性亦必愈益增加。因此，我们根据地内一切工作，今后均须在经常备战与反"扫荡"中来进行。但这决不是说日寇的力量反而增强，相反的，日寇的败局业已注定，任何疯狂进攻与掠夺，均无法挽救其必死的命运。在我军民合力□求有效的打击下，必然加速日寇的死亡，这是毫无疑义的。

（原载一九四二年三月十三日《新华日报》华北版第一版社论）

迅速救济灾区同胞

目前太行区的反"扫荡"战已胜利结束，估计今后敌寇对我根据地的"扫荡"窜扰，将更益频繁，因此目前我们应抓紧空隙，立即进行救济工作，救济被灾地区的同胞。

在此次敌寇"扫荡"中，兽蹄所至，对我根据地的资财□食器具之摧残破坏，极尽其毒辣之能事。敌寇的口号是毁灭我根据地军民之生存条件，企图陷我军民于绝境，而造成其所谓"无人区"。因此每至一地，焚烧房屋食粮，劫掠牲畜，破坏农具。甚至一锅一□之微，亦破坏不遗余力，仅武乡一区的统计，即焚毁房屋数百间，劫去耕牛、□马等二百一十四头，毁农具三百三十余件。全区七十三个自然村，被蹂躏者凡六十九村，有些村庄农具几全部被毁，耕牛牲畜亦全被劫去。辽县某数十户之村庄，在敌寇蹂躏之后，仅余沙锅两口，致全村人民，不得不轮流作饭。至于各灾区人民在敌寇焚烧破坏之余，衣食无着，嗷嗷待哺者，更复不少。当此冬尽春来，已快到春耕开始时候，但被灾地区，疮痍未复，生活维艰，影响同胞生产情绪至大，因此救济工作，实在是目前急不容缓之举。

在进行救济工作当中，我们应该认识到，在今后接近胜利的困难的两年中，我们要积蓄民力，培养民力，渡过难关，来迎接反攻的胜利。但敌人的阴谋是异常毒辣的，他企图以穷凶极恶的手段，以频繁的窜扰，来摧残根据地军民所借以生存的一切资源物力，使我无休养生息之时机，陷我于极端困难之境地。因此我们必须在敌寇每次蹂躏之后，设法安抚民生，恢复民气，粉碎敌寇此种阴谋。那么，救济工作在鼓励民气、克服困难、渡过难关的意义上，是应该特别提出的。要使千百被难同胞，虽然在蹂躏摧残之下，而能迅速复苏；虽然在颠连困苦之余，而能咬紧牙关再接再厉，来与万恶的敌寇斗争。因此每次敌寇"扫荡"后的救济工作，便应该成为我们长期的有组织的工作。这一工作是有其积极意义的。

目前边区政府已□款紧急救济武乡、辽县、黎城三县灾区的被难同胞，这是目前当务之急，是千万个被敌寇兽蹄蹂躏过的同胞的福音。但除此之外，我们认为更应发动各地人民作有组织的互动互援的救济，如一个区中有若干村遭受敌灾，则未被灾的各村，应予以援助救济；一县中有被灾之区，则其他各区亦同样起而资助。或则募集粮食，或则捐赠资财，或借用炊具器物。同时应组织劳动力，为灾民打窑洞修房屋。至于各地乐善好施的士绅富户，更可以慷慨解囊，踊跃施赈，以发扬我国固有的"救灾恤邻"的美德。在今天敌后的艰苦斗争中，大家都是利害相关，休戚与共的。只有同舟共济，才能冲破敌寇的狂涛恶浪，渡过难关而抵达胜利之彼岸。因此发动各地区民众的互相救济，实在是目前救济灾区工作中的重要环节。

此外为了解决被灾同胞衣食与农具的困难，政府应举办无利贷款，俾人民得以营生。并拨出大批粮食，在各灾区设立平粜所，实行平粜。目前春耕行将到来，则农具之制造与修理，更须列为救济灾胞的计划之一。至于受灾惨重的区域，民众流离失所、无家可归者，政府可设法收容，或加以组织，以工代赈，从事生产。

为了完成上述的工作任务，我们谨提出两点意见：一曰迅速进行，二曰有缜密计划。语云："救灾如救火"，事不宜迟，每次"扫荡"过去，民众正颠连困苦，怨怼之情易生。政府应抓紧时间，立行救济抚慰，否则事过境迁，涸辙之鱼，不及待西江之水，便已延颈而毙。同时敌寇频繁"扫荡"，更将失去救济的时机。所谓缜密计划，应该在县区级政府中，建立救灾机构，同时发动各群众团体协助进行，按不同的地区，作不同的资助，就地解决，事半功倍。过去有些地方的救灾工作，由政府派人下去调查若干时日，回来报告又若干时日，费时失事，徒劳往返，便不能收迅速之效。今后战争频繁，救济工作如果没有缜密长远的计划和组织，是难以收效的。

最后，应该提到，在进行救济工作中，应同时进行抚慰宣传工作。此次敌寇"扫荡"之后，在某些灾区同胞中，有不少发生悲观失望情绪或埋怨政府军队者。在救济工作中，我们应向被灾同胞安慰解释，指出敌寇之种种阴谋暴行，使深澈了解害我者并非抗日军队与政府，而是万恶之敌人，并传达政府救济抚恤之意，使勿□敌寇离间我军政民团结之奸计，这也是在救济灾民中不可少的一着。

（原载一九四二年三月十四日《新华日报》华北版第一版社论）

展开春耕运动

正如彭德怀同志所指出的,农业生产是敌后主要的生产事业,增加生产,主要应从农业生产着手。要保证抗战军民有饭吃、有衣穿,改善人民生活,粉碎敌人的经济封锁与破坏,使抗日根据地更巩固更壮大,主要的是依靠今年农业生产计划的胜利完成,而同时农业生产计划成败的关键,却要看今年的春耕运动做得好坏。

在本区,经过敌人月余的残酷"扫荡"与破坏,人民的耕牛农具种子及食粮,都受到相当的损失。这将直接增加了今年春耕运动中的实际困难,影响少数群众的生产热忱。因之,展开深入的春耕运动,更有其特殊的重大意义。

为使这一运动收到应有的成果,提高千百万群众的生产热忱,是有其头等的作用和意义,这就要求我们进行深入的政治动员工作。要告诉人民,今天中国抗战所处的有利形势,我们应该咬紧牙关,坚持自力更生,以迎接全国总反攻的到来;要告诉人民,今年政府决不再增加人民负担,公粮负担只能减轻,不能再有丝毫增加(边区政府杨主席已经一再如此宣布过了);要告诉人民,今后敌人的"扫荡"虽然可能更加频繁,但只要我们有准备,空室清野和武装保卫春耕工作做得好,是可能避免或减少损失的;过去某些损失本来可以避免,那只是太平观念与备战工作疏忽所带来的恶果。同时,我们要告诉某些干部,春耕运动乃是一个政治工作,这跟社会政策的执行和人民觉悟程度是息息相关的。对于人民生产运动采取漠不关心的态度,把春耕运动仅仅看成是群众自己的事,或者认为某些群众生产情绪的低落是不可挽回的,都是极端的错误。这种观点,必须澈底纠正过来,春耕运动才能够做得更好。

在进行深入的政治动员中,除正在作战的战斗部队外,各地党政军和群众团体,必须把这一工作作为自己的中心工作。大家在政府统一的领导下面,按照各自的系统和实际情况,具体计划出参加的办法,并且派遣得力的干部,决心向每个农民、每家农户进行个别的深入宣传,真正的了解群众,切实去解决他们的困难,并组织游民、妇女和儿童到春耕运动中去!各个剧团、宣传队,在此时期要以宣传春耕为自己的工作中心。宣传的口号,必须把抗日的利益和群众的日常生活的利益联系起来。要告诉群众,扩大春耕主要是为了在坚持抗战下使大家生活能得到改善。要反对强调片面的私人利益,逃避负担,和片面的强调抗战负担,而忽视人民积蓄的观点与论调。在宣传动员中,尽量做到抓紧农时,小会少开,大会不开。严格限制人力牲口的支差,把一切力量使用到春耕运动中去。

其次,我们应该注意春耕运动的开展,和民主的发扬是离不开的。我们要发动各级民意机关——特别是村代表会,进行春耕运动的讨论和动员。通过他们的活动,提高人民对生产运动的认识和热情,使群众自上而下的踊跃的自愿的担任一定的生产任务。

春耕运动的准备，必须做到深入。对于群众在春耕中存在着的实际困难，尤其是在敌寇"扫荡"之后，耕牛、农具、种子、劳动力等都受到损失，都感到缺乏，必须设法解决。政府应举行适当的无利贷款，代购及调剂耕牛种子，以救济被难的同胞。对于妨害群众生产积极性的一些纠纷，如主佃间的、劳资间的纠纷，都要很快的加以调整。

关于耕种计划方面，要澈底肃清主观主义的毛病，反对纸面上口头上的空洞计划，反对平板的分配数字。我们一定要切实了解实在的劳动力、地质、气候以及在"扫荡"中的损失等等方面的情况，了解群众今天所存在着的困难和社会各阶层的关系。根据这些实际情况的了解，对于耕种、开荒、修水利、防虫害、种棉、植树、改良种子、改造技术等等方面作出具体的计划。同时村区政府要协同各群众团体派遣得力的干部深入到每户农家去，帮助农户订出一家一乡的生产计划，使农家自上而下的执行生产计划，来保证政府整个生产计划的实现。

春耕运动开始了，每个共产党员必须在春耕运动中打先锋、作模范。党的支部应该经常的讨论检查党员在春耕运动中的成绩。各个民众团体应该打出参加春耕运动□□赛办法。政府和部队也要规定自己的生产和帮助群众从事春耕的计划，以全体党政军民的共同努力，来掀起春耕运动的热潮。

最后，我们要注意在春耕期间，敌寇的骚扰进攻，破坏份子的造谣捣乱，□必不可免的。今天某些区域，敌人已进行了清剿式的"扫荡"，某些区域亦正在部署兵力准备进行"扫荡"，而且由于敌人正准备进行新的军事冒险，它今后对敌后的"扫荡"可能更加频繁，战争的空隙可能更加缩小。我们要以高度的警惕性，防备它、打击它，并且尽可能争取一切空隙时间，在战斗的紧张空气中来完成春耕准备工作，展开春耕运动。

（原载一九四二年三月十五日《新华日报》华北版第一版社论）

粉碎敌人清剿"扫荡"的几个重要教训

"敌寇欲以占领区为卧榻，而卧榻之侧，不能容他人鼾睡，更不容许有人肩枪实弹，环攻其侧，因此敌后的斗争，无疑的将随着整个战争形势的发展而更加残酷。"（解放日报）

晋冀豫区——这一威胁敌人难以安枕的心腹之患，从二月三日开始，敌即以巨大兵力，步骑并满，实行其"清剿'扫荡'"。以高速度的行军奔袭我后方机关，以无穷尽的搜索来掠夺我公私资财，破坏我社会财富，企图消灭我军民的生存条件。经历月余的苦战，我军队民兵日以继夜的追击、伏击、截击敌人，斩断其输血管的补给线，使敌人疲惫万分，饥寒交加。总之我军在太南最后予敌一击，遂使敌人挟着十分之一以上的死亡败窜归去。这次战争，给今后坚持斗争的边区军民以极重大的锻炼。我们根据不完全的材料，提供一些初步的经验教训，藉供参考。

第一，边区军民在严重的战斗环境下，并未气馁，表现出异常沉着的英勇气概。究其因，是去年备战工作的思想动员在今天表现出非常有力的作用，譬如涉县民兵格外活跃便是一例。但也因为有些人对根据地游击环境估计不够，对敌人进攻的突然性估计不足，对敌人新的阴谋警惕不高，以致在面对战争时，犹表现出认识混乱，发生等待侥幸心理及悲观失望情绪，影响实际动员与组织工作甚巨。经验证明，只要我们足够认识根据地的游击环境，及敌人毁灭根据地的阴谋，以全力加强经常性的备战工作，准备最广泛的游击战争，随时接近敌人，打击敌人，随时准备转入战争环境，我们便有完全的把握去战胜敌人的清剿"扫荡"。

第二，只有广泛发动群众性的游击战争，才能到处打击敌人，创造我军作战的有利条件，才能普遍保护群众利益，组织与坚持群众斗争。全区民兵虽然是初次遭遇严重战斗（腹地民兵从一九四〇年反"扫荡"后，才开始建立），确已表现为民众游击战的主要力量，是群众的保护者与主力军的有利助手，显示出相当惊人的威力，武东民兵便是一个光荣榜样。但一般说来，在被敌清剿地区，游击战争作用还未能充分发挥，这是由于缺乏有武力的县区基干队作为民兵游击战的骨干。在过去一时期中，县基干队质量未能很快提高，同群众联系异常薄弱，以致在战争中未能有力的转入被清剿地区，坚持游击战争。而区基干队则多有名无实，既无组织，更少锻炼。这样一来，民兵失却基干，政权脱离武装，各村失掉联络，情报不灵通，配合不密切，守望相助、村村联防、机动打击敌人的作用因而减弱。另一方面，民兵本身也大部缺乏锻炼。过去所受训练，并不能适用于清剿战争。许多地区民兵缺乏准确的射击，不能广泛使用地雷，缺乏接敌侦察与接敌战斗的经验，甚而有的开始乱打枪，使子弹消耗很快，有的埋枪于地不敢使用，有的一闻机枪纷纷散乱。总之，有组织的活动还少。战斗力还不能完全适合在清剿环境中保卫家乡的需要，当然，这与区村武委会软弱无力、缺乏战时政治工作，也有着极大的关系。

第三，由于过去的基础较好，空舍清野一般的都有准备，群众尚能及时转移，物资损失也不普遍。但要适应新的清剿环境，这已经大为不够，必需有更能适合紧急情况的组织工作。群众转移不能再像过去□山沟窑洞，而要扩大范围，脱离清剿圈。转移组织应更严密，平时就要按民众自愿连系的各个地方准备好，老弱妇孺应次序分明，牲畜等物要有一定秩序，辽县规定男人一担女人一篮的办法，颇可试用。在转移中，干部要负责的分头参加到群众中去，与群众在一起同生死共患难，不能再有群众受难、干部逃难的现象发生，这并不是要干部随着群众后面单纯逃难，而是要干部随时依据敌情，准备再转移，保护群众安全。空舍清野必须做到分散远埋，越能保守秘密，损失的可能性□越小。埋东西的人要保证其不为敌人捕去，以免□供。这次群众所受的损失，主要是由于个别知道的人被捕后口头供出，以及埋的离村太近所致。

第四，战时组织与领导要力求简单。战时工作必须从坚持游击战争中去进行。村区政权必须依靠游击队及民兵去坚持工作，绝不应脱离武装、停止工作、单纯逃难。辽县某村村长在战争中不顾民兵与民众，自己逃到山上躲起来，这是很可耻的。战时组织必须力求简单，现在战时组织层次还嫌太多，如指挥部、指挥分部、区分部等不一而足，结果，遇有命令不能下达，指挥大为不便。在上者，既无武装依靠，更少与群众连系，悬在半空，也就必然产生单纯逃难现象。今后层次要减少，县里要有计划的分派干部到村子里去，认真帮助村指挥工作，与群众在一起，真正成为战时的指导中心。

一个最基本的总结，便是要把这些经验教训渗透到实际工作中去，更进一步的强化备战的思想基础与组织基础，万分紧张起来！立即准备！准备游击战争！加紧日常的备战工作！不能□□，不应悲观！敌人□绞尽五年的心血，妄图毁灭我们，同样的五年，我们却钢铁一般的生长壮大着。敌人对他的心腹之患——敌后抗日民主根据地，苦闷忧虑，快五年了。现在正对着我们战栗。敌人说："两年之内，消灭你们。"可是，他忘记了五年来敌后军民给予他的痛苦与愁闷。让野兽们梦呓吧，二年之后被消灭的，不是别人而正是他自己。卧榻之侧环攻不息的战士们正在顽□的斗争，终有一天物还原主，消灭蜷卧其中的法西斯匪徒们。

（原载一九四二年三月十六日《新华日报》华北版第一版社论）

备战工作应成为经常工作

"备战工作应成为经常工作",这已成为这次反"扫荡"中所有有识之士一致的呼声,恐怕也是这次反"扫荡"中的最显著最重要的经验教训。

在总结检讨这次反"扫荡"的时候,几乎每个机关、每个干部以至全根据地的人民都有这样一个认识:这次战争是来的太突然了,幸好去年秋天有过一次大规模的动员和准备,否则吃亏也许更为严重。事实也的确如此,好多地区、好多机关在这次"扫荡"中所以能免去更多人力、物资的损失,得助于去秋那次备战工作非浅。然而,正因为那次备战工作是在去年秋天,敌人在黄烟洞碰了一鼻子灰以后,没有能向我进行全面"扫荡",而不久"自从太平洋战争爆发以后，敌寇困难增加"等等一套，又被当作公式教条而到处流传，在不少人们中间种下了一种盲目乐观情绪和轻敌心理。大家忙着过年度岁，自然而然升腾起一片升平气象，把继续备战这件事一股脑儿丢在一边。于是敌人一个奔袭，好多机关工作立时陷于停顿，好多地区人民遭受惨重损失，大有变起仓猝，无法应付之感。今日反顾，不能不说是一种惨痛的回忆。

我们并不是要在这里算旧账，追悔怨怼，而是希望从中寻求出一些教训，这些教训也就是我们在标题标明的——"备战工作应成为经常工作"。半年的历程向我们指明：把备战工作当作一件一时的中心工作，只在某一时间突击努力一下，会是事倍功半的，已经不足以适应敌后当前的要求。因为把备战工作看作中心工作，所以在备战工作开始以后，往往把其他中心工作一概放弃或无形停顿，这已经是十分不上算的事。而当备战浪潮过去，精神便又松懈，甚至麻木不仁，一遇敌人"扫荡"，遂至于惊慌失措，更是不应有的现象。要是我们继续保持这种寒热症的状态，那末，工作方面的损失将是不可以道里计的。古人说："只有千日作贼，没有千日防贼。"但我们就得千日防贼，无时无刻不提高警惕，严密戒备。要知道日本强盗是最阴险毒辣、诡计多端的，无时不企图乘隙以逞，而我们根据地是处于敌寇包围之中，四面并无不可跨越的万里长城。我们可以打击敌人，但今天还不能根本阻止敌人的进攻，根据地的游击性还依然存在着。我们不应该把主观力量盲目夸大，把根据地描绘成为金城汤池，以致陷入于主观主义的错误。应该充分估计，在今后的敌我斗争中，敌人更会多多采用突然性的袭击方式，来摧残我人力物力，"摧残我生存条件"。要使一切袭击对于我们都不成为是意外的、突然的，首先就得在思想上有此种认识和准备，同时就得把备战工作当作经常工作来做，使根据地经常处于备战状态之中。

那末，怎样才算把备战工作作成经常工作呢？这可分两方面来说：第一，在民众方面，应该经常保持空舍清野，并找好隐藏地点，或挖掘四眼窑洞，以备敌人到来时能够及时转移和隐蔽。这里，空舍清野必须做得澈底，除手头应用的什物以外，大部份资财器皿都应加以收藏，埋藏东西的地点要分散，决不要大家靠在一起，集中一地；埋藏方法要各自创造，切勿千篇一律，墨守成规，而特别重要的是保守秘密，知道的人愈少愈好，谨防奸细盗贼得知风息。这次"扫荡"，敌人特别寻找空舍清野的物资，加以发掘破坏，并到处妖言惑众，说东西放在屋内决不加以捣毁，企图破坏空舍清野。我们特别要向全体人民揭破敌寇此种奸计，如果我们不进行空舍清野，那么在下次"扫荡"之时，损失会更加严重。此次若干空舍清野物资之被掘发，主要是由于这一工作做得不够澈底，往往空舍而未清野，或埋藏地点暴露痕迹和秘密，以致敌人有破坏的机会。

其次，在机关团体方面：今天一切工作部门都应该重新考虑自己的组织机构以及工作方式。以往旧的组织和旧作风，必然无法应付目前紧张而频繁的战争环境，在战争中照常工作。一切领导机关、后方机关，仍应按照精兵简政原则，澈底加以紧缩，改正笨重迟缓、头重足轻的不良现象。在机关本身，更应有战斗的准备，在任何情况下，能够保证随时行动。诸凡工作器材、文具装备，都要有战时的一套，减轻私人行装，多带公家用品，以便随时都可行动，到处能够坚持工作。一切工作人员都要学习初步的军事知识，养成战时作风，熟习战时生活，才不致于行军三小时，便躺下不能动弹。在这样艰苦斗争的环境中，我们的确不仅要能够使用脑力，而且还要能够体力劳动。

总之，今后敌人的"扫荡"将更频繁，战争的突然性也会增加。我们对于当前的环境应有新的认识。全体党政军民都应把备战工作当作自己的经常工作，时刻保持紧张的战斗气氛，准备迎击敌人的进攻，再勿有如此次辽县民兵那样的"再晚半天就好了！"的遗憾。

(原载一九四二年三月十七日《新华日报》华北版第一版社论)

我们要向敌人复仇！

日本法西斯强盗想以边区人民鲜血染红漳水，想把太行山化为灰烬。二月三日开始，它驱使一批兽军，用刺刀、毒药、恶火前来清剿。目的是要在其腐烂的王道乐土身旁，出现一个"无人区"。于是沿着漳河上下，烟火弥漫，春风吹腥，出现了一片令全人类咋舌的血的惨景。

野兽们污辱妇女，给我们优秀民族以难忍的耻辱。它蹂躏我们年轻的妻姑姐妹，还奸淫我们慈爱的老母，撕毁人类道德，破坏伦常，强使父奸女、子奸母。它们在旁看着拍手大笑。

匪徒们磨牙吮血，杀人如麻，常在一村以数百无辜人民置于"机枪点名"之下。杀人不足，更以之取乐，武乡石门村长被敌人牵着，走一步刺一步的死掉。它更毫无忌惮的破坏国际公法，把国际间在战场上禁用的毒气，搬到民房毒害人民。如今，在敌清剿区，通体臃肿、溃烂致死的日有所闻。

强盗们疯狂掠夺一切，捉捕壮丁充当法西斯侵略的肉弹。涉县一个数百户之村庄，只留下五匹残废的老驴。它穷极无耻，连一块废铁破布都要载走！

在我们的土地上，敌人曾播散了毁灭与死亡的种子，可是，我们不比羔羊而垂泪忍受一切。敌人每一罪行，我们都要给以应得的惩罚。熊熊的游击战争火焰永远吹向敌人，使它不能完全任意胡行，最后不得不焦头烂额而溃退。

但是，海深的血债，敌人还没有还清！

我们要更坚忍的同敌人展开英勇的斗争，向敌人讨还血债，雪□报仇！这并不是孤注一掷，立即同敌人拼个死活。简单的拼命不能战胜敌人，且为敌人所欢迎。我们要持久不息的斗争下去，以最广泛的游击战，随时随地打击敌人。这是我们唯一的活路，只有这样才能减少敌人的危害。

我们赞同被难同胞兄弟组织各种形式的复仇团，用英勇的斗争来洗刷我们的奇耻大辱。晋察冀被难同胞组织的"复仇大队""白鞋队"，如今正在保卫家乡的战场上驰骋着。

边区人民要进一步同八路军抗日政府团结奋斗。我们越团结，敌人越接近死亡，敌人妄想毁灭根据地，更盘算着拆散我们的团结。它以毁灭人民生存条件来孤立军队，以死亡来威胁人民离开自己的军队与政府。这一阴谋我们要深刻识破，人民没有自己的军队与政府，就要沦为奴隶，敌作铁□，我为铁砧。军队与政府离开人民也就无法生存，清算血债要靠全民族，而要从敌人身上取得最后偿付，则必须边区子弟兵的流血牺牲。在这里，我们谨向这次战争中英勇牺牲的将士们与民兵们致崇高的敬意。最值得惋惜的是我们失掉了两位最英勇的指挥员——人所共晓的范子侠将军与×分区司令员郭国言将军。他们为保卫边区保卫人民而流尽了最后一滴血，给我们与全民族以重大损失。我们沉痛的追悼，接受他们英勇顽强的斗争精神，向敌人展开复仇运动。我们要牢记□范子侠将军临终时唯一的一句遗嘱："加紧整理地方武装。"开展最广泛的游击战争。

让我们时时刻刻记住斯大林同志的一句英明启示："敌人越接近死亡，他越变得狂暴。"敌人最后的挣扎乃是最残酷的，但是，"抽刀断水水更流"，敌人这把刀最后只有放在自己的脖子上。中华民族的命运是由我们中华儿女来确定的。

（原载一九四二年三月十八日《新华日报》华北版第一版社论）

春耕运动中党的支部工作

在保障军食民生与打破敌寇经济封锁的方针下，晋冀鲁豫边区政府在全体人民面前提出了三十一年度的农业生产计划：每亩田平均增产粮食三升，开辟水田一万余亩，和加种棉花六万斤，使人不受饥寒，马不乏草料，自力更生，渡过今后更艰苦的岁月。这就是今年春耕计划的主要内容，也就是今年春耕运动的战斗任务。胜利的完成这个新计划，成为目前党在农村中最中心的任务。一切妨碍春耕的事情，应该不办或□办；一切推动春耕的工作，应该多做或快做。党的支部，应该成为推动这一运动的核心。它的作用，不仅表现为党员和个人的生产热情，而且应该把这种热情，普及到广大群众中去，与他们日常的实际活动联结起来。

因此，农村中党的支部，不能把今年的春耕计划，看作日常事件，而必须围绕着它，加紧进行具体的宣传与组织工作。

首先就是动员支部的一切积极份子、小组长、支部干事以及乡村级的党员干部，都热烈的起来进行春耕，脚踏实地、以身作则的去影响别人。特别是某些被灾地区，由于敌人的大烧大杀大抢，田园财产惨遭洗劫，少数群众可能悲观失望，对于当前的春耕工作表现心灰意懒，就须以自己的无产阶级的热情和模范行动，去温暖他们的心房，恢复他们的情绪，吸引大家齐心动手进行春耕。同时，更要纠正部分党员的消极态度，他们常会在会议上装腔作势地喊着："干呀！好好地干呀！打下粮食是自己的！"或者是高举着拳头说："不怕敌人的烧杀，我们要加紧春耕！"而在会后却又说："哼！干的自然会去干，不愿干的再说也不顶事！"有的甚至还怀着"狼在面前过，不咬自己尽让过"的念头，暗地打算别人："看吧，尽管你故意垂头丧气，不去动弹，粮还是要出的，饿死是自己的事。"很明显的，这些共产党员还没有晓得他自己的责任，还没有想到，提高人民的劳动热忱，促进农村富力的增加，乃是共产党人的责任，农村中的穷困，共产党是不能不关心的。还没有认识农村里出不起公粮，共产党员固然要负责任，但农村里饿死了人，共产党员也是一样的要负责任的。因此，支部、支干会的首要任务，就在于教育这些同志们，使他们真正了解以身作则。帮助别人，是共产党员对革命工作的起码态度，而自私自利与幸灾乐祸的心理，则应该为每个共产党员所深恶痛绝的。

其次，党的支干会，应该分配给每个党员以一定的具体工作，责成他对于同村住的一家或某几家群众，经常的起推动作用。从个别宣传，进到全家动员；从炕上窑洞里的闲谈，进到实际上的帮助、督促，如相约早起、晚睡，并了解各家有些什么困难，怎样帮助他们求得解决等等。党的支干会，就应该根据这些实际活动，去检查每个党员的工作和支部本身的领导。

再则，支部在春耕运动中的核心作用，不能只依靠于部份党员或少数干部的努力，而必须领导各种组织细胞内的共产党员都起推动作用，发挥各种组织最大限度的积极性。比如在村公所、村代表会负责的共产党员，就应该与非党人士共同努力，征求他们的意见，协同他们实现春耕运动的领导，挨户调查，按家布置，以村为单位，实行调剂、互助，解决缺乏耕牛、农具、种子或土地的困难，保证全村的生产计划真正实现，而不是照例的抄记空头的数字去敷衍上级；在群众团体中负责的共产党员，则应该领导自己的会员群众，热烈的响应政府的号召，积极的参加讨论各村各家的生产计划，发动有劳动力的抗属到生产战线上去，增加一村一家的粮食生产总量。号召会员在一家里起作用，开荒、种地、植棉、纺纱、相互勉励，不甘落后，以勤劳为光荣，以懒怠为耻辱，表扬劳动英雄，反对二流子与懒汉，以造成广大群众的春耕热潮。

"一年之计在于春"，全边区的同志，应该集中一切力量，实现边区政府所规定的春耕计划。"团结战胜一切"，边区人民都是有过不少的经验："人民有了办法，政府才有办法""政府有了办法，人民才会更有办法"，这是边区老百姓早已体验到了的真理。只要党的支部真正成为领导春耕运动的核心，则春耕计划的胜利完成，是完全有保证的。

（原载一九四二年三月十九日《新华日报》华北版第一版社论）

愈困难愈要团结

"同舟共济"是中国传统的美德,也是中华民族能够冲破无数艰险,绵延壮大的一个主要因素,过去如此,今日亦然。在此艰苦困难的敌后,一切抗战军民亲密的团结,尤其有重大的意义。就是说,没有历来军民的亲密团结,没有各党派各阶层人士的携手合作,坚持敌后的抗战是不可想像的。事实异常明显,没有广大的抗日民众,则军队将无从生长与存在;没有强大的抗日的子弟兵团,则所有的人民都早已成为日寇砧上之肉了。

这次敌人对太行区的"扫荡",历时月余,由于我军民的团结一致,英勇搏斗,终于将敌人的"扫荡"完全粉碎,并予敌寇以重大杀伤。然而由于敌人残酷的"清剿"与有计划的破坏，由于我们某些太平观念及对备战工作的不够，致使有些地区的人民受到相当重大的损失，而军队亦遭到平时所没有的困难。于是在少数地方发生互相埋怨的现象，个别战士怨民众帮助的不够，少数民众则怨军队没有尽到保护之责。

诚然，敌寇铁蹄所至，一片废墟，不仅翻箱倒笼，而且入地数尺，人民辛劳血汗的结晶，悉遭抢劫破坏。锅、碗、缸、罐之类，尽成碎片，加以在敌人残杀奸淫下，骨肉摧残。在此空前荼毒之下，谁能遏止心头怒火而处之泰然？但是冤有头、债有主，是谁使我们瞬息破产？是谁使我们骨肉离散？敌人的残暴只有更加增高我们的民族仇恨，我们无名的怒火只有聚而烧向直接加害于我们的敌人。其舍此而加怨于自己人，加怨于并肩搏斗之自己的兄弟姊妹者，显系因一时情感冲动，盲目迁怒之所致，不独于事无补，于理不当，于心抑且何忍！

愈困难愈团结，这是我们坚持敌后抗战的重要武器，也是今后减少损失的有效途径。人民对军队帮助的不够吗？我们来更广泛深入的进行宣传教育，更加关怀人民的疾苦，更加有效的解决人民的切身困难，以提高人民的政治觉悟与参战的热忱。敌人的"扫荡"更加频繁，破坏更加凶残吗？我们来更好的经常的进行备战工作，更有效的作空舍清野，更广泛的组织起民兵，更密切的取得野战军的连系与帮助。只要能这样，军民一体，上下一致，则无论敌人的"清剿"如何残酷，破坏如何毒辣，都将无所施其技俩。

正因为如此，所以敌人无时不在处心积虑的来破坏我们的团结。如这次敌寇"扫荡"时，曾假造政府命令，以挑拨政民的关系。以共产党的面目印发宣传品（如建设报），以挑拨离间，淆乱听闻。在辽县，敌人将从甲村抢的东西放到乙村，将从乙村抢的东西放到丙村，以离间抗日人民的团结。在平顺×村，敌人抢去民间妇女，而说这是×军干部的老婆；抢去人民的东西，而说这是八路军的东西，以破坏我军民的关系。所有这些阴谋，都值得我们高度警惕，随时予以揭发。

同时，我们要锻炼自己，教育群众，作一个高瞻远瞩的明白人，不要目光如豆，只看见树叶，看不见森林。我们要认清目前国际形势于我绝对有利。我们要了解法西斯强盗已快要走到它的末日，日寇的疯狂暴戾，正是它垂死时回光反照的表现。我们要坚信中国抗战的胜利前途，我们的艰苦的途程已不是渺无边际。只有这样的远大眼光，坚定的信念，才不会于遇到挫折遭到损失时，手忙脚乱，互相埋怨，互相推诿责任，而盲目迁怒于自己人，才能于任何情况下，坚持团结，同舟共济，有效的打击敌人。

此外，在此反"扫荡"甫告结束，各种秩序亟待恢复的今天，我党政军民应即进行下列工作：在军队方面，各部队必须根据具体情况，采取各种形式，向驻地居民进行宣传教育，告诉群众反"扫荡"中各种胜利消息，帮助群众恢复各种秩序。对于被敌寇残害的地区，应即向群众进行慰问，揭露敌人的残暴行为与欺骗宣传，向群众解释军队所以要转移的原因，并领导群众根据这次反"扫荡"的经验，迅速完成各种备战工作与解决其工作中的困难，以避免再受像上次那样的损失。在地方党政民方面：政府应即救济各被难区的同胞，协同群众团体，进行广泛的抚恤慰问工作，对个别对军队不满的群众，应进行正确的解释；尤其重要的，是要以村为单位，经常的成立战时组织，协助军队进行各种工作，准备应付随时可能来到的"扫荡"。只有这样，才能消除军民间的任何隔阂，而建立血肉不可分离的关系。

今后敌人的"扫荡"可能更加频繁，掠夺破坏可能更加毒辣，破坏我们团结的阴谋可能更加花样百出，这就要求我们敌后军民之间，各党派之间，各阶层之间，更要互相帮助，互相照顾，互相原谅，亲密无间，以发扬伟大的集体力量，准备配合全面的战略反攻，驱逐日寇出中国。

（原载一九四二年三月二十日《新华日报》华北版第一版社论）

今年春耕的组织与领导

"春耕运动"这一副重担,眼看着已经落在党政军民全体干部的肩上,在这里,我们要提醒大家一个注意,要谨防这一领导任务从四面八方压将下来,使我们失却主动自如的能力,而应当及早准备,及早打开旧账,算算新账,真正以充满信心的抖擞精神,使用平生的力气,前往迎接这一生死攸关的历史任务,主动的去组织与领导这一伟大的运动。

重温一下旧的苦痛经验,未始没有好处的。去年许多地方,春耕运动的领导与人民生产热情,造成"龟兔竞走",不仅在发动时间上已经"春日自来,时不我待",而人民生产情绪的万分高涨,竟出乎许多干部意料之外,以致不知所从，未能进一步掌握群众情绪，从自发的热情转变为有组织的增加生产。不是走在春耕生产的前面，引领生产运动向着既定的标准迈步，而是尾随在人民生产热情的尾巴后边"任君行止"，失却领导作用，以致于春耕委员会多成为一副空架子，许多实际问题与困难未能着手解决，没有抓紧时机创造更高的收获。这一遗憾，今年要得到补偿，不能以"抱歉"了事。

现在，春耕时节已至，可能有些干部仍然憧憬去年美丽景象。以为农民与土地本有血缘，即使不去发动，也会到时自动经营，何劳领导？殊不知去年一年敌人的掠夺破坏，劳动力牲畜力生产工具都有严重损失，人民生产元气为之大减，影响生产至巨。加以个别地区，负担政策执行的不够妥善，部份人民可能情绪较前低降。而今天战局空前紧张，敌人频繁出扰，将使人民生活不安，生产热情随而遭受顿挫。在这样情形下，空弹盲目乐观的"自流"老调，只有使春耕运动坐受损失。此外，许多被清剿地区，一时恢复不易，某些干部可能为群众悲观情绪所包围，看不见出路安在，失却春耕信心，这也是需要严加注意的。

今年春耕总的要求标准：以一九三九年、四〇年、四一年三年的平均产量作基础，每亩地平均增产净粮三升；并争取以一九三九年做基础，每亩地增产三升为最高标准。完成这一标准，绝不是打一通锣鼓叫喊一下，就可以让农民"自流"的完成，而需要党政军民派员下乡，一户一户的深入动员与精确的计算，依靠群众生产热忱，提出每亩地增肥多少、耕耘几次、浇水几遍的具体号召。不要单凭过去经验定出"空头计划"。

如何进行春耕运动的组织与领导呢？

今年春耕领导工作，必须依据精兵简政政策，一切从节省民力、不违农时、增加生产做出发点。在方式上，应强调以深入调查与精确计算，作为指导的基础。要宝贵与利用农民生产经验，进一步组织生产技术的提高。不能自以为是一意孤行，结果是"开了和顺山，坏了榆社米粮川"；更不能空谈计划号召，不与群众在一起研究技术，轻视技术在增产运动中的严重意义。打个比方说，冀西去年水利兴□的好，增产甚多，致使冀西人民见到漳北灌溉尚无良策，引此为憾。此外，有些干部亦抱着"吾不如老农"的观念，不懂得"三个臭皮匠等于一个诸葛亮"的研究精神。以致只能宣讲大道理，而不能具体的帮助人民。在领导重心上，不能平均使用力量，削弱了突击方向，应该以主要力量，放在工作薄弱而且是产粮最丰富的区域。

今年春耕主要靠各系统的组织和动员，不必再设春耕委员会。村一级主要应加强村政权的生产委员会（当然在村政委员会不健全的地方，仍需用春耕委员会一类组织去补救）。村政权的任务，应该是领导丈量土地与评分，调剂劳力、牲畜，解决技术困难。农会的任务，主要应该是发动会员及广大群众，领导丈地评分斗争，保证提高群众生产情绪。妇救会的任务，应是发动妇女参加生产，代替男子或补助男子劳作，以弥补目前劳力的不足。现在，各系统组织要立即紧张动员起来，进行深入的动员工作，发动自下而上的讨论，发动各村的热烈讨论。由群众自己规定标准，计算增产数量，研究增产方法。发动群众自动挑战竞赛，公布并解释奖励条例，计算完毕后，要将结果榜示全村，公布各种作物在本村本年的增产标准。

日本强盗正在焦灼的窥伺着我们伟大的春耕运动。我们要当心袭击，开展军民结合一体的战争，务使经常化的备战工作与广泛的游击战争，不离春耕运动的左右，全力维护它的安全。在领导上，不能偏轻偏重，要知道，看不见敌人，春耕就可能遭受毁灭，相反的，倘若忘掉了春耕，则正恰合敌意，中了他的"调虎离山"之计。

（原载一九四二年三月二十一日《新华日报》华北版第一版社论）

平粜粮食与平抑物价

年来，由于敌寇的经济封锁，运输流转的困难，我们生产之某种程度的减弱，以及部份惟利是图的商人的囤积居奇，操纵市价，以致根据地粮价飞涨，物价提高，不但军民交感困难，且造成我们财政经济建设上的一种障碍。

特别在敌寇每次"扫荡"前后，粮价物价的高涨，尤属骇人听闻。如在这次反"扫荡"中，个别地区，小米一斤涨至一元六七，白面一斤涨至二元有余，食盐每斤售价八元（较"扫荡"前高一倍），洋火每盒竟售至三角（较"扫荡"前贵三分之一）。这种现象，如不急谋补救，不但影响军民生活，而且无异于贬低我们的冀钞价值，破坏我们的货币，甚至动摇根据地整个财政经济，使我们困难之中更加困难，这正是敌寇所喜欢的。

因之,平粜粮食,平抑物价,已成为根据地军政民目前的中心任务之一,其办法有治标、治本两种。治本的办法,首在于加紧经济建设,开展春耕运动,大量增加工农业生产,做到根据地的自足自给;同时要加强对敌经济斗争,冲破敌寇的经济封锁。但这些办法,都非在短时间所能收效,所以在目前说来,就需进行一些治标办法,以为紧急措置。

平粜粮食,平抑物价,正是最好的治标办法。我们提出下列数种,供大家参考。

首先由各地政府邀请当地驻军群众团体(特别是商救会商联会等一类商业组织)代表暨地方公正士绅,组织评定物价委员会,于最短期内,将各种主要商品如粮食、柴草、菜蔬、布匹、油盐等之价格,依照"扫荡"前的标准,作一公正之估评,布告各市场商民,遵照评定价格发售商品,严禁擅自抬高市价,乘机渔利。

其次,政府各级贸易机关,应领导、劝导公私合作社,首先将自己所有存货,按照评定价格,向市场大量抛出。各公营合作社,尤应以身作则,发挥模范作用。

再次,粮价物价虽属一般高涨,但各地具体情况又复不同,如太北一带粮食较贱,而日用品则较贵,冀西一带日用品较贱,而粮食则较贵(沙河某些地区,平时小米每斤售价一元二角,豆腐每斤一元),果能运太北之粮食于冀西,运冀西之日用品于太北,则太北冀西,即可调节有无,使粮价物价,保持相当的平衡。但问题的先决条件,在于组织大批的运输力,因此,有计划的大规模的组织各地运输力,大量发展产销运输合作事业,也是调剂粮食平抑物价的一个比较根本的办法,应引起各方面的特别注意。此外,运输过程中的各种困难(如食品柴草奇昂等),也必须同时予以解决。对于在此次敌寇"扫荡"中某些被灾较重的村庄,尤应以区或县为单位,由政府负责,购运一部粮食,实行平粜,这是十分必要的。

最后，对于某些贪得无厌、囤积居奇、抬高市价的商人，要采取各种方式，对他进行教育，要教育他们知道营利赚钱，不能违背总的抗日利益。否则自己虽市利三倍，而物价昂贵，军民交困，这也是不好的。对于屡次教育无效、任意抬高市价、捣乱金融的奸商，政府应依法予以惩处，不稍宽贷。

平抑物价、稳定金融，是与根据地每个老百姓有切身利害的事情。因此我们要求根据地每个群众关心这件事情，保证这件事情，使这一件事情在很短的时间内达到美满的成果。

（原载一九四二年三月二十二日《新华日报》华北版第一版社论）

组织强有力的游击战争

严格检讨在反"清剿'扫荡'"中游击战争与游击集团组织问题,进一步迅速的准备与组织游击战争,是使备战工作经常化与今后反"扫荡"胜利的最迫切而具体的任务。

为什么呢?

游击战争在历次战争中都证明其重要性,自不待言。尤其是对付敌人清剿"扫荡",更是制敌死命的主要武器。敌人深入腹地反复清剿,必需有补给线做为临时输血管,以免于坐困深山受我围歼。我们如能以广泛游击战,散布在这条漫长的线上,破坏交通,袭其辎重,打击小股,疲困敌人,使深入之敌处于饥饿的恐怖状态中,最后必然狼狈败逃而去。再者,敌人挨村搜索清剿,兵力一定分散,这就给游击战争以打击敌人的良好时机，辽县神枪手刘二堂便是在这样情形下连毙二敌，保卫了群众。敌人掠夺物资，游击战争的任务在这里便是要从敌人手中把他夺回，缴获敌人的"赃物"，涉县某村民兵将敌人掠夺物全部夺回，便是一例。我们要清楚理解，当主力军集结于机动位置或进行对敌之反包围，寻找有利时机给敌人以致命打击的时候，粉碎敌人一村一村的清剿，就必需有赖于游击战争的广泛开展，借以保护群众，有力的配合主力作战。有些人慑于敌人声势，轻视游击战争，甚至怕它招祸，以为军队应该挨村堵挡敌人，或非有十挺轻机枪，不足以言群众自卫，这些都是错误的。

粉碎敌人这次"扫荡"，不仅因为主力军将士用命杀敌致果，而且也因为有着星罗棋布的游击战争，以小胜配合大胜，最后赶跑了敌人。但是我们应该检讨出：在清剿地区中，我们游击战争还没有发挥足够的威力，还不足以应付严重的"清剿'扫荡'"。现在我们必须针对着"清剿'扫荡'"的战争环境，重新考虑今天游击战争的组织与领导问题。

首先，我们应立即检查县区基干队工作，整顿内部，加强政治工作与军事训练，充实编制，必要时要决心抽调一些与地方群众有血肉联系的干部，充实其领导机构。同时，要从被清剿地区的群众复仇运动中去发展游击队，完成今年扩大与建设地方武装的计划。在发展游击队中，必须依据精兵简政的政策，不要只追求数量不顾质量，不要把扩兵运动中所洗刷的坏份子重新补充进来，不要忽视政治动员而实行强拉的方式。今天对游击队的要求，是真正能够在群众游击战争中起着骨干作用，是要真正能够在清剿"扫荡"中保卫本乡本土。现在应努力加强战争的锻炼，从各方面去保证战斗力的提高，其中尤以密切与民兵及民众的联系，最为重要。

经过这次战争，全区民兵应实行一次力量的检阅，认真的检讨经验教训。未起作用的民兵，要研究其实际原因，比如：有的是因为民兵随家庭而转移，有的是因坏人的挑拨等等，然后想出更多的办法，以便对今后工作有实际的改进。曾经作战的民兵应做经验的总结,研究新的作战方法。有缴获的应实行流动展览,表扬神枪手与作战英雄,以提高士气。受伤的要立即予以治疗慰问,阵亡民兵要立即追悼,其家属要迅速予以抚恤。武委会要加强这一工作,做为吸收具体经验、整顿民兵、提高民兵的具体步骤。武委会今后应把中心放在结合着这次战争的重要经验教训与生动的具体例证,去深入一月份军区武委会干部会议的决定,切实建立平时的战时的政治工作,具体研究春耕中政治工作的实施办法。更与此相辅而行的是加强军事技术,训练地雷使用法,组织民兵中的地雷队,开展地雷战。耐心说服民兵,学习使用土枪土炮与快枪,不要好高骛远,轻视旧式武器在游击战争中的重要作用。射击手应更大量的培养,辽县反清剿中充分可以看出刘二堂运动的有力作用。但在挑选射击手中,不能单纯只注意技术,不要把武器落在地痞流氓之手,而要握在群众领袖与民兵领袖手中。开展射击手运动,必须注意尽可能的与当地驻军连系,使射击手能够获得更多的帮助。民兵是今后游击战的主要力量,高喊准备游击战,而不从实际上去加强民兵工作,则一切都是空谈。

在敌寇发动新冒险的前夕,全华北战局必将日益紧张,"一刻值千金",我们必须丝毫不放松的在这一空隙中去完成游击战争组织上与力量上的准备。今后县指挥部应经常设立,以便随时指挥战争。在游击战争的组成上,不仅要有着军民一体结合的基本方针,更需要基干队与民兵的完全配合一致,一起坚持游击战争,保护群众利益,打击敌人。

(原载一九四二年三月二十三日《新华日报》华北版第一版社论)

清丈土地

太行区清丈土地工作,去年在一些地区曾获得不少成绩,但是由于时机掌握不够准确,致与春耕运动混在一起。有的地区经过丈地进行春耕,结果有违农时,损害生产;也有的地区是经过春耕进行丈地,结果丈地等于虚设,土地一经耕耘下种,再行丈量,往来践踏必然损害田禾。当然也有些地区按时完成,然一般说来都嫌粗枝大叶,简单潦草,缺乏精确的科学计算。现在,时正初春,清明未至,锄地撒种,还有一个多月的光景,在这短短期间内,我们要举行一次土地清丈,绝不能拖泥带水延迟时间。因为春耕季节的到来,是不能等待清丈工作□□完成的。

清丈土地不仅是政府重要的行政工作,最主要的还是广大农民一致的迫切要求。政府为求财政征收工作合理化，减轻人民负担，以便树立更高级的统累税征收制度，需要一次精细的土地清丈，而广大农民为求负担合理，不会因少数坏干部坏份子隐瞒包庇，而使负担不公平，早就要求清丈土地。因此，结合政府与人民这一共同的要求，组织群众运动，动员每个人民都来热心参加与关心土地清丈，以群众伟大力量，去洗掉一切恶劣的黑暗渣滓，是十分必要的。有些人过去曾把清丈工作只单纯的认为是政府财政部门的工作，于是，"这是政权工作，与我无干"，这种错误认识就随之而生。

今年丈地在被清剿严重地区，群众情绪不容易立时恢复，必然会有若干困难，但问题是在于我们能否组织最完满的善后工作，去恢复群众情绪，及时补救一些群众损失，在恢复提高其生产热情下面去组织这一工作。

实行土地清丈，最重要一端是丈地组与评议会的组成，必须使其适合于三三制的组织原则才不会有所偏颇，并可防止土劣流氓的捣乱。打破过去少数人以多报少、包庇自己、损害别人的恶习，并能妥善照顾地主富农的切身利益。丈地组与评议会要经过群众动员以民主的方式出现，不能指定，或一手把持包办。

在清丈中间，要组织必要的公平监视，主要应依赖于丈地组本身的胜任，同时根据去年经验，除本村之外，各村可交换编制，互相了解互相监视，收效颇大，而在边界邻接地区尤应注意土地的隐瞒现象。丈地技术与计算方法必需有统一规定，在短时间内能训练出几个善于计算的人才行。地弓制造要科学而统一，反对以活弓舞弊，反对私造。在丈量中，不能马虎从事，不能随意增减，丈量之后，必须进行检查。去年许多地区将丈地后放置的木牌，除按规定写出外，还写出该地长宽步弓，以便稽考，杜绝算地人舞弊，这是很好的。

只有公平的清丈工作，才能给评议以正确根据。

全体农民都在热烈的要求土地清丈，这与其切身利益有着直接关系。

今年春耕的胜利正以丈地的成功为前奏,因为负担越公平,生产情绪必然越高涨,同时在清丈中,将更有效的帮助今年春耕前某些土地纠纷的解决,深入执行土地政策。我们必须认识这一工作的复杂性,不会自流的成功,要知道,农民虽有要求,但并不会一下子动员起来造成运动,要丈得成功不发生弊端更为不易。因此,农会要参加和领导这一运动,发动会员以有组织的姿态主持公正。同时,更以计算的方法去使群众认清利害,打破群众历史上把丈地看做给自己添麻烦、增负担的认识。纠正某些"事不关己莫闲管"的短见。最后还要进行反对包庇隐瞒的斗争,反对某些干部对自己家人亲□讲情面甚至包庇全村的本位主义倾向,揭发一些黑地,同时把过去有些家户"以少报多"的现象改正过来。

今年因战争的扰乱,已经缩短了土地清丈的时间,但是,只要我们真正发动了群众,如期完成便有保证。

(原载一九四二年三月二十五日《新华日报》华北版第一版社论)

重提"节约民力"旧话

当"精兵简政"任务强调提出之际,本报曾再四呼号节约民力,目的在使精兵简政与培养民力双管齐下,一新今年春耕的面貌。然而,战争的浪花曾把它打断了,到今天,对于一些健忘的人们恐怕早已不复记忆,可是,它那严重的意义,却不会因此而减低,相反的,经过这次敌人严重的摧残与破坏之后,它的现实意义更加增大了。因此,我们也不免重提一番旧话。

说是旧话,实为新题,因为"民力"的观念还未有完全渗透到干部的脑筋里,离开实行相差更远,加以"扫荡"之后,劳力部份削弱,春耕又在来临,正需要以全体民力的大动员来完成增产任务。在这种情况之下,节约民力的意义就在于防止浪费，弥补不足，并更好的组织民力，参加春耕生产。

偏偏有些"短视"的干部硬把使用民力同群众春耕扯开，以为"给公家办事是应该的，□种是私人的事，误了活该"。结果，地无人锄，苗无人拔，草无人剪，坐视生产失败。他的□眼从来没有放大，没有看看生产不足对全局到底有多么严重影响？为了批评坏的例子，兹举一位同志在晋东某县一村的见闻。

"……荒地是很多的，有一家有十三亩地的只打三斗粮便是一例，原因是：（一）有的开会误时；（二）有的在拔苗时被调去受训一礼拜；（三）有的因公粮缴纳纠纷多，从县到区、区到县费了半月时间，把地荒了；（四）农忙时支差耽误；（五）跑到离家乡六十里的地方打游击保卫春耕误了地；（六）干部荒地，有的因办公事而少种地，以免增加负担。……"

今年这样的现象，倘若还不去制止，那么，增加生产的计划将从何实现呢？

古人说："不违农时，谷不可胜食也。"是的，"不违农时"应该成为今天节约民力的出发点。在全部春耕中农时是最有决定意义的东西，有些干部不懂这一点，任意利用农民的下种拔苗时间，致使土地荒芜，这是不可饶恕的错误。根据过去经验，越是工作好的地方，消耗人民生产时间越大，对于这样"好"的解释，是应该打上一个问号的，因为这并不是实质上的好，而只是形式上的好。像这次"扫荡"中，辽县大南庄为了商借几斗米救济难民，村干部竟开了几天会，结果还没有解决问题。如此严重的浪费时间，能够说是民主运用的"好"吗？到了农忙时节，头一件大事是生产，工作好应该从这里边去表现，否则一天开十次会，受一百次训，结果土地荒了，肚皮挨饿，又有何用？必要的会自然不能不开，但开会是为了解决问题、推动工作，绝不应把开会代替工作，也不应把宝贵的时间浪费在开会上。

如何在春耕期间节省民力呢？

每个干部组织增产而挨门挨户替老百姓算账时,一定要把民力也计算在内:算一算去年误了多少工?算一算在那些紧要关头的时间误了工,是否会使田地收成减低甚至荒芜?那就应该把增产与增工连系起来,使人民生产热情提高,同时,在领导上也可以从时间掌握上去推动整个春耕运动。

其次为了适应春耕农忙的紧张环境,某些组织形式、工作方式、领导方式应该有些必要的变换。这次不设春耕委员会而加强村政委员会的领导是对的。这样可以减少许多会议与麻烦,但村长、生产委员与农会必须加强领导,会要少开,解决问题要快。也许有一些地区村干部说:"我们白天种地晚上开会好了。"我们说,即使晚上开也不能过多过长,否则每晚开到更深夜半,第二天眼红脸肿也必然要影响耕种。一般的抗战勤务工作要适当的减少。根据地内的村庄应取消岗哨,停止义运,除非最重要的事情,不得教人民送信,反对一些不良干部□扯淡信插上三片鸡毛枉费民力的现象。春耕时间民兵工作也不应完全与冬天相同,由于今年战斗环境紧张,民兵的任务加重了,民兵的军事训练与政治工作应当马上加强。可是,民兵是农村中一群年轻力壮的战士,同时也是生产战线上的主力军,解决这一问题应该是小道理服从大道理,没有敌情时候,民兵一定要努力生产,在不妨害生产的条件下,去进行训练与政治工作。武委会要规定出适当的进度与标准,不要讲形式,让"神脚板"占去民兵宝贵时间。不要讲光溜溜不着边际的大道理,结果是民兵过度疲劳,并且"所学非所用"。在行动上,不要脱离本乡本土,硬拉到几十里地去进行"游击锻炼",往返一次,费时动辄一周,结果劳民伤财,招来了"怨声载道"。另方面,一当敌人前来进犯,民兵就要放下锄头拿起枪杆,挺身致力保卫春耕,保卫家乡。

在节省民力下,必须注意节省雇工的力量,不要过多的妨害雇工生产时间,妨害雇主的经营生产,更影响雇主与雇工的相互关系。

干部要做生产模范,不要再有荒地现象,荒了自己的地而教别人去"加紧春耕",是不对的。只有同人民在一起春耕,在增产运动中表现出自己积极的模范作用,才能更广泛的发动群众,解决群众问题,密切与群众的关系。

我们能够下决心节省民力,把丰富的民力组织到春耕运动中来,我们才能确定的拿稳了今年春耕的胜利。

(原载一九四二年三月二十六日《新华日报》华北版第一版社论)

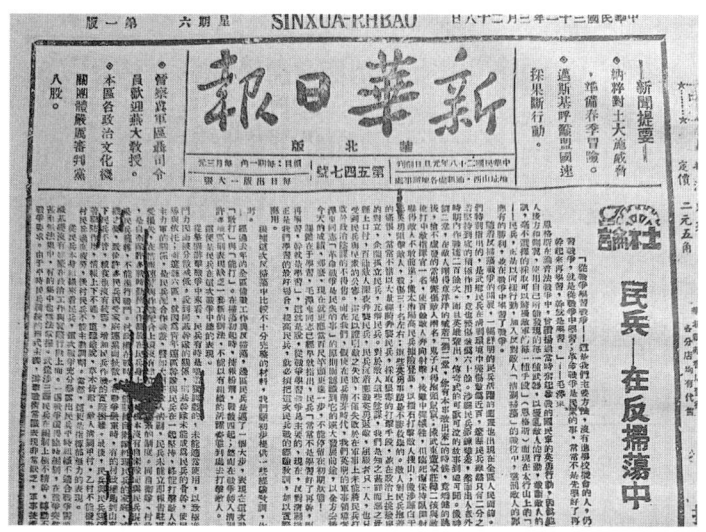

民兵——在反"扫荡"中

"从战争学习战争——这是我们主要方法，没有进学校机会的人，仍然可以学习战争，就是从战争中学习；革命战争是民众的事，常常不是先学好了再干，而是干起来再学习，干就是学习。"——毛泽东

恩格斯在论普法战争中，曾赞扬过当时奋起参战的国民军的英勇行动，因为他们"在敌人后方和侧翼，使用自己所能发现的每一种武器，以扰乱敌人的行动，截断敌人的经济和通讯，毫不选择的采取可以惊扰敌军的每一种手段"（恩格斯）而现在太行山上的"国民军"——民兵，正是以同样行动，加入反对敌人"清剿'扫荡'"的战役中，惩罚敌人的罪行，获得应有的胜利，并在战争中学习了战争。

随着反"扫荡"战争的开展，一幅鲜明的民兵活跃的图画也出现在全区人民面前。最值得我们特别指出的，是武乡民兵在清剿环境中毙伤敌伪近百。辽县民兵虽然只有二分之一村庄起着坚持到底的积极作用，竟也毙敌伪六十余。涉县民兵锻炼虽差，然而出人意外的竟在短时期内作战达二百余次，而且英雄辈出，传奇式的可歌可泣的故事到处可闻。像神枪击敌的刘二堂，在敌人刚得意洋洋的喊着"刘二堂，你有本事敢出来"的时候，竟矫健的跳到敌人背后，枪不虚发的当场毙伤敌人两名，鬼子只得抱头鼠窜；像武东董家庄韩二孩与敌搏战，一枪打中敌指挥官一名，使百余敌人奔向射击，后虽中弹牺牲，但临死还保持卧倒射击姿势，吓得敌人不敢前进；像太南阳高民兵据险登高，以擂石打击敌人搜山；像涉县白干水一带民兵英勇阻击敌人，杀伤三十名左右。这些英勇事迹是不胜枚举的。敌人对民兵抱着满腔绝望的痛恨，常常不惜以大量轻骑奔袭民兵，采取狠毒的打击手段，并在政治上挑拨民众与民兵的对立，企图孤立民兵，瓦解民兵。对于敌人这些阴谋，我们是知之甚详而恶之最深！在辽县上口村，百余敌人深夜奔袭民兵，民兵沉着应战英勇退敌，屈服者只一人，也只有一个人受到民兵与民众的公审，这足以证明敌之失败，不仅失败于在军事上未能将民兵打碎，更失败于政治阴谋的不得售。而在我们，假使在民兵萌芽时代，我们英明的军事领导者已根据毛泽东同志"革命战争是民众的事"的原则而认识到它的远大发展前途，以全方去培植，获得今天的成绩，那么，现在就更应当百尺竿头更进一步，不能停留在初期状态！

关键在于学习，毛泽东同志已经早就指出，民兵"常常不是学习好了再干，而是干起来再学习，干就是学习"，这就是说，从战争学习战争是主要的。现在，反对清剿"扫荡"的战争正是我们学习的最好场合，提高民兵，就必须把这次民兵战的经验教训，加以实际而有效的应用。

根据这次反"扫荡"中比较不十分完整的材料，我们愿初步提供一些经验教训，作为各地参考。

经过去年的全区备战工作与反"扫荡",边区民兵是迈了一个大步,表现在这次战争中便是"敢打"与"能打"。在"扫荡"初起时,捷报纷飞,战鼓四起,然而在战争转入清剿的阶段,许多地区则表现缺乏一套新的办法,不能以有组织的活跃姿态到处去打击敌人。

这便是民兵在这次战争中总的表现。

从整个游击战争中来看,民兵有时是唱着独脚戏的,未能适当使用,以致极度疲劳,战斗力因而被分散减低。说到同基干队的关系,则基干队未能成为民兵的骨干,使民兵失却指导与依托。而辽县六区,就因为青年连区干队与民兵在一起坚持,终能打击敌人的清剿。同主力军的关系,是民兵配合作战差,譬如大□在敌人清剿,民兵未能立即报告驻军,以致遭受损失,在情报连络与作战配合上还没有建立□□□系的制度。同自卫队、村政权的关系,是自卫队许多战时勤务工作都放在民兵身上□□□根本没有自卫队而与民兵混在一起,结果民兵庞杂,不能进行战斗。村政权在战时,□能动员自卫队料理民兵的家庭,减少民兵后顾之忧,致使许多民兵因受家庭连累而扯散。在战争严重时,有的村政权跑到山里逃难,撇下民兵不管,粮食也没有统筹,增加民兵作战的实际困难。最后,民兵与民兵关系也没有起着联防作用,情报上下不通,道听途说,草木皆敌。敌人清剿甲村,乙村不能机动声援;前村民兵过度疲劳,后村民兵不能主动调剂。当然,这更是指挥部无力的表现。

从民兵本身组织来看民兵,这次战争充分暴露出民兵平时组织不适合战争需要。平时组织基础没有建筑在政治工作与实际行动上面。一遇战争还得临时编制,在战争突然出现时,甚至无法集中,有的集中也无法掌握。武、辽、涉三县民兵在编制上极不精干,转动不灵,不合战争要求。由于平时民兵训练的形式主义,游击战术常识表现非常缺乏,军事技术非常低劣,影响对敌人的杀伤。

从民兵战斗来看民兵,一般的说,民兵都表现了空前的英勇,但作起战来多不得法。在作战技术上，民兵还未做到枪不虚发，乱打枪的现象还很普遍；土枪土炮还未能充分利用；地雷埋放还不够多样化，且很容易被敌人看出，例如辽县某村地雷埋放处都被敌人贴上红条以示警戒；民兵将地雷埋放后，即扬长而去，没人看守，往往敌未践踏而自己人反先受伤。射击手运动提出最早，这次战争作用也最大，然而算起来还太少，这正是对我们武装部门没有继续培养这一运动的有力批评。在战时侦察、警戒、掩护是民兵保卫家乡的一串战法，可惜许多地区，民兵还不能运用纯熟，侦察不敢接敌，一见冒烟就以为是敌人，轻信道听途说，情报不灵不确，也就容易庸人自扰，或疏于防范，为敌所乘；警戒形同平时站岗，遇敌突袭只好被俘，以致影响全村。这足以证明过去所学非今日之所用，形式教法误时害人，莫此为甚。

从群众关系上来看民兵，民兵不仅是"不要穿任何军服，在任何时候都能和其他公民一样"（恩格斯），而且就是人民的一部份。因此民兵的基本任务是保卫群众，也只有认真保卫群众，才能有真正战斗的民兵。但是，有些民兵却认识不清楚这一点，甚至有的想发洋财或非吃公粮不办事的雇佣观点。在行动上有人以"盲动"给群众惹祸。打敌人是对的，但在力量悬殊条件下，打了一枪，反而暴露了群众，这也是不应该的。掩护群众是对的，但也必须注意不要在群众避难处与敌作战。当然，对于那些不顾群众或同群众一起逃难的现象，我们更要加以纠正。这次战争，许多地区民兵直接取得了民众的拥护，他们毫不受饥挨冷，家庭毫不受牵挂，而战斗热情在群众支持下日益高涨。

最后，再谈一谈民兵的指挥与领导问题。

缺乏深刻的思想动员与作战准备，是这次领导上重要弱点。轻敌与侥幸心理是被战争打碎了。当战火已经烧到辽县境界之时，据说有些人还在设想"大概不会来"，稍后时谓"来也不会快"，战争到了，则以为"要来也不会利害"。应该承认这般"美妙"的三段论法，都给我们带来不少损失。

其次是缺乏最完善的管理与指挥。民兵集中起来了,但是没有管理制度,没有战时政治工作,生活既无规律,又无组织,影响民兵战斗情绪;勤务支配也没有一定规则,乱派乱抓,不知积蓄战斗力量,形成普遍疲劳现象。领导上不懂得民主集中制的正确运用,有人以为战时需要集中,而集中的唯一方法便是□捆惩罚禁闭,也有的一味滥用民主,对散布不良影响,不服从指挥的人也表示束手无策。做法虽然是各走殊途,其结果却同归于"涣散无力"这一点上。

尤其是在战时,干部是决定一切的。干部领导的好,民兵发挥威力就大,反之,干部逃难,或是脱离民兵,像辽县柏官寺武委会主任经常是一个人一条枪来回跑,黄漳最后只剩下一个指导员与一个民兵,这必然不会起作用。

民兵,在反"扫荡"中又一次锻炼了自己,让我们接受毛泽东同志"从战争学习战争"的英明指示,立即整顿我们的战斗力量,像普法战争中国民军一般的英勇战斗下去。

(原载一九四二年三月二十八日《新华日报》华北版第一版社论)

举起增产的胜利旗帜

——送春耕检查队

报载,边区各界组织春耕检查队,分赴各地推动春耕,这给生产战线增添一股新的力量。

年年组织检查队,可是检查队的工作内容与方式方法却年年有着新的变换,也就是说,对于检查队同志们的要求是与年俱新的。

今年对春耕检查队的要求是什么呢?

要求经过检查队的努力,把增产运动推向胜利。今年增产总的标准是以一九三九年、四〇年、四一年的平均产量作基础,每亩地平均增产净粮三升,并争取以一九三九年做基础，每亩地增产三升为最高标准。这一标准要在战后的今天与战争益加频繁的明天去完成，要求在准备时间异常短促的条件下去开快车。所以，要求于检查队同志们的，不仅是以快轮载运着春耕走向胜利，变号召为实际；更要有分寸的以快刀利斧斩断乱麻似的困难，做一个开路先锋。

检查，就要有个尺度，以主观空想做基础的尺度，其结果必然会把检查流为"海底捞月"，所以检查队的同志绝不能甫一坐定，就哇喇哇喇的发议论、提意见，这也批评、那也指摘，摆着上面来的"钦差大臣"的臭架子，一变检查帮助而为无知妄说。正确确定检查的尺度，是要依据毛泽东同志"没有调查就没有发言权"这一铁则的。因为检查的目的，不是消极的批评与指摘，或是无关痛痒的表扬，更不是奉命监工，结果像三国演义中被张飞鞭打的"督邮"一般讨厌；而是为了帮助，是作为一股新的力量，前来参加当地春耕运动，经过检查并有以推动。所谓"旁观者清"，今天春耕运动所需要于检查队的是这种"清"，但并不需要我们做一个十足的旁观者。

这就确定检查的基本方式是深入的周密的调查，调查的目的则是为了完成当地今年增产的具体要求。

所以检查队并不是什么都来抓一把，检查队应当把主要力量放在增产标准的动员与组织上，这是春耕的主要环节，也是检查队突击的中心。围绕着这一点，我们首先要看一看当地领导上是否仍存在着混乱现象，让善后工作或简政工作绊住了脚，而把春耕领导任务变成轻描淡写，甚或听其自然？然后在一切为了春耕的总的原则下帮助改善领导状况。

其次要尊重并倾听别人意见，切实而具体的了解全面情况，不了解全面情况就不能正确的分析局部现象，更不能从全面去解决局部问题，调剂局部的需求。要了解全县的主要困难，想各种办法去帮助解决。要帮助当地的春耕动员工作，组织各种成功的动员会议，在干部中进行今年生产的标准动员与讨论，提高干部的工作信心。

但是，这二者还只是第一步。

最重要的一步，是要迈到农村中去，了解下层情况，把全县计划与总的生产要求，拿到村子里具体的去实现起来。帮助村政权与农会去加强春耕领导，以便订出恰合具体情况的春耕计划。在村子里进行工作，一方面要认真的帮助春耕（不是代替当地干部包办一切），抓紧目前土地清丈，解决农村中复工复佃问题，改善劳资关系与租佃关系。深入解释抗日民主政权的劳动政策与土地政策，广泛宣传中共中央土地政策的三原则，并对于今天农村中普遍存在的劳力不足现象，加以组织与调剂。工具不足，要有计划的帮助运购，牲畜不足，应采取各种办法加以调剂。我们的精神必需是不说空话多想办法，多解决实际困难。另一方面，是要把今年生产的标准深入到群众中去，成为群众自己的标准。这就要我们再迈一步，挨门挨户去动员，去给老百姓算账，一家一家去解决困难，依靠这一基础上去组织劳力，造成群众运动。

检查队就要出发了，春耕的胜利旗帜将要随着你们的行踪而飘扬四起。我们对你们唯一的希望就是——凯旋！

（原载一九四二年三月三十日《新华日报》华北版第一版社论）

展开一个复工运动

阴历正月十五以后，在农村中照例是复工的时候，今年却被初春的战争一度打断。到现在，复工还未造成运动，横摆在面前的许多困难尚待解决，有些干部抱着"到时就会上工"的天真看法，结果，只有坐视复工延误；有些地方，农会忙于春耕丈地，调解土地纠纷，不管复工；工会则认为雇工是农会的事，也不出来积极帮助；政府工作尚在"简政"，未能及时依据法令，正确的解决纠纷，组织复工。这样的，你推我，我推你，任其自流下去，如不立刻纠正，定会妨害春耕，弄得情况严重！

复工是有困难的，最大者是今年雇工减少现象的增加。根据几个区的调查，平均都在减少到二百个人以上。一方面是由于敌人杀害掠夺，与敌占区高额工资的引诱，致使劳力大量外流；另一方面，由于市场发展的不平衡，部份劳工投入运输商业，转化为肩挑小贩与小商人，或成为自耕农。在这样情形下，倘不积极组织复工，在许多地方，必然雇主找不到雇工，眼看着肥沃良田荒芜；而在另外一些地区，也会有雇主解雇、雇工失业的现象，再加上许多地方，工资高低悬殊，生产关系不能合理调整，这就影响生产热情不能提高，可能给增产计划以重大妨碍。

困难的另一方面，是雇主雇工团结生产的精神还没有完全发挥出来。许多地方雇主等待着工资低落时再雇雇工，雇工则等待着工资高涨时再找雇主，这种等待主义的恶习，在去年曾经耽误了春耕。此外，有些雇主用短工不雇长工，以逃避抗战勤务，同样，也有些雇工愿当短工，以便在平时做小贩，在农忙时挣大钱。这种短工代长工的做法，依照去年某些地方的调查，因耕耘粗率，几乎减少了土地的一半收成。有些雇主，仍以十足封建剥削的"伴种地"来代替雇工，以小孩子老人的雇工来代替年轻力壮的雇工或雇工干部（怕他们误工！），以银洋工资来代替实物与货币工资，结果是增加工人生活的痛苦，削弱生产力量，影响雇工生产情绪。

由此可以充分看出，根据地劳动政策执行得还不够澈底，真正完满的照顾双方利益还是非常不普遍。当然，去年边区工人遵守劳动合同的精神不容抹杀；但是也有的地方过分强调雇工生活的改善，曾片面与过分的提出不合于敌后情况的要求，如某县要求一年八石粮，曾采用了一些不正确的方法和方式；如某些地方强迫雇佣，强迫雇主履行工人或工会单方面提出的条件。这是由于对民众教育工作未能深入，以致发生了这种不能照顾远大的整个利益的幼稚现象；但另一方面，仍然有许多地区，对工人的切身利益还未能给以应有的保障，雇工的生活待遇仍然为各种封建形式的剥削所困苦着，如在漳北等地，银洋工资、"伴种地"、黑合同等等，紧紧地束缚着雇工生产与抗战的热情。因此解决复工问题，必须依靠劳动政策的真正执行。那么，如何在复工运动中体现出劳动政策呢？

座谈会方式是最能排难解纷的。在雇主雇工座谈会上，要由村政权农会工会传达全区全县的生产计划，讨论本年本村的具体生产计划，解说政府"节省民力"的各种具体办法，检讨去年劳动合同执行的程度与生产计划，解释过去某些误会，同时，将今年复工的待遇与劳动纪律展开讨论，进行必要的修改与补充。必要时，还可以经过座谈会，选出复工委员会，经过复工委员（开明士绅与工会干部）挨门挨户的向雇主雇工解说，发现各种具体问题，解决各种困难，提高雇主与雇工的生产热忱。

最重要一个问题是确定待遇条件与劳动纪律，只有良好的生活待遇而没有充分的劳动纪律是不公平的，相反的，只有劳动的要求，而不照顾雇工的生活待遇也是不合理的。工资一般的可依照去年规定，但在工作薄弱地区，如漳北，那里的工人有的一年工资只挣七十到八十元冀钞，这就必需适当改善。而对于一些过高的要求，则应由工会加以说服纠正。我们绝不能不顾及雇主的实际收入，而妨害其生产热情。待遇条件确定后，就要订立劳动合同。工会要发动会员防止订立黑合同，坚决反对在纸面上写的是有条有理，实际上却是假的。在工资方面，要反对现洋工资，譬如某些地方竟有用八九元现洋雇一年长工的事情，结果现洋拿到市上不能使用，而雇主又能用此来要挟工人，使其不能提出别的合理要求。这对工人是一种欺骗，而对根据地则是捣乱金融。我们希望这种不良现象比较普遍流行的四分区五分区，制定具体办法，予以纠正。在劳动纪律方面，应该注意到：（一）接受雇主的劳动指导，去年有许多地方，雇主要种玉茭，雇工偏种豆子，这是不对的；（二）回家要请假，时间不能太多，开会时间要有一定，也不能太长；（三）战争时要帮助雇主空舍清野，这次有许多地方，一遇战争，雇工就跑回家去，一去不回，这也是不应该的；（四）对牲口农具要爱护，随便毁坏是不能容许的。以上几条主要是根据现实材料提出的，各地可使之更具体化。

我们希望各地立即抓紧时机，组织复工运动。

（原载一九四二年四月二日《新华日报》华北版第一版社论）

培养与教育革命的后代

纪念今年四四儿童节,假如来回顾一下几年来华北的儿童工作,使我们深切感到再次大声疾呼:"培养与教育革命的后代",仍是万分必要的。

儿童工作的目的在于使儿童"时刻准备着"从革命后代的地位,以壮健清新的姿态补充到革命的队伍里去。因此儿童工作的基本方针应该是:以澈底的民族民主革命精神与科学精神来教育儿童。这是早已确定了的方针,并且是已被担负着教育儿童责任的教育工作者、青年工作者、文化工作者和广大社会人士所公认的真理。可是就现在儿童工作看来,试问:儿童团的工作内容,是不是真的做到以教育为中心呢?青年团体和教育机关采取了多少有效的办法去改进儿童教育工作呢？文化界为儿童出版了多少读物呢？儿童教育中所存在的问题是否已得到适当的解决呢？可惜回答是很难令人满意的。

今天有不少地区还没有能够在儿童工作的全部内容里贯穿着："一切为了教育儿童"的精神，首先是在进行各□社会活动中，不会通过这些生动的实际工作来教育儿童。我们可以看到很多这样的例子，比如只是简单的动员儿童替抗属打柴，而不会通过这一工作来对儿童进行尊敬抗日军人及其家属的教育。因此儿童团虽然作了很多工作（当然这是有很大成绩的），但是没有能够进一步提高到教育儿童的要求上来。其次还没有充分认识到小学校在儿童里的重大作用。我们可以看到很多儿童工作的总结，很具体的统计拾了多少粪，植了多少树（当然这些工作都是很重要的工作），但是还很少看见提到动员了多少儿童入学，怎样帮助改进小学教育等。这是不懂得学校教育的特殊作用，特别不懂得在今天根据地建设日益正规，初级小学大部得到恢复的条件下，小学校就成为实施儿童教育的重要园地，它可以使儿童教育更有系统，更加正规。须知深刻的认识与把握"儿童工作的中心在于教育"，这是开展儿童教育工作的先决条件。

在儿童教育工作里，必须坚决肃清主观主义、教条主义和空洞的八股作风。今天我们的小学教育里还存在着一些非常恶劣的现象。比如给学生讲一大套马克思主义和唯物论，却忘记怎样教育儿童不要怕鬼敬神；讲了半天"民主"的意义和重要，却不教育儿童在其自己组织中应有的民主作风与手续；有的小学生能够侃侃的谈论苏德战争，可是不知道苏联和德国是什么国家，苏联和德国有多大，两国在什么地方打仗。这样不但给儿童灌输了一脑袋的教条名词，而且把主观主义的思想方法又照样遗传给我们的儿童一代。因此，今天怎样改造儿童教育，使它多样而生动，成为和当前的政治斗争息息相关，和儿童的工作和生活密切联系，并且教育儿童树立实事求是的唯物的思想方法，就成为非常重要的问题了。这是伟大而艰巨的改造事业，应当而且必须坚决的去做。我们不能允许中国旧社会遗留下来的祸害再流毒我们的后辈了。

　　保证儿童教育工作澈底改造与胜利开展，必须有赖于教育当局、青年团体和文化团体的共同努力。我们建议政府教育部门要多从组织上加强对国民教育工作的领导，应采取有效的办法来提高师资，解决教材经费等问题，以及求得各种教育制度的树立和健全。特别是直接担负着教育儿童的小学教师们，必须安心于自己的工作，努力提高自己，改进工作，这对于推进儿童教育工作是有头等意义的。青年团体应该用最大的努力动员儿童入学，改善与加强对学校儿童团工作的领导，活跃小学生课外活动，帮助教师解决困难问题，动员优秀的知识青年担任小学教员。青年团体应该成为开展国民教育工作中政府的第一助手。我们希望文化团体多多为我们的儿童编辑一些读物，多多动员文化工作者参加小学教育工作，帮助小学教员的更加提高。在组织上必须加强相互的联系，以求得步调的统一和力量的集中。特别是政府和青年团体可共同商讨如何开展国民教育工作，并应具体规定双方的任务及相互联系的制度。这一办法在晋西北曾经实行过，我们提议晋冀鲁豫区也可试行。此外，还可以成立小学教育研究会之类的组织，来吸收各方面人士共同参加讨论，研究儿童教育工作。

　　"儿童是我们的将来"，加强培养与教育儿童，在今天已经不是简单的宣传鼓动口号，而是应该立即付之实行的严重的行动任务了。

（原载一九四二年四月四日《新华日报》华北版第一版社论）

敌人开始第五次治安强化运动

在日寇枪刺指挥之下,由三月卅日起,又开始了第五次"治安强化运动"。

回溯过去四次"治强运动",第一期狂吠叫卖所谓"政治动员",这一阴谋甫告一段落,即以全面"进攻姿态"开始第二期,繁殖点线,封锁交通,扩张面的占领,隔绝根据地与敌占区交通,企图窒息根据地军民之经济生活。三期"治强运动"则在一、二两次"成果"之上,实行"经济上澈底封锁与重要物资的增产"。当时敌人正因苏德战争陷于孤立彷徨,太平洋包围线又告结成,物资来源断绝,敌人在这一矛盾尖端上,便只有加重掠夺华北资源,以野蛮的配给制度压榨我华北人民。此后太平洋战争爆发,敌人又开始所谓四次"治强运动",更益加强掠夺华北之人力物力,同时并派兵"扫荡"各抗日根据地,进行大掠夺与大破坏;穷凶极恶,企图以华北之资源、人力,供应其侵略南洋之需求。现在,敌人正陷入太平洋长期消耗战与准备北进的新冒险之中,五次"治安强化运动"又复出现了。

根据我军缴获文件,得悉此次"治强运动"共有三大目标,就是宣传"大东亚战争""剿共自卫""节约增产"。从字面上看,好像是平淡无奇的"老生常谈",因之可能引起一些"近视眼"人们得出"还不过是那老一套"的结论,这是很危险的。假若我们不故作聪明,自以为是,便可以看出它所包括的新的政治内容。倘使不能主动的动员人民打击敌人的阴谋,则将受到严重的损害。

目前,敌人一面眩惑于太平洋上的初期胜利,一面复图伸手为轴心大哥之"春季攻势"作一臂之助,以实现其将西伯利亚划归"东亚共荣圈"的美梦。可惜,人小心狠,本钱有限。昔所仰仗的山姆大叔,如今正与之海上酣战不休,轴心大哥也只能叫嚣策应,不能作更多援助。在这般情况下为中日战争拖得日呈枯竭的日寇,当然不足以应付现在与将来的战争需要,因此,五次治安强化运动重心在于经济,恰正说明敌人的焦灼与苦闷,正图穷搜枯肠,寻找出路。它要敌占区人民"增产",决不像抗日根据地那样为着使人民富裕而实行增产,而是为了喂肥"皇军",喂肥敌人的大炮,出力的是中国人,得利的是日本强盗;增产种类皆为敌人规定,如棉、稻、麻等,这些东西正能一充敌寇战争的饥肠。他要敌占区人民"节约",目的是要把敌占区中国人民的骨头都榨出油来,以弥补其久已空虚的国库,以供给其军事工厂的各种原料。总之,"增产"与"节约",就是教中国人不吃饭只流汗,饿死自己,肥了敌人;"增产"与"节约"的所得,统统都要送进"仓库"与"合作社"去,供敌使用。对于各抗日根据地,在其消灭"生存条件"的毒策下,势必更加疯狂的掠夺与摧毁,而在田园将下种之际,我们要百倍警惕敌人的破坏春耕。

在政治上敌寇则标榜"集中全力于大东亚战争的宣扬"，其目的就在于："确定于适应大东亚战争的华北思想战之基础"，也就是要把华北人民一同拖下南洋大海，更多的掠取人力、物力、财力。所谓"用尽手段""阐明实力"，正是要来弥补破绽，掩盖其外强中干的败象，稳定动摇中的伪军与伪政权，打击人民抗战胜利的牢固信念。在敌人以华北作为兵站基地从事准备新冒险的前夕，这正是一种麻醉剂的政治动员。

在军事上则借"剿共"二字，强迫人民组织武装，以此为基础进而普遍发展地方伪军，补救目前的兵力空虚和补充将来各个战场上的兵力消耗，并以"自卫"之美名仿效联防办法，保护其"增产"与"节约"下的掠夺品。其所以时刻不忘怀于"剿共"二字，正就再一次证明了共产党及其领导下的八路军与敌占区人民利益的一致，是协助人民打击敌人的经济的搜括与统制，打击敌人政治欺□的伟大力量；正就再次证明了共产党及八路军，无时无刻不在破坏其大的小的侵略计划，打击它的妄图，使它不得不痛恨入骨。

不难很清楚的看到，不管是军事措施与政治欺□，都是为了达到经济掠夺的目的。因此，我们也应集中火力在这方面有效的打击敌人，巩固我们的经济阵地，打击敌人的配给制度。在反对敌人五次"治强运动"中，各军分区武装工作队，要以多方面的活动，协助人民并揭破各种欺□宣传。

过去几次治安强化运动，已经陷敌占区人民于水深火热的苦境，此时又在人民遍身鳞伤中，开始新的鞭挞。反抗运动随处可闻，本报曾登载的磁县人民抗日暴动正是一例。我们关心敌占区自己同胞的苦难，就要引导群众火般的情绪进入有组织的有计划的武装斗争。"敌人并不要我们活着！"一次复一次的治安强化运动的惨痛教训，已经足够我们回味了。

（原载一九四二年四月五日《新华日报》华北版第一版社论）

扑灭四大浪费

"精兵简政"在敌后推行还只三个月,但是它的成绩却已经是十分可观的。最显著的成绩之一,是节省民力这一重大的课题,已经引起普遍的相当高度的注意。许多贪污浪费现象,过去从来没有人理会的,现在也开始被一点一滴的揭发出来,使我们得到消灭它的机会。根据各机关团体和部队内部的深入的检查结果,浪费现象依然是万分严重的。除开零星的小的有形无形的浪费不说,目前一般还存在着四种大的可怕的浪费。今天我们愿意就已经知道的加以尽情的揭发,希望各个机关各个单位进行更严格的检查和检讨,从而寻求准确而适当的方法,澈底扑灭这种侵蚀我根据地民力,败坏我根据地财富的可恶的敌人——

浪费。

　　什么是四大浪费呢？一是粮食。根据地的粮食，本来是并不怎样充裕，每当青黄不接之际，尤常常发生食粮不济的问题，而一般机关部队也屡屡打条子伸手向政府索□。他们常常这样愤激地说："快点儿拨给我们一批粮食吧，否则全体人员明天就要挨饿了！"我们在此不想讨论这话的真实性程度，然而这次当各机关团体紧缩机构，清查存□的时候，却普遍地发现粮食"打埋伏"的现象，而这些存粮都已经是不被当作粮食看待，而列入计算范围之外的。他们把粮食存放在自己也不知道的什么地方，任其发霉，任其腐烂，而嘴里却大叫没有粮食吃。对于粮食的爱惜，即在平时也已经可以看得很清楚。按照规定，今日战斗部队是每人每日一斤六两粮食，机关团体里每人每日一斤四两粮食，一般不是都能吃得一点不剩的，然而却很少见到许多剩余粮食去向公家报销。淘米下锅，大多是计算不准确的。一般最多不过略略计算一下在家吃饭的人数，而没有计算这些人数可能吃的分量。军政当局虽早经一再下令严禁以粮食饲养家畜，然而以剩米剩饭喂猪养鸡者依然大不乏人。还有这样的机关部队，他们甚至以公家的粮食，三斗五升的去换一些菜蔬或其他用品，归本单位享受，当你质问他的时候，他还要诤诤有词地向你辩论或诉苦。最近，不少单位的饭食都发现有大量砂石，一淘再淘而至无法肃清，影响到干部和战士的健康。这固然是缴纳公粮的个别民众不明大义故意□和，但其中一部份砂石，却可能是某些不肖的征粮和运粮人员混水摸鱼偷换加□。总之，对于粮食的节约和管理，还应多方展开和加强。据统计，还在推行"精兵简政"以前，一次经边区政府检查和调整结果，太北一地，仅政民系统，每年便可节省粮食二万石。今天我们如再力加撙节，节省数万石粮食可说是不成问题的。

　　二是牲口。根据地牲口死亡率之大，是有目共睹的事实，即幸而保持生命的牲口，如果没有病伤，其体力也已大大减弱。据调查，某某两大机关，去年一年牲口死亡的总数各在五十头以上，至于整个政府系统机关（太北），那么，几年来牲口死亡之数，已不下五百匹，以每匹一千元计，仅在牲口项下，就已经损失了五十万元。牲口的这样不断死亡，决不是偶然的，与其说是由于年老衰弱、自然淘汰，还不如说是因为忍受不了我们的虐待。我们对于牲口的爱护和管理是十分不够的，出外驮粮运物，牲口往往有一餐没一餐，有时塞得过饱，有时仅仅只有几根枯草，要喝水时没有水喝，不该喝水时又强迫他喝。饲养人员扣克草料，虐待牲口是普遍的孽迹。鞍辔驮架往往不合骡马的身量，垫褥披戴也不知拆洗修补，这一套工具和装饰已使骡马大不受用，而任性的使唤和鞭策又把它们作弄得腿跛背烂。这种现象是屡见不鲜的：骡马外出运输，去时马夫骡夫先就一律高蹲鞍架，策马飞行，归来的时候，虽已载负百数十斤，气喘汗流，而我们的押运同志，却依然置身其上，或卧或坐，载歌载行，逍遥自在，甚至登山下坡，也一任其旧，决不轻易下马。我们知道，牲口是不会说话的，它与人的区别这也是一点，如此受尽凌虐，试问又安得勿奄奄自毙。自从边府成立以来，牲口的草料已有统一的规定和分配，一般说是已够牲口的营养的，今日牲口死亡之大，管理和饲养的不善，实不能辞其咎。

三是被服。民间一套衣裤，至少得服用三数年，至于被褥可能终其身只此一二条，但我们的衣服被褥则很少能保持两年。大机关保管不善，埋藏不好，或则在潮湿之处堆塞，或则暴露地面，于是不是在"扫荡"的时候，被敌人发掘焚掠以去，就是在次年取出时已经霉烂，不能再事服用。至于三五人的小机关，对于衣服则更采另一种"阔绰"的手段，这就是用一身丢一身，冬天到了丢单衣，夏天到了丢棉衣，没有衣服也不怕你公家不发。一次"扫荡"，衣服被褥总□遗弃一批，或则因感负载过重，就中抽去一些棉毛，或则看到携带不便，率性丢之大吉。公家规定冬衣要穿两年，然而一年还没有过去，或则再也不像衣服的样子，或则根本已经不见衣服的影子。"小鬼"通讯员穿着新衣服在地上打滚，也不会有人去阻止；干部在春天的时候把棉衣改制成夹衣，一到夏天又把夹衣撕成布片打草鞋，美其名曰"废物利用",实际却是在败家——根据地的大"家"。穿衣服的马虎,使衣服更易破碎,但在既经有了破洞以后,却又不肯即时缝补,以致愈扯愈大,终至不堪收拾,即欲补绽,其所需布料也不能不更多。此外,若干单位或个人,还往往故意多领或冒领被服,打埋伏贮用。凡此种种,积少成多,使被服方面的浪费,成为一笔很大数字,增加根据地人民不少负担。

四是一般的公款公物。根据地里虽然很早已经提出节约,但是公款公物的浪费虚掷,为数仍不在少。每年财政预算,总有一笔款子拨在开办项下,但从来唯有开办费的支用,而无开办以后设备什物的报销和登记,等到机关收场,开办时的什物也就不翼而飞。更有支用开办费,而实际并未"开办"的,往往也无人加以追究。每个机关都有建设费、修补费、用办公费等等,置备桌椅、碗筷、锅炉、床席、门帘等类东西,然而也从来未予妥善保管,以致常年需要添购,成为一个填不满的无底洞。纸张、笔墨等文具的浪费,本报已经一再指出,其中尤以纸张一项,其数最为惊人。几个人就要办个刊物,自写自读,印刷却要几百份或几千份;一件芝麻大的事,就要起草一个草案和计划,印了一次又是一次;几个人的问题,口头通知一下就成,也非印一张通知单或表格不可;无事写空头信,而且挥毫直书,字比核桃还大,引以为快……对于公家财物的不爱惜,曾使许多深体物力维艰的长老望而叹息,而最可痛心的是至今还有人任意败坏人民用具,甚至把桌椅门窗拿来当柴烧。这类事象如果不即予纠正,不但节约云云会成为空话,而且会引起人民的分外不满。

上述四大浪费都是昭然在目的,如果能把这四大浪费扑灭,那么,财力的节省将何止千万,民力的节省也决不是毫厘。至于如何扑灭之方,我们不拟多所指陈,因为空论无补实际,事情贵于实行,只要我们人人决心消灭这些浪费,那么,才真是举手之劳而已。在此我们仅提出下列两端,希望各界人士深加注意:(一)在各机关团体部队内部以至广大群众中间,强调的提出提倡节约的口号，展开反对浪费的运动。每个人员，特别是每个干部，都要养成节俭的风气，成为反对浪费的坚决战士，自觉地执行制度，节省物资，处处为公家和人民着想；并且要相互督励、相互检查，凡见浪费现象，即自动起来加以制止和纠正，决不稍留情面。如上所述，见到某一单位某一个人埋伏或浪费粮食，即可向之进行批评，必要时并向公家检举；路见骡马夫高踞马背，虐待牲畜，即可请其下马，如果劝说不听，就可采用强制办法；发现无原则的挥霍公款公物，即可进行建议和检讨，必力争至浪费现象克服而后止。如果人人能为反浪费而挺身进行斗争，则那些少爷派头的人物，在众目睽睽之下，自亦不能不稍稍检点行为，而浪费也可减少一大部份。

（二）加强管理部门和事务部门的工作，提高该部门人员的政治文化水准，发扬高度的责任心。要求他们以科学的办法，细致的计算，来计划和管理本身所担任的工作，坚决执行制度，时时为公家打算。今天为公家多节省一分钱物，多生产一分东西，都足以增加根据地一分财富，减轻人民一分负担。但所谓节约，并非要我们无原则的削减和克扣，该设备的东西还应设备，该发用的物件还应发用，这是吝啬不得的，而是要我们更周密的考虑计算，更有计划的分配使用，更严密的管理人力物力和牲力。这里特别要加强伙马夫和勤务员的教育，因为他们常常是领用财物的人，如果他们能自觉地爱惜物力，注意节约，浪费就还可减少一部份。

（原载一九四二年四月六日《新华日报》华北版第一版社论）

组织人民防止毒气毒菌

假如我们设想敌人正开着军事会议,当检讨到整个战略计划时,便一定会发出一种焦灼而愤怒的声音:"倘若没有共产党及八路军在华北到处与皇军为敌,死缠不休,那末,我们为什么不能乘着抗战初期破竹之势,逼降中国呢?为什么不能渡河西进,直捣中国抗战后方呢?为什么要把南进拖延到国际局面异常不利的时候才进行呢?"而且当着这些军官们想到从北方夹击苏联,来帮助轴心大哥的时候,立刻,一个强大的八路军的影子,一块块无边际的华北抗日根据地便出现在他们眼前,"是啊,要是没有共产党八路军,皇军为什么不能立即北进呀!"

这些问题,曾经使敌人头疼了五年,却没有找到一个"药到病除"的神方，"消灭八路军"曾喊破了嗓。可是日本华北指挥官虽然狂妄自大，却说出了实话："狮子捕鼠是白费力气。"死亡与毁灭的种子敌人不知散播了多少，可是那一次又不是"野火烧不尽，春风吹又生"？在极度没办法、极端焦灼、极其苦恼的境地中，只好掏出最后的一张牌——毁灭。

中国人民与中国军队毁灭不了，这是敌人胸中最丰富的政治经验。于是只好毁灭东西，毁灭生存条件，意思是说："我打不赢你，可是我却打得赢粮食牲畜、茅屋草庐以及盆碟碗罐，打赢了这些，也就困死了你们"。在这样意图下，"扫荡"一变而为"清剿"，再变而为"驻剿"。可惜八路军并没有让他清静的"清剿"下去，"驻剿"呢？对不起，这里并没有给"皇军"预备下安枕的"卧榻"。如此一来，费力不少，赔本更多，既不能"清"，又不能"驻"，于是，狡猾的敌人只好从毁灭这张牌里，要了两个狠毒的手法——毒气与毒菌。

毒气与毒菌的利害，我们知道。世界主要战场，直到如今，真正的化学战尚未开始，我们也清楚。国际公约曾有过一条："禁止使用专以散放窒息或有毒气体为目的的射击物。"我们也记得。可是，敌人却独独看中了我们，而且，不仅是在战场当作武器去射击，还要经过老鼠，经过老百姓房屋家具，经过各色各样的引诱物，偷偷摸摸的把它"射击"出来。——这些情形，日来每天终可以看到不少新闻，我们不再赘述事实了。

这足以说明我们在敌人心腹中为患之大，紧紧的扭住敌人南进北进西进的大腿。他越想往前进，我们便越往后扭，一切如意算盘都被我们打乱了。坐定思痛，敌人只有咬牙切齿使出各种卑鄙无耻绝灭人性的残酷手段。可是，不要忘记，敌人痛楚是日甚一日的，而它的狠毒却随着痛楚的增加，而更益加甚。在这里，我们要提醒大家：所谓接近胜利的困难，今天还只是开始，一个新的残酷的生死斗争局面正在揭幕，毒气与毒菌正好给我们带来一个值得严重警惕的信号。

所以说，困难只是开始，这正意味着今天敌人还是站在困难与胜利的交叉点上。战争是力量的竞走，落伍是敌人注定了的命运。因此，敌人站的交叉点是极度不稳的，困难势将上升，胜利必然下降，于是魔爪施于敌后的也只有越来越狠毒，而毒气与毒菌只是其中武器之一，尚不能包括其全部。倘使有人希图侥幸或者张惶失措，不去教育人民防毒知识，不去动员人民组织防御设施，不去积极与军政医院密切连系，解救目前一些受害地区与被难人民，则在未来残酷斗争中必然要自乱步骤，不辨东西。我们应澈底认识，力量悬殊的作战双方，弱者要想从强者手中夺取胜利，没有极大的流血代价，没有咬紧牙关经历艰险的英勇斗争，那么一切都会成为画饼。但是，困难不是绝对的，而是接近胜利的困难，困难前面有着光明坦途，需要我们坚定的向前看。

我们不像一八三六年英国战争中季墨尔将军致对方的通牒所说："这是多么残忍而可耻的一件事（放毒），如果再不停止，那末，你们留在历史上的事迹，将永为后世切齿不忘。"因为，日本法西斯并不需要历史。但是我们要向全世界人类控诉敌人暴行，要向全世界人们诉说我们为解放自己拯救人类而担负的苦难，激励起更雄伟的反法西斯的斗争。

（原载一九四二年四月七日《新华日报》华北版第一版社论）

实行三三制

——贯澈党的领导

正当整顿三风,进行反宗派主义的斗争之际,让我们设想有这样三个不同的县参议会和县政府:其一,县政府和县参议会都是清一色的共产党员;其二,议会、议员、政府委员中党外人士都在半数以下;其三,真正实行了三三制。这三种县政府在政策掌握上、工作方法方式上、工作作风上会有些什么不同呢?在共产党员思想意识的锻炼、工作能力的培植上,又有什么不同呢?先让我们看一看第一种:参议会和政府都是清一色的共产党员,共产党员的第一个任务,是服从组织决定,因此当一个任务来到时,他们所考虑的第一个问题，就往往是（而且不能不是）"如何完成这一个任务"，至于这一任务本身的政治意义在那里？为什么要这样做？这一个根本问题上，却不会发生争论。对于党外人士的心理，如何看这一问题，则更少考虑，因此对于政策的理解，也就不能深刻，甚至对于政策研究与把握，失掉兴趣，大家总都以"完成任务"为满足，逐渐发展的结果，是政治上的迟钝和麻痹。

在工作制度上，极容易党政不分，以党代政，一方面议会和政府不能发挥其独立的机能，在人民面前，减低了它们的威信；同时，也使得党委纷忙于日常的政务，反而疏忽了政治上的领导。大家都是党员，干的是一件事情，讨论的是一个题目，又何必挪移三个地方（县党委、县议会、县政府）开三次同样的会？在工作方法方式上，因为对于党外很少考虑，结果是党的政策不能变为广大人民的主张，人民感到的只是"公家"加重自己身上的"负担"。县委、参议会、县政府以至群众团体的负责人，在人民中间，都变成了"公家人"，不再是与他们血肉相关的自己人。

第二种怎样呢？

县议会、县政府里，只有少数的党外人士，党外人士在来时勉强进门，不敢讲话或少讲话，遇事则敷衍表面，因而我们也就容易不把党外人士作数。或误以党外人士当真没有跟我们不同的意见，于是多数人已经讨论决定了的东西，回头来再集少数人开一次会，把原案照样通过一番。日子一久，又感到太麻烦，党外人士，自己知趣，也就懒得参加这种党政不分的议会。于是一切事情仍旧贯的进行起来，照样地不研究政策，照样地没有争论，照样"完成任务"。我们主观上也许是想跟党外人士合作，但是实际上，变成了"请客"。党外人士即使有当真打算到议会里来发表好的意见，到政府里来施展他的抱负，但实际上，却作了不愉快的客人。这种情形，对于共产党员毫无好处，对于县党委的工作，依旧是累赘，而议会则容易变成一个空洞的形式——甚至连形式也只是很难看的戏。

在第三种情形下，局面就完全不同了。

党外人士一多，大家就敢讲话。他们或者根本就不同意我们的主张；或者是同意我们的主张，而不赞同我们的办法；或者同意主张办法，而反对人选。在这种情形下面，共产党员——首先是被选到议会里和政府里的共产党员，就不能不细心的深入的去研究，并把握党的政策。如果依旧是知其所当然，不知其所以然就不行了。另一方面，他就不能不注意研究别人的立场和意见，而想出种种的对策，使别人接受我们的意见，同时也接受人家意见的好处。如果依旧是自高自大，目无旁人，他们就会被孤立受打击，以致一事无成了。同时，他们也就不能不时时刻刻记忆自己是共产党员，牢固的站稳自己正确立场，为抗战工作做模范。如果再马马虎虎吊儿郎当，连群众都会公开指责你不配做共产党员了。

于是党的政策当更为广大人民所理解，党员行动当更为广大人民所拥护，这便是革命胜利的保证。

其次，在工作制度上，也就不能不实行转变了，党已经不能代替它，就不能不在主张与办法上多用心思，不能不考虑通过政治领导，争取大多数，以实现党的主张和办法。关于实际政务上的烦细项目，它就只好放弃，也不能不放弃。议会里既然有了不同意见的辩论和斗争，它也就有了它的作用，再不是一个可有可无的形式。即使我们每一项主张能够在议会上毫无异议的全数通过，这些主张，本质上和以前两种议会上通过的决议就完全不同了，因为它们已由党的主张变为人民的主张了。县政府既根据议会的决定，负责制定详细的具体的执行方案和步骤，县政府也就有了自己一定的责任和独立的工作。

只有党与政在工作上的明确分开，才适合于民主制度的方式；只有把党的主张，变为人民的主张，党才能实现对于广大群众的领导。

最后，在新的情况下，工作方法工作方式以及整个的工作作风，就不能不从头到尾来个澈底转变了，关着的门必须打开，旁人的意见必须倾听，单纯的命令必须取消，一意孤行也就"此路不通"了。

所谓掌握与贯澈党的政策，所谓了解情况，学习并运用策略，只有跟党外人士的主张与党外的人士相接触相比较时，才有其实际的意义；所谓党政分开，所谓改变作风，也只有在议会里政府里当真有了二分之一以上的党外人士时，才能实现这一个转变。

三三制不仅是符合于全体抗日人民的利益的政权形式，三三制还是锻炼我们的党员、我们的党的组织，使之真正成为全体抗日人民整个中华民族的利益的代表者，成为引导他们走向胜利之路的带路人的必须的途径。

我们一定要坚决地毫不犹豫地实行三三制。

（原载一九四二年四月十日《新华日报》华北版第一版社论）

发扬民主作风

——纠正关门主义和宗派主义

我党中央不特坚持抗日民族统一战线的正确方针,而且有贯澈这一方针的具体方案——三三制。三三制在我们敌后各抗日根据地的推行,已经获得不少的成绩,加强了根据地里面各阶层人民的亲密团结和积极性,提高了在敌后坚持抗战的力量。这样获得了国内外人士的同声赞许。然而在另一方面,由于在我们干部和党员中间,还有不少人保留着某些不健全的作风,以致我党中央的正确方针和具体方案,不能更普遍和更深入的实施而收得更大的成效。

这些不健全的作风究竟是什么呢?首先是自高自大、

包办垄断的宗派主义。有这样毛病的人，存着目中无人的心理，一切事情，不向非党人士虚心磋商，不征求他们的意见和批评，而一味独断独行，只凭自己主观的愿望来强迫命令非党人士和各阶层群众。用这样的作风去做工作，即便其主观愿望和工作本身是"大公无私"，是为各阶层群众和党外人士谋利益，然而因为党外人士对于这工作没有参加意见的余地，仍然会感觉没有兴趣，甚至于不满，仍然会感觉为他人捧场，自己没有地位的痛苦。在这样情况之下，我们要和党外人士和衷共济，要发扬群众的积极性和自动性，那是不可能的。其次，不健全的作风还表现在惧怕和人接触、闭关自守的现象上面。犯这些毛病的同志们，眼见极端复杂的统一战线环境，便逡巡不前，没有勇气深入这个环境里面，和各阶层人士一起生活，共同解决问题。这些同志惧怕群众的批评和意见，不敢把自己的主张在非党人士中间展开热烈的讨论。为了省事和省却麻烦，他们唯一的办法便是像鸵鸟一样，把自己的头埋在沙里而和广大非党人士和群众隔绝起来。他们尽管可以把党中央的决议背得烂熟，然而由于他们对于社会内各阶层人士和群众的脉搏全然无知，他们就没有办法将这些决议变为群众自己的要求，而见诸实现。

这种不健全的作风，如何可以纠正呢？语云"对症下药"，就是要先认识病症的性质，□能够下药。自高自大、包办垄断、惧怕和人接近、闭关自守的毛病，对于革命事业的进展、对于干部本身的进步，都起了阻碍和倒退的作用。要把这种坏的作风看成蛇蝎般的毒物，才能予以深恶痛绝，而代之以健全的民主主义的作风。那种健全的作风，究竟是怎样的呢？那便是虚怀若谷，善与非党人士和各阶层人民和衷共济，倾听他们的意见，照顾他们的利益，和他们共同磋商问题，共同决定问题。只有如此，才能团结非党人士和各阶层人民，才能使他们的积极性和自动性充分发挥起来，才能使他们愉快地执行共同的决定。因为他们知道这些决定，不但有他们参加意见，而且取决于他们，取决于大多数。

但是要纠正不良的作风，并不是易如反掌，而是相当艰苦的事情。光是明白为什么要改变作风，还是难以收改弦更张之效，主要还是要依靠于实践，要依靠于深入社会和群众中去，在实际工作中检查自己、改进自己。因为实践是改变作风的一个重要步骤，而社会是一所课程最丰富的学校。群众是最有力的良师益友。我们要踊跃地深入社会各阶层中去接近非党人士和群众，虚心的向他们学习，虚心地了解他们的生活习惯，找出能够和他们发生联系的桥梁，并用他们所通晓的语言，根据他们本身的经验，来耐心地解释我党的主张。只有这样孜孜不倦地在群众中间工作，不断的锻炼自己，才能真正树立民主主义的作风。

有些人把党性的意义误解了，生怕为党外程度参差不齐的广大非党人士和群众"沾染"他的"党性"，因而坐在家里，关起门来，空喊口号，背诵决议。然而事实上加强党性决不是离群索居、与世绝缘，而是要深入极端复杂的统一战线环境中进行工作。一方面保持忠实于中国人民的民族解放和社会解放的坚定立场，始终不渝；另方面则同广大非党人士和群众发生密切的联系，灵敏的感觉他们的脉搏，在迂回曲折的场合下，对他们起模范作用，和他们一起解决当前最迫切的任务。

又有些人以为共产党员深入群众、深入到社会各阶层中去工作，便是随波逐流，放弃党在群众中和在统一战线中的领导作用。显而易见的，这种见解也是不正确的。问题的中心是在这里，党的领导作用不是包办代替、盛气凌人所能实现于万一的。相反地我们愈能发挥民主主义的作风，愈能尊重别人的意见，愈能和非党人士和群众保持联系，那末我党的正确主张，愈将为他们所欣然接受，而这样，也就实现了党的领导作用。

抗战的胜利，有赖于民族统一战线的巩固和扩大，而发挥民主主义的精神和作风，又为后者的重要条件。纠正关门主义和宗派主义的不健全作风，实行民主主义的作风，是我们全党面前的迫切任务。

（原载一九四二年四月十一日《新华日报》华北版第一版社论）

一个新任务的号召

当全华北游击战争普遍发展的今天,正处在一个新的历史时期。最残酷、最激烈、最复杂和最变化多端的战争局面正在到来。过去五年,我们使用群众性的游击战争创造并巩固了自己的阵地。同样在现在,我们要求游击战争进一步提高自己的作用。在这里,我们愿提供一个民兵杀敌的计划,一个颇为可观的数字,呈献在全华北地方武装及民兵同志们的面前:

"全华北抗日根据地共有二百五十余县。倘若每县地方武装及民兵能够一天打死一个敌人,那末,一个月所消灭的敌人,便相当于一个旅团,一年之内所消灭的敌人,便相当于六个师团!"

这并不是一个什么简单的数目字,而是坚持接近胜利斗争的严重的政治任务。我们就是要用这个方法去把敌人拖进坟墓。敌人正陷入世界大战的深渊,对于它,正如俗语所说:"伤其十指不如断其一指",杀一个少一个,在我们,则胜利多一分,损害少一分。只有不断胜利与紧张战斗,我们的游击队与民兵,才能飞跃的遵循着自己的历史道路前进,才能根本改变敌我的斗争形势。

武装战线上的同志们!在这一行动口号下,迅速的英勇的投入战斗中去!凭着我们长时期的战斗经验与最有利的群众条件,一个县一月杀敌三十名并不是一件难事!

最重要者,一面要依靠群众武装的民主性与分散作战的指导原则,去启发各种杀敌方法的创造性,什么打黑枪、放冷枪、化装摸哨、埋地雷等等;寻求一切机会,花样百出,神出鬼没,不论平时战时,不分个人集体,不怕偷偷摸摸,只求杀敌致果。但是,倘在战时因此而暴露群众,轻率盲动,招致不应有的损失,当然也是不对的。另一面是要有高度灵活的指挥方法与经常的战斗锻炼。在指挥上,要善于寻求时机去打便宜仗,不做赔本生意,不能被动应战,有把握才打,没把握就走。在平时,要加强射击训练、地雷训练和技术训练(如国术、跳远、跳高),教育与训练以后,要用实际行动去测验,谁打死了敌人谁就考得第一。

全国正处在积极准备反攻的时期。我们敌后的地方武装与民兵同志,要随时准备转变到新的伟大时期中去,准备将来我们技术与组织条件的改变。不做这种准备是不利于未来战争的。而今天开始每县一天打死一个敌人的实际行动,将要提高我们武装建设到新阶段去!

(原载一九四二年四月十四日《新华日报》华北版第一版社论)

现时太平洋战局与对敌伪宣传

自从日寇开始南洋侵略战争以来,一直到现在,战况对于日寇是顺利地进展着,而且我们应该预想到,这种情形今后仍将暂时继续。因此,日本法西斯军部就利用这暂时的胜利,来夸耀它的"赫赫战果",疯狂的进行"最后胜利已操左券""重庆孤立""抗日军业已消灭"等等的反动宣传,企图以此来消灭在太平洋战争爆发当初日伪军所抱的不安心理及厌战反正情绪。

在这样情况下,今天我们就再不能继续太平洋战争初期所作的同样宣传,应该使我们的对敌伪宣传工作适合于目前的情况。

不要仅仅以英美庞大生产力的统计数字为满足,也不应该像有些地区那样鼓吹"英美大胜""美国飞机轰炸日本"等等。我们不应该作夸大或虚构的宣传,应该承认目前英美失利的事实,同时应该说明英美失利的原因:作战准备不够、指挥不统一、日本无耻的海盗式的袭击等等。说明随着时间的经过,英美将很快的克服自己的弱点,而今天日本也再不能使用其惯用的奇袭战术了。更应该指出:开战以来日本船舰所受的重大损失,物资的巨大消耗,统治与开发南洋的困难,随着交通线的延长而来的不安与危险的增长等等。同时举出具体的事实,说明英美的力量已逐渐充实,指挥已趋统一,反攻的准备已有进展等。

仅仅这样还是不够,我们更应该宣传以下的事实,即同日本配合作战的德国在苏联战场的败退,苏联反攻力量的增强,德国"春季攻势"的必然失败。当世界反法西斯同盟国先击败希特勒,最后以全力对付日本的时候,日本的败退更是必然的。并且日本军部为配合德国及解除北方的威胁,正企图北进攻苏,但是假若日本敢冒这个危险,则更会加速它的溃灭。我们在这些宣传中要使日本士兵领会到最后胜利一定是在反法西斯方面。同时要指出日本的失败,是日本法西斯统治者及其政府的失败,是给日本人民以早日停止战争及打倒法西斯军部统治的机会,是日本人民的胜利。

在进行上述宣传时,我们应努力克服过去对敌伪宣传中的一个弱点。过去我们有这样一种倾向:并不充分考虑日本法西斯对日伪士兵进行怎样的宣传教育,只管高叫我们自己的主张。这样,我们的宣传,当然不会收到预期的效果。因此,现在我们就应该详细的调查研究,敌人在敌伪军中间作了些什么宣传教育?并给予一般士兵以什么影响?然后根据调查研究的结果,将敌人的反动宣传一一给以反驳和粉碎。

太平洋上日寇目前的胜利,给了敌伪军一些鼓舞的影响,这当然于我们的对敌宣传是不利的。然而另一方面,日寇的胜利事实上不但丝毫没有改善敌伪军的生活,相反的,更使他们的情形更加恶化:退伍回国的希望没有了,还有被送到南洋或西伯利亚的危险。由于华北一部份日军撤退的结果，以较少部队担任警备与战斗，使苦痛和危险增大；为经济的掠夺与巩固南进北进的后方而举行的"'扫荡'战"之频繁；物资给养的恶化与缺乏，长官虐待士兵的暴行，更加厉害；国内人民生存困难与日俱增；法西斯军部暴政专横，有加无已……这一切，都使得日本士兵悲观绝望，其结果表现为最近他们逃亡自杀、自动投降的增加。再在伪军内部，敌伪矛盾日益增大，监视、解散、缴械、枪杀时有所闻。至于强征壮丁、"治安强化"以及对我中华民族惨绝人寰的暴行等等，这些都增加了伪军士兵的痛苦，唤醒其民族觉悟，其结果表现为伪军的动摇及逃亡、反正的频繁。上述各种事实，是太平洋战争实际上给予敌伪士兵的东西。"日军连战连胜"的宣传，或可麻痹伪军士兵的痛苦与不安于一时，但不能长久继续。随着战争的扩大与持久，英美反攻力量的增强，士兵生活更加恶劣，他们的情绪也一定会更加恶化。这种情形对于我们的宣传，都是有利的条件。最近日本军队把有战斗经验的老兵调往南洋与北满，而代之以未训练的新兵，来配备华北战线，这件事对于我们的宣传，也有若干的便利。因为刚从日本国内来的还没有成为"兵油子"的新兵，比较容易感受我们的宣传。

因此我们如果能够对于敌伪军士兵，一方面具体地说明日寇没有前途，同时按照敌伪军内部情况及士兵心理与要求，来进行正确的有伸缩性的宣传，我们相信一定能够更加促进他们厌战反战以及逃亡反正的情绪与行动。

最近日寇为妨碍及破坏我军的对敌工作，开始用自动投降的方式，诱骗我们干部，或派奸细图打入我军内部，或用其他的阴谋手段，来达到这一目的。这件事我们应该警惕，但同时亦说明了我们的对敌工作有了成效，致使敌人也感到威胁。但是应该承认，我们的宣传还没有深入敌军内部。其证据就是日本士兵的逃亡自杀事件，最近虽然有显著的增加，然而自动来归我军的，仍属为数不多，至于日军内部的群众性的反战事件，更是绝无仅有。

我们曾经主张对敌伪军工作，特别是对敌军政治工作，应成为"反攻的先锋"。在党中央整顿三风的号召下，我们的工作应有一个全面的检讨，以期能很好的完成这个最重要的任务。

（原载一九四二年四月十五日《新华日报》华北版第一版社论）

拿出"脱裤子"的勇气来

医生治疮,首先就要消毒,因为只有消毒才能防腐生肌。三风不正,对我们全盘工作与每个同志,却已近乎需要"开刀"了。但,毒疮并非一日长成,开刀自非一举手之劳可能奏效,第一步先要消毒——进行全面的大检查。

整顿三风的大检查,应该是一个上下一体的整个的运动,不是上令下行,而应上行下效(当然不能是原封的搬运)。大家比赛来"脱裤子",把"尾巴"都露出来,看看谁露的澈底?假若人同此心,心同此理,则整顿三风的大检查便不会在哭丧着脸,羞羞搭搭,偷偷摸摸的情形下进行,而是在一种新的改造的进取的精神中,在活泼、奋发、愉快、坦白的空气中来进行。现在检查方在开始,我们希望上级领导机关首先起模范，只要做出好榜样，不怕没人学。但根据最近若干部门的初步检查，我们认为距离令人满意的程度还远，这表现在：第一，有的同志不够勇敢，依然是"老一套"，旧酒新瓶，成色未□，新的材料没去发掘。第二，有的同志还不会"脱裤子"，方法拙笨，材料堆积，丸散膏丹样样都有，而与认识上原则上的改造连系不起来（这多半是一些实际工作同志）。此外，有些人则要的是"银样镴枪头"，覆诵三风的教条，与实际情况缺少连系。测验他改造程度的一个最好方法，便是将他们花费在发言的时间与实际上比较有用的材料或意见做一比例，相差则多在十与一之比。第三，是全机关的生活未因检查而顿形热烈与紧张，未因检查而有了新的上下一致勇敢批判的精神，结果不能有效的改善机关工作，推动领导。根据以上三点，我们觉得谓之初步尚可，谓之为"全部"则相差还远。上级机关起模范就要有："打破沙锅问到底"的精神，不然稍一马虎，影响全区改造运动至巨。

坦白的讲，今天大部份地区，严重的形式主义的工作方式，深厚的官僚主义作风，党性不强，脱离群众，还都在干部头脑上作风上占有着重要地位，这基本上是三风不正的问题。为了咬紧牙关渡过今后两年，实际的准备力量，就必须以一次大检查来整顿三风。

检查内容应该放在两方面：一方面是政策的检查与实施。中央所颁布的土地政策，给我们开辟一个解决当前主要问题的门径。我们在这方面要大大努力，并配合着负担政策的检查和执行，来进一步发动农民。政策检查，基本上要采取自下而上的方式，真正要亲自调查，直接去问，解决问题，了解人民的疾苦、各种舆论及要求。另方面，目前主要的应是领导机关及干部的工作方式与作风的检查，自上而下逐级检查，鼓励那些勇于"脱裤子"的同志，批评那些怕露出马脚的同志。整顿领导上的三风，必须从检查党八股的形式主义入手，去探寻追溯主观主义的病源，倾听党外人士及广大群众的批评意见，来检查宗派主义，与对群众的官僚态度，揭露干部间流行的三股阴风，着重检查干部政策，改善上级与下级、老干部与新干部、党内干部与党外干部的相互关系，检查干部与群众的关系，纠正脱离群众的可耻现象，并努力发现某些干部在思想上与生活上的腐化现象。

现在，党政群众团体检查委员会多告成立，上边检查已经开始，新的精神与新的空气正在酝酿中，特建议三点借作参考。

第一，要自己先"脱裤子"，然后再帮助别人"脱"，不要因为自己或自己工作部门任务在检查旁人，而把自己轻轻的放过，这样，就会产生主观主义的批评态度，官僚主义的检查作风，党八股的照例行事。自己不出血，光教别人出血，没有痛苦的经验，结果等于隔靴搔痒。

第二，要慎重，更要贯澈。为什么要慎重呢？因为病已多年，根源复杂，整顿三风是基本要求，但方式必须讲究。我们要预先提出反对"钦差大臣"的方式，否则会引起某些人恐慌终日，坐卧不宁。方法要正确，指导要有现实根据，主要一点应放在发动自动性上。但是，不管某些工作部门或个人的裤子如何难脱，遭遇何等抵抗，我们都要下决心的贯澈。因为，留病在身，只有加速死亡，于事于人均无好处。

第三，整顿三风做的澈底，还得最后的县到区以至到村，面对着广大群众去整顿，因为整顿三风不仅是人的问题（人是重要的），重要的还在于改造工作，推进革命。因此，眼皮必须往群众身上看，群众是我们天然合法的监视人，整顿三风的全盘目的，正在于发动群众。脱离□群众去整顿三风，等于在沙滩上建筑革命的海市蜃楼，经不起狂风暴雨，最后必然归于坍台。

（原载一九四二年四月二十一日《新华日报》华北版第一版社论）

精研十八种文件

整顿三风，检查工作的风气，虽然已和春风一起，吹遍敌后根据地，但严格说来，这运动还仅仅是一个开始，严肃而澈底的进行，恐犹嫌不足。

根据中宣部四月二日的决定，各党政军民机关团体，应该认真研究中央所决定的关于整顿三风的文件。研究这些文件的时间，机关为三个月，学校为两个月，然后开始检查工作。在这个时间内，要求真正了解这些文件，使我们能够运用这些文件，作为我们改正思想方法和转变工作的武器。虽敌后战争频繁，环境紧张，在时间上或者不能不有所伸缩，但研究十八种文件，确应成为我们目前的中心任务之一。

要真正领会中央所指定的文件的精神和实质,首先必须精读和探讨文件的本身,可是同时又须把这些文件和我们各部门的实际工作联贯起来,才能使我们亲切的感觉到这些文件确是对症下药,才能深刻了解什么才是正确的思想方法和工作作风,什么才是不正确的阴风,必须及时去纠正。也只有如此,才能使整顿三风的讨论,在各方面具体化深刻化起来。

"有的放矢",就是要体会中央所指定的精神和实质,用来检查和改进我们的工作。当我们每一次精读一个文件之后,细心反省一下自己的工作,便会发现以前所忽视的弱点。发现了弱点,便要研究怎样克服它,这又不得不使我们再次把文件细细咀嚼一下。如此反复精研,才能使我们从实际工作和生活中,掌握这些文件,作为自己的武器。

无论在那一部门的工作里面,只要我们留心观察,都可找到一些三风不正的生动例子,而这些例子,便是使我们讨论三风能够具体化的极好材料。

譬如在党政军民各机关里面,上级发出指示和命令,是否每一次都能切合下面的实际状况。如其不然,只凭主观的愿望发号施令,不管下面是否行得通,这不是主观主义的表现吗?在另一方面,下级向上级报告,不调查具体情况,明白的叙述,以供上级决定的参考,而是空话连篇,不着边际,这难道不是主观主义的表现吗?

再举一个例子,以财政经济工作而言,如果我们不切实调查某一地区所处的具体地位(譬如巩固的根据地和不大巩固的根据地是不同的),调查不同地区的各个农工商业状况,各阶层人民的生产能力以及物资等等,如果只凭抽象的原则(如自给自足、合理负担等),决定种种措施,这难道不是主观主义吗?又譬如说,在我们边区办一个规模不大的手工业工厂,而采取了近代大工业的会计制度与成本计算制度,浪费人力,无补实际,这样不估计就地经济落后的条件与事业的性质,而盲目地采用大城市里面的一套办法,这不是教条主义和主观主义又是什么东西呢?

又如在群众工作方面,如果我们不考察我们的对象,研究各阶层人民的生活状况、风俗习惯和群众的迫切要求,不使用他们所能了解的言语去进行宣传鼓励,而只是对他们讲一些和他们生活无甚联系的抗日反法西斯大道理,结果必然会"言者谆谆听者藐藐",这又不是受了主观主义和党八股的遗毒之害吗?

中央整顿三风的指示,应当使我们站在各种不同岗位上的同志敏锐地发现自己工作的弱点和错误,并且认识清楚这些弱点和错误所以发生的思想根源和不良作风。我们深入地研究、热烈的讨论中央所指定的文件,是为了使这些文件的精神,贯澈于我们各部门的实际工作里面。以中央的文件为"矢",以我们的实际工作为"的",来研究那一种是正确的思想方法和工作作风,那一种是不正确的思想方法和工作作风,这样才能使理论和实际紧密联系,才能使整顿三风的运动,在各方面充实和深刻化起来。

(原载一九四二年四月二十二日《新华日报》华北版第一版社论)

今年的中国青年节应该作些什么?

第四届"五四"中国青年节,很快就要到来了。本月的初旬,晋冀豫区青年救国联合会曾向华北各青年团体提议,在今年国际青年节召开华北青联筹备会,具体商讨统一华北青运的问题。这一提议,表露了千百万华北青年的诚挚愿望,对于统一华北青运,是一个有力的推动。为了赞助这个提议,迎接这个筹备会,我们要求各地青年,通过今年纪念"五四"的各种集会和活动,在干部中、会员中、队员中以及广大社会人士中,进行生动活泼的宣传鼓励,要深刻的说明华北青联筹备会的召开,决不是只图一时热闹,成立形式的上层机关,它的真实意义是在于推动华北各地青年工作的深入与平衡发展,求得华北青运进一步的扩大与巩固。经过这样的宣传，才能活跃与鼓舞干部、会员、队员的情绪，并且获得广大社会人士的同情与赞助。在这期间，还特别要求各地青年，努力加深自己的工作，深入调查研究，总结和创造实际的工作经验，这不仅为了充实筹备会的内容，而且为了整顿三风，澈底肃清华北青年工作中的主观主义、宗派主义、和党八股的作风。这就是我们纪念今年中国青年节的第一件工作。

华北敌后正处在接近胜利的最困难的两年中。当前的一切工作、一切活动，都应该是为了克服困难，渡过难关。这就要求华北各个青年团体，在自己的干部、会员或队员里，进行深入的教育，要抓紧各地敌人蹂躏屠杀妇孺与放毒散疫等具体事实，进行反法西斯的宣传鼓动，激发青年仇恨日本法西斯的战斗意志。而另一方面，要教育青年认识根据地人力、物力的困难，而这些困难能否克服，将关系着根据地的生死存亡。更重要的是要教育青年，只要我们正确认识并且积极努力，这些困难是可以而且一定能够克服的。必须把我们一定要而且一定能够坚持渡过艰难之两年的信念，深刻的印在华北千百万青年的心坎里。对于正在热烈进行着的春耕运动，青年团体要用尽一切方法，动员和组织全体青年，奋勇的投入这个最重要的中心工作，以保证本区增产计划之胜利完成。此外，各地青年团体还必须更加关心青年的切身问题，切实改善青年的生活，以发扬广大青年的自动性与积极性，这就是今年中国青年节的第二件工作。

我们瞭望敌占区，五年来敌寇对我同胞的压迫摧残和榨取，使他们痛苦万分，使他们难以照旧生活下去，而五年来敌后抗战的坚持，却使他们深信中国必不会亡，最后胜利必属于我。在这方面感觉最敏锐的便是敌占区的知识青年。今年"五四"中国青年节，根据地的青年应该向他们致亲切的慰问和鼓励，应该向他们尖锐的揭破敌人"配给制度"的掠夺本质以及其他奴化与抓捕青年的狠毒阴谋，应该向他们介绍抗日根据地青年的民主自由生活，应该向他们解释日本法西斯在太平洋上战争的胜利是暂时的，而它的最后失败却是必然的。要帮助解决他们的困难，解答他们的疑问，鼓舞他们最后胜利的信心与斗争情绪，团结敌占区的知识青年和广大青年群众，这就是纪念今年中国青年节的第三件工作。我们全华北广大青年们，应该发扬"五四"的传统精神，来完成敌后青年的历史任务！

（原载一九四二年四月二十三日《新华日报》华北版第一版社论）

警惕反动份子新活动

十八日,本报曾揭载冀西破获暴动案。这些反动份子,妄图再出现五个离卦道式的汉奸暴动。不料尚未发动,即为边区军政民团结的铁拳所粉碎,减少人民许多不必要的损害,巩固了根据地社会秩序。

显而易见的,反动份子为制造暴动,曾煞费苦心。它检讨并吸收黎、邢暴动的失败经验,把暴动时间与敌人"扫荡"配合一致。它改变了旧的论调,以"日本败局已定"为虚招,掉转头来便是"日本不是敌人,共产党才是唯一的大敌"。它把失败出路安排在伪军与敌占区中,以敌人据点为归路,以伪军为自己人。司马昭之用心,路人皆知,马脚一露,阴谋大白,暴动遂告破获。

必须充分估计这次阴谋的制造，乃是黎、邢汉奸暴动的继续发展，也说明它是带有相当普遍性的有组织的活动。不少的反动份子潜伏在工作薄弱地区，在部份落后的群众中（特别是会门群众），听令于敌人，背靠敌占区，以敌人作护符，行使阴谋于根据地，给我们土地上撒下毁灭的种子，在一定时机，配合敌人，撕毁幸福自由的边区。

那末，反动份子活动的一般特征怎样呢？第一是散布谣言，混淆听闻。一般的如"××事不日北上"等，多为政治上挑拨之词。最狡诈的是根据具体情况造谣破坏：如今日消息，在简政工作中，它造谣是"×××体念民艰，逼迫八路军非减少不可"。又如对于三三制，他们便造谣说："中央政府不教共产党一手包办了"。企图曲解我们好的主张，在群众中模糊了"是谁体念民艰"？"是谁开放民主"？在分配负担或动员参战时，谣言更为活跃，制造民族利益与群众利益的对立，破坏中心工作，涣散群众力量。"扫荡"之后，反动份子曾利用群众悲观失望心理，制造群众与军队、政府的对立。政治上散布"屈服"的观念，逼迫群众投靠敌人。一般情况下则利用各种偶然事件，兴风作浪，如见树出水，便造谣说是"菩萨"哭了，要遭大灾，使人心动乱，破坏根据地良好的社会秩序，进一步来发展落后组织。谣言的目的是企图动摇群众对共产党八路军坚持抗战的坚强意志，夺取落后群众，迷惑人心，以建立反动组织并打下暴动的基础。

第二是依托会门发展会门，哄骗会门群众供其驱使，这在黎城事变中已成为有目共睹的事实。目前会门名目甚多，扑朔迷离，不易辨认，反动份子以此来多方的勾引群众，从中建立秘密的核心，指挥各种破坏工作。

第三，用一切方法来模糊敌我的界限，转移一部份人的斗争情绪到"破坏根据地"这一点上来。有时用速胜论调，使一部份人士对敌麻痹，放松警觉，再以卑污手段来煽惑对共产党、八路军、三三制抗日政府的仇视。或散布失败空气，威胁恐吓，迫使某些人士自认"没骨头"，只好依从反动份子进行破坏。对某些干部则以物质引诱，使其战斗意志消沉，丧失远大前途。

第四，是扩大我们工作上的团结上的弱点，以树立其潜伏与进攻的阵地。特别在农村中，群众未能很好发动的地方，则多与土豪劣绅打成一片，压抑群众，抵抗政策。在群众比较发动的地区，则常常勾引一些失意的人物，明争暗斗，拉拢上层，打击下层，曲解政策，愚弄群众。

最后，在一定时期，估计时机已经成熟，利用某些借口，发动"武装暴动"，配合敌人，内外夹攻，企图颠覆我抗日民主根据地；暴动失败，则拖人带枪投奔敌人，充当伪军。

以上数点，值得我们严重警惕，用一切努力防患于未然。并且，应深刻的认识反动份子处处失败的原因！

反动份子的失败，是失败在群众之手。反动份子一切阴谋都要拿到群众中去施展。然而，无论任何一件活动，却莫不与中国人的实际利益相抵触。如反对自己民选的政府，正是要人民坠入日寇奴役的虎口中去；反对八路军，正是欢迎敌人前来烧杀奸淫。因此，只要群众警觉，奸计便永不会得售。所谓群众真正的警觉，乃是产生在自身发动的力量中。假如我们没有认真执行土地政策，没有群众为保卫自己利益而斗争的明确观点及政治觉悟，必然不会清晰的看出隐蔽中的反动份子。

其次，要毫不放松的揭破谣言，给谣言以针锋相对的而不是教条口号的具体回答。这是教育人民、警觉人民、增强人民政治经验最好的方法。对会门群众要进行耐心说服，指出敌人成立东亚佛教总会的阴谋，引证实际的例子来证明敌人及反动份子的阴谋。告诉人民，把政府尊重信仰自由与取缔非法的秘密组织区别开来，并进一步的加强防谍除奸工作，反对对除奸工作的消极观点。须知根据地取消岗哨，并不等于取消除奸工作；政府规定村无捕人权，并不等于人民放弃应有的除奸义务，也不等于取消临时的紧急措施。防谍除奸在民兵中及有组织的群众中要提高战斗作用，永远保持着对可疑的人或现象的侦察及清楚了解。

最后，对于目前反动份子的新活动，我们要在各地普遍进行一个宣传上的攻势，揭破反动份子的阴谋及其实质，警惕全区人民，从群众中孤立反动份子，如查有实据，则可依法惩办其中为非作恶首要份子，对盲从受愚之人要做耐心解释，使其觉悟前非。官僚主义的处理方法，是不会得到任何满意的结果的。

（原载一九四二年四月二十五日《新华日报》华北版第一版社论）

从敌人魔爪中夺回自己的同胞！

　　远在太平洋战争前夕，我们便一再揭破当时敌人的抽丁是为了"送往太平洋当炮灰"，如今事实已成铁证。然而为什么在敌人已获初步胜利的今天，抽丁反而变本加厉呢？这正因为敌人的胜利是初期的，暂时的。其兵源物力之匮乏，使它难于应付战线日益宽广的长期战争，同时更赶不上突飞猛进的美国军火生产和同盟国的人力动员，于是敌寇便妄想把华北作为"兵站基地"，想把我华北全部青年，作为开发南洋之工具。何况敌寇正在准备冒险北侵苏联，图解"盟兄"之困？日来报载大批华工开入苏蒙边境构筑工事，正说明了目前敌寇掠夺中国人力的另一新的用途。

如果注意一下敌寇抽丁的情势，那末一方面是表现出异常疯狂，翻阅本报，几乎每天都有抽丁的消息。三月份内敌由华北各地抓捕壮丁运至东北者，达十五万八千余人。正定、行唐、五台以及冀中、冀西，敌更大批抽丁，甚至魔爪伸入佛门，五台喇嘛，亦难逃劫运。而另一方面，又表现着矛盾的特征。敌寇怕"硬抽"引起人民反抗，乃在各地组织所谓劳工协会，采取欺骗的劝募方法，实施"青训"政策，然后突然将精壮改编为伪军。又如去年平市群奸曾为"人力恐慌"，而表示要"减少出口"，讵料曾几何时，一切都被撕破，而代之大包围式的捕捉。太原、石家庄等城市，敌为顾全面子，曾扬言十里内不捕丁，但后来竟又大演其全武行，到戏院里捕捉观众。最近更大施狡狯，包围村庄，用沙里淘金的办法，借检举"抗日份子"为名，抽选大批精壮掳掠而去。当此四次"治强运动"进行之际，其捕捉青年之穷凶极恶，更是可不言而喻的。

日本强盗想以中国人的生命来拖延自己死亡的命运。全华北同胞正面临着一个最大的生死斗争。四百万同胞已被敌人载运到死亡线上，若再任其无止境的捕捉，则民族元气之亏损，将不堪设想！问题是严重的，敌占区人民的热血是沸腾了，自发的武装反抗正在滋长，磁县、内邱民众抗日暴动便是一个先例。

认识问题的严重性，便□进一步掌握群众高涨的斗争情绪，使人民知道捕捉壮丁是敌人殖民地政策之一。敌人越接近死亡，其残酷疯狂亦将愈甚！我们对此决不能麻痹半分，应该接受经验，起来斗争！这里，"二年胜利"，必将鼓励起敌占区同胞斗争的胜利信心，抗日民主根据地，必将成为敌占区同胞对敌斗争的有力依靠。至于斗争的形式，则须灵活而针对着具体情况，不能急性的盲动，因为盲动的结果，只有暴露力量，孤立自己，造成敌人打击或欺骗的空隙。必须根据敌我力量的对比，时间地域具体对象等等条件，或利用合法的、非法的甚至落后的形式，组织武装反抗，保卫一村人保卫一方人，或以和平的方式进行推诿破坏，或在不能立足时投奔根据地。过去许多地方单纯用招待所去欢迎壮丁投入根据地，而忽略社会关系与社会事业。在今天我们应该利用根据地人民与敌占区同胞的社会关系，去进行劝告。发动本地名流士绅，组织各种慈善事业、社会事业来进行号召，这样，其力量往往远在招待所之上。

此外，过去我们常常忽略了在群众中进行"被捕捉后怎样做"的具体教育，这是现实的重大问题。保持民族气节，不做敌人牛马奴隶，是基本的教育，而在被迫屈辱为敌服务时，也要在"不打中国人""不打苏联""不替敌人办事"的口号下，进行怠工，或予敌以各种各样的破坏。至于团结一切被压迫的中国人，在可能条件下，配合外部的武装斗争来组织暴动，重回祖国的怀抱，这便须看具体情况，见机行事了。

总之，时至今日，我们绝不能用以往的眼光，来看待今后敌人掠夺人力的鬼计，要把斗争提高到最尖锐的程度！

（原载一九四二年四月二十七日《新华日报》华北版第一版社论）

纪念五四整顿我们的文风

——论文化与大众的结合

"五四"所以称得起中国文化的启蒙运动,是由于他的旗帜是:科学—民主。但同样,由于他缺少另外一种东西,终于不能不使他宣告流产。这另外一种东西,便是大众,便是服务于大众的精神,便是文化与大众的结合。

文化与大众结合的基本条件,必须依靠政治力量的帮助,远在一九三〇年,鲁迅在《论文艺的大众化》一文中便说:"一条腿是走不成路的。一条腿走路的行径,标明着二十年来中国新文化运动的全部艰辛旅程。"

现在,在我们总算是两条腿走路。然而,却又因为吃了党八股的亏，抗战快五年了，在敌后的文化领域里，依然是满眼的荒山和野草，很少长出佳花美木来。

八股这劳什子，本来是封建时代专制皇帝用来牵制人材思想的工具。今天我们的党八股，同样是禁闭人材思想的囚笼，不过这个囚笼是我们自己动手造成的吧了。每当月白风清之夜，倘使扪心自问，在过去，我们有些人不是满足于空洞抽象调头的背诵，沉醉于马、恩、列、斯个别结论的搬弄么？自然，我们所搬弄的原理原则是正确的，他的所以正确，就在于马、恩、列、斯早已说过了。但倘追问一句：你搬弄他的目的何在？与目前的具体情况有何关系？你将怎样用他来解决实际问题？这样一来，岂不是脸皮上未免有些热辣辣么？还有，在过去，我们有些人无论在作文章或者讲话的时候，不是时常发生强不知以为知，自己并没有十分懂得透澈的问题，而一味的靠着成本大套的花言巧语，陈腔滥词来装腔做势么？倘加以比较，那种装腔做势的程度，与"天地乃宇宙之乾坤，吾心实中怀之在抱"这种旧式的典型八股又有多少区别？我们的宣传品和宣传口号，不是既少新颖生动的内容，又少老百姓喜闻乐见的形式，很少抓住特点和中心，划分阶段和时期，针对具体宣传对象，揣摩群众要求和心理么？打倒日本帝国主义这句战略口号，不是在对敌斗争上到处机械的应用，甚至在火线上也照例广播么？我们的文艺创作，始终停留在公式主义脸谱主义的泥沼，出现在舞台上的汉奸卖国贼，不分大小，不论男女，除了怀中一面太阳旗，满脸凶恶倒霉相以外，便再也找不出丝毫的特点和个性来。不久以前，据说我们的一张艺术宣传画，上面画着一只标明为日本帝国主义的猪猡被八路军两个战士用刺刀来驱逐着。但老百姓却有另外一种看法："八路军过年要杀猪呢。"可见在群众的眼光中，凶狠的日本帝国主义是并不像猪猡那样软弱无能的。

总之，在下面，老百姓眼巴巴的望着精神食粮。在上面，有人死抱住党八股不放，这便是今天以前的本区文化运动的一个侧影。

党八股是主观主义和宗派主义的避难所。他有着一堵隔离文化与大众结合的高墙。他把一切生动活泼的思想，老百姓喜闻乐见的事物，完全关闭在高墙以外，这是一方面。另一方面，装腔做势，咬文嚼字的党八股，这种硬化了的公式主义的表现形式，工农大众虽是读书十年，也休想学会运用。倘使党八股长此猖獗下去，甚或不幸万一让党八股占得全部天下，这就使得工农大众完全丧失了表达自己思想和生活的工具，不啻用绳索绑住了他们的手脚，更那里谈得到武装大众的头脑，更那里谈得到思想革命？

反对党八股，要求将文化与大众的结合，首先要求文化人大众化，一切的政治工作者宣传工作者大众化。他们必须不只能够关于把握群众的脉搏，体会群众的要求和想法，善于表达群众的苦痛和声音，同时，更要能够善于运用群众的语言，具体生动的譬喻，经常把党的路线和决议，进步的思想、改革的意志，深深的印入大众的脑海，引起强烈的反射作用而□成革命的物质力量。他们不是像十九世纪俄国民粹派那样，高高在上，以"人民之花"自居自豪的人，而是和大众一同生活，一同呼吸，有研究，善思考，虚怀若谷，诲人不倦，一面用革命的意识来武装大众，一面从大众那里不断摄取滋养的血液，和大众一起来改造自己，改造世界。他们应该逐渐把自己改造成这样的人：有科学家的精细头脑，强烈的民族思想民主精神，终身为大众忠诚服务的勇气和决心，宗教家殉道者似的不屈不挠的毅力！

所谓文化与大众的结合，同时也是意味着从大众那里来开发文化的源泉，培养健康的新型的大众文化吹鼓手。因为劳动创造了世界，劳动也同样创造了文化。事实上，大众并不像一般人所想像的那样愚蠢，中国的和外国的实际例子，早已证明这点了。

反对党八股，要求文化与大众的结合，不仅需要文化工作宣传工作的群众化，同样也需要文化工作宣传工作的民族化。这是一个问题的两方面：没有"新鲜活泼的，为中国老百姓喜闻乐见的中国作风中国气派"的民族形式的创造，便不会充分表达出真正的民族的大众的新文化。

反对党八股，要求文化与大众的结合，这不仅是一种表现方法上的革命，主要的是一种思想方法上的革命。因此必须经过长期的艰苦的奋斗过程，这是一件需要经过苦痛和流血流汗的大改造，这是中国文化史上空前伟大的壮举。一切文化工作者们固然应该勇敢深刻的反省自己，检查自己历史的和现在的全部言行，干脆的斩去以往华而不实，自以为是，"言语的长人，行动的矮子"等一连串赘瘤所装饰起来的尾巴，而真正代替以眼睛向下，实事求是，朴素切实的工作作风。同时为了普遍掀起反对党八股的巨大浪潮，尤须取得其他各种工作部门的有力配合。倘使真正讲起来，文化的范围异常广泛，他应该包括各条战线上的有关思想知识的斗争，他应该包括军事、政治、经济、文化教育等各条战线的各种思想活动。党八股不光表现在写文章、作报告上，同时在工作计划、总结、决议中，在党的组织工作，宣传工作和其他各种工作部门中，同样会有党八股的存在。因此，反对党八股应该是每个前进思想战士的事。

　　所以，以为克服党八股只是一些文化工作者或者几个写文章的人的事，或者检查党八股不主要的去从思想内容等方面去检查，而一味单纯的去从生活方式上等去追求文化人的特点或缺点，这种近视眼的看法，显然是不正确的。以为今天提出肃清党八股的口号，明天便可全然改观，这种急性鬼的看法，显然也是不正确的。他们全然没有懂得，所谓思想革命，不是经过消化系统，而是经过神经系统的，这就绝对没有消化小米饭那样简单。

　　纪念"五四"二十三周年，正值我党中央提出整顿文风的号召。这将是一个新的更伟大的启蒙运动的开端，文化与大众的结合的开端，这是"五四"文化运动的史实所教训我们的，也是敌后新的政治环境、文化环境，所启示我们的。把这个教训和启示，贯注到全区文风大检查当中去，这是我们无法脱卸的责任！

（原载一九四二年五月四日《新华日报》华北版第一版社论）

今年完全击败希特勒

在去年冬季中迭遭失败的纳粹匪徒们,曾大声叫嚣所谓"春季攻势"。法西斯侵略者曾经把自己的前途寄托于明媚的春季,现在春季不但已经到来,而且快要消逝了,可是希特勒"春季攻势"的叫嚣还依然没有实现,战争的主动权还是掌握在苏联手中。从希特勒日前的演说中,谁都可以看出他那失望的情调,他对东战场局势的焦虑。他虽然企图在残春未完以前,倾其全力再度向"欧洲东部"发动攻势,可是他再也不敢对德国人民保证这一攻势能够如期实现和获得胜利,而只是允许一九四二年冬天不再蹈去年冬天的覆辙。

不管纳粹春季攻势的叫嚣如何,明媚的春光不是为杀人匪徒们而降临的。现在的问题已经不是纳粹发动"春季攻势"与否，而是苏联红军反攻纳粹的春季攻势了。问题并且也不是今年冬季纳粹会不会再重蹈覆辙，而是"德国已临生死关头"，一九四二年内纳粹将被完全粉碎。斯大林同志早已在去年十月革命纪念时，就指明了一年内击败希特勒的前途。在今年"五一"节中，"实现一九四二年为德国法西斯军队最后崩溃的一年"，"一九四二年最后击溃希特勒匪徒"，更成为苏联军民的一致的行动口号。这一口号并不只是主观的愿望，而且是有着充分的根据的。

在苏联方面，红军战士经过十个月的英勇血战，已经娴熟了击破纳粹机械化部队的战术，庞大的后备军已经在新的战争经验的基础上训练就绪，源源不绝的开赴前线。苏联工人和工程师以最高度的爱国热忱，精心擘划的制造武器，供给前方；苏联集体农民加倍加紧春耕，充实红军的军粮；每一个红军战士和苏联公民，都自觉地为保卫社会主义祖国，为消灭法西斯侵略、为解救全人类而战斗！全苏联人民和各民族团结得像一个人一样，因此，在战争的过程中，苏联巨大的人力和无限的物力，日益发挥其威力。

在纳粹德国方面，除了损失惨重，后备军与资源日感不足以外，军心和民心已开始发生显著的变化。据苏联分析德军家书的结果，百分之七十以上都不愿战争继续下去。今日报载，最近开赴前线的德军，在通过波兰境内时，竟有一营实行叛变。希特勒对德国会的演讲，说要赋予他以对任何德国人可以生杀予夺的特权。这不但证明德国人民反对侵略战争，反对希特勒运动的日益高涨，并且反映着德国统治者内部龃龉的加甚，使希特勒非用更残酷的手段镇压不可。特别值得注意的是欧洲被占领国家内反德运动的风起云涌。在法国，纳粹最忠实走狗赖伐尔的上台和德将伦斯德特的调任驻法德军司令，这不仅是为了加紧掠夺法国的人力、物力，以供战争的需要，而且也为了加强压制法国人民日益剧烈的反抗；在南斯拉夫，如火如荼的游击战争不断威胁德军的交通线，使德军大受牵制，屡遭打击；捷克、挪威等国人民亦步着南斯拉夫的后尘，开展广泛的反德游击战争。

总之，在整个欧洲大陆上，反希特勒主义的人民革命运动，正在以飞快的速度，日益成熟着。苏联红军给纳粹的每一个打击，更将助长这个革命运动成熟的速度。

今天在希特勒的前面，是苏联红军坚不可拔的铜墙铁壁；在它的脚底下，是欧洲人民及德国人民争取解放运动行将□发的火山；在它的后面，还有英美建立第二条战线的威胁。四面楚歌，正是今天希特勒处境之写照。无怪乎这一魔王，要深感"一八一二年拿破仑心理上之千钧重负"，而慨叹其"命运将战胜吾人"了。

正是这种窘迫的困境，使得纳粹们的"春季攻势"一再展延，使得希特勒自己对于"春季攻势"也失去了胜利的信心。可是，骑虎难下，困兽犹斗。失去理性的纳粹匪徒，必然将企图再一次地倾其全力，作死命的挣扎。然而可以预言，这个疯狂野兽的挣扎，将遭遇红军铁拳的更严重的打击，不仅使他遍体鳞伤、头破血流，而且使他一命呜呼！

一九四二年将是人类历史上伟大的一年，将是完全毁灭纳粹暴徒与希特勒主义的一年。而希特勒的失败，将是日本法西斯强盗溃灭的先导。战斗罢，一切反法西斯的人民！光明和胜利已在不远了！

（原载一九四二年五月六日《新华日报》华北版第一版社论）

敌伪在四次"治强运动"中的动向

敌伪发动的四次"治安强化运动",为时已逾一月,虽经敌奸协力,叫嚣不已,然终无"赫赫"之成果,失败象征渐趋明显。因此,我们就要把握时机,认清敌在四次"治强运动"过程中的动向,进一步开展反对四次"治强运动"的严重斗争,乘其彷徨之际,从而粉碎其企图。这是目前对敌斗争中的一个严重任务。

那末目前敌伪动向究竟如何呢?

为挽回太平洋战争爆发后敌在政治上所遭受的重大挫折,于是,借着太平洋上暂时的胜利,统一华北敌伪各种宣传工具,并在新民会下增设宣传局,以集中的方式,配合其特务及武装活动,妄图转变我在政治上的优势为敌之优势,这是敌伪目前的主要动向之一。其具体活动是:在敌占区以宣传为主,用南洋胜利迷惑人心,用"渝共分裂"动摇人民信念,用"东亚解放"麻痹人民心理,复以"假俘虏""胜利品展览会"等,来降低人民对根据地的希望,利用叛徒来积极"反共"。在游击区则以镇压方式,来摧毁抗日思想,其主要方法是用武装包围来进行检举,杀鸡吓猴,威迫干部自首,对群众则施行震慑与感化,从中制造叛徒,组织叛徒特务队,提出"以共制共"的口号,造成思想上的混乱与不安,从中利用空隙,散布汉奸思想。对根据地主要的是利用特务机关及反动份子里应外合,散布谣言,挑拨离间,发展会门,愚弄群众,从中制造各种对立,涣散抗战力量。在这样情形下,目前敌我思想战正进入空前激烈的时期。至于敌寇收效如何,那末王逆揖唐蹙首感喟的"哀莫大于心死",正是一句带有讽刺意味的实话。

说到敌伪在经济上的动向,目前正在"粮食恐慌"的阴影下挣扎。敌酋冈村,不得不招认:"华北粮食不足",王逆揖唐也在其"文告"与"谈话"中充满了焦灼的心情。我们知道华北既不苦于水旱,何来"粮食恐慌"?事实证明,这完全是实行配给制度粮券制度的结果。这就不难认清敌伪的所谓"焦灼",无丝毫替敌占区同胞打算的意思。所谓"不足",乃是因为日本强盗无底欲壑没有满足;所谓"增产",也是为着"皇军"的需要。不信请看河北辽阔平原,敌人强迫打井,实行农贷。所组织的"绿化运动",种植的却是供敌寇做火药的棉花!至于经济的搜刮,在太平洋战争爆发后,日益加剧,强迫人民以砂锅代替铁锅,没收一切金属物,举行"国防献金"。现在,更变本加厉,以"禁止行使"代替"鼓励代用",以绑票勒索代替"献金"。没收私人商业以强化配给,极度的限制人民生活食用,并努力为它那攫取全部夏粮的阴谋,打下实施的基础。对根据地则实行滴水不漏的封锁,复以突袭方式,摧毁与劫掠我集市,或以分区"扫荡",毁灭我经济设施,并施行无微不至的掠夺。

除此以外,敌伪在四次"治强运动"中第三个动向,是逐步的分割"蚕食"抗日根据地，扩充"防共自卫团"，发展警备队，普遍的配备伪军，并抽调一部机动兵力，以此来紧密的配合其思想战与经济战，虚张声势，恐吓群众，发展各种明暗的维持会，企图扩展面的占领。

这就是敌寇在四次"治强运动"中的动向！从此，我们应当再一次确定，目前全面对敌斗争的中心，便是反对四次"治安强化运动"。不要模糊了对敌斗争的主要方向，但也不能仅仅空喊口号。斗争是尖锐而具体的，要根据各种不同地区的条件，各种不同的情况，把火力集中到主要方面，给以致命的打击。一般化公式化的办法是最有害的。

在目前，首先必须展开一个与敌人针锋相对的政治攻势，这是反对四次"治强运动"的中心环节。我们要抓紧时事动向与具体事实，来驳斥敌人的造谣欺骗。敌人说"英美无力再战"，可是美国飞机，不是已经轰炸东京、横滨了吗？敌人说"匪区（指根据地）已被毁灭"，然而被毁灭的却是"扫荡"我们的敌人！当宣传反对敌人"治安强化"时，我们要善于掌握敌人嘴皮上与行动上的基本矛盾，和人民切身的痛苦结合起来，予以揭穿。比如，敌人夸□其兵力充足，我们就把最近新兵伪军调防事实，去证明其虚伪欺骗；敌人吹嘘南洋丰富资源可供其百年作战，我们就要把敌人在华北挨家搜索废铜烂铁，强迫"献金"，来证明其穷困。告诉人民，南洋资源虽多，开发却是不易，从满洲大豆用帆船运回日本的事实中，也可以看出即使可从南洋掠夺部份资源，但由于日寇船只大减，也就只能望洋兴叹。

总之，灵活的宣传，要与现实完全结合起来。教条主义的宣传，决不能答复群众的问题，永远不能为群众所信服。在反对敌人"治强运动"的"政治攻势"中，要用最尖锐的曲折的方式。单纯的以发宣传品了事，结果只有把宣传品堆积在敌占区边缘。思想战的基础，要在敌占区工作的开展上，要在群众斗争中表现力量。它是斗争的先锋军，如果和具体的斗争脱节，与新鲜的事实分离，其作用就等于零。

在反对敌人经济掠夺与逐步"蚕食"的斗争中，武装工作队要英勇的协助人民，揭穿敌人配给制度的本质，鼓励人民为保护粮食而斗争，用一切方法逃避敌人搜刮，想办法不教夏粮落于敌手。在被敌"蚕食"区域，要宣传敌占区暗无天日的各种事实，发动反维持斗争，摧残□维持会。同时着重在政治上争取伪军，并以武装活动，深入敌人侧翼后方的薄弱区域，打击敌人。在敌人逐步推进的地区，要打击敌人修路，在斗争中响应"一县一天打死一个敌人"的号召。

回忆第三次"治强运动"终了之际，曾是太平洋大战爆发之时。现在，敌人正在酝酿一个北进攻苏的新冒险，假若日本真的敢冒这个危险，则更会加速它的溃灭。在四次"治强运动"中，我们要向日本士兵、伪军、敌占区人民清楚的解释，并且要坚决反对为侵苏而进一步压榨中国人民血汗的罪行。

（原载一九四二年五月七日《新华日报》华北版第一版社论）

"的"在哪里？"矢"怎样放？

"的"在哪里？

在整风运动中，首先要把这个问题弄清楚，不然，就会迷失方向，永远弄不出什么名堂。可惜，这个简单道理，在某些机关和个人中还没有澈底认识清楚。

认错了"的"的，大约有下列几种：

（1）以机关本身的检查代替了全部工作的检查，结果是把中心转移到去翻机关的老账，只检查日常机关生活与事务工作。

（2）局部工作的检查代替了全盘工作，割裂整顿三风的整体性，使一部份干部（特别是技术干部与事务干部）成了旁观者。

（3）个人检讨成了首位。有些机关第一次会议，便是检讨负责同志，结果失败了，因为忽略了整顿三风的主要目标。

（4）根本找不到"的"，却要机械搬运，人云亦云，不着边际。

不管这些同志口头上如何叫唤对"的"与"矢"有了正确的了解，但是像这样的做法，证明对"的"一无所知。因为机关生活，局部工作，以及个人，虽是"的"的一部份，但不是全部。不认识"的"的全貌，整风是永远收不到很大效果的。

真正的"的"，应该是全部的工作（包括局部的工作），和每个同志的工作作风和思想方法。从工作与个人关系上讲，工作应该是主要目标。比方说：做农会工作的同志，如果只是检讨"××有农民意识，流氓习气"，"指示写的是八股"，"开会方式搬运临参会的一套"，却并不从整个农民运动着眼，根据整顿三风的精神，从历史上做深刻的检讨，用新的方法来"认的放矢"，试问：就是把一切现象像写流水账那样罗列出来，又何尝能在土地政策的正确执行上，获得新的成绩呢？

认清了"的"，才能放"矢"，否则就成为"无的放矢"。但是有些同志却把"感想""闷气""牢骚"当做了"矢"，一下子都放射出来。可是，这除了对工作"挑剔、算账"，对人"攻击"，对自己或许能"痛快"一时以外，对于"改造工作，加强团结"这一基本要求，又有什么补益呢？但这自然也不是说有意见就不许说了，不是的，有意见就应该说，可是必须真正精读了二十二种文件，切实的领会了整顿三风的方法与实质，用改造与团结的精神正确的提出来。

检查工作应该是从大处着眼，小处着手，不能以感想代替深思熟虑的意见，误解具体性为各种表面的罗列，而忽略引用典型的有意义的例子。我们须要揭露，但是，正确的揭露必须是像列宁同志在《做什么》一文中所说的："我们主要的不在揭露琐事，而在于揭露工厂生活的巨大的标本式的缺点。这种揭露要根据特别明显的例子，要能引起全体工人与运动的一切领导的兴趣。"我们须要争论,但必须站在善意的立场上,否则就会流于谩骂!我们须要无情的向着缺点开火,但是,在批判中还必须发扬优良之点,而不应否定过去的一切。我们须要多方面的检查领导,但是,必须把握对事不对人的原则,对错误的揭发要严正、澈底、尖锐,对人的态度却要诚恳坦白、实事求是,应该是与人为善而不要肆意攻击。我们须要民主的讨论,不得抑制任何正确的或错误的言论,但同时,也必须善于把错误意见引导到正确的方向,绝不应不去纠正错误甚至将错就错。我们须要在一定时期组织大规模的检查会议,但必须郑重的准备,没有认真的精读文件,没有细□的小组讨论,没有较深刻的材料的搜集,临时而轻易的召开检查会议,是不会有良好收获的。

批评自己,首先要认识自己,而认识与批评的武器却要从整顿三风的各种文件中去学习。有的同志劈头便是"我存在着严重的官僚主义",但却用"跟马夫瞪了一次眼"的事情来证明,这种大题小做的办法,不是不懂得便是故意如此来逃避真相的暴露。另一方面,也有人小题大做,把一些毫不相关的小事都摆列出来,以表示自己的坦白,或是故意装作坦白,以小事掩盖大事,结果,不能解决问题。另外也有一些同志,勇于自我批评,但只做到了"脱下裤子",而缺乏"割尾巴"的决心。要知道,只把"尾巴"摆露出来是不够的,主要的还在于"割"。"脱"是为了"割",脱易割难,要割掉尾巴,必须看准要害,认识自己错误根源,坚决的一刀两断,加以克服。

整顿三风运动现在还仅是开始,一个漫长的斗争与创造的过程,正在我们面前展开。我们不怕产生偏向,因为错误是正确的先导,失败乃成功之母。但我们也必须勇于纠正缺点,接受教训,为改造工作,加强团结而不断前进。

(原载一九四二年五月八日《新华日报》华北版第一版社论)

缅甸战局与国内团结问题

　　缅甸战事已有了重大变化。日寇占领了缅甸第二大城瓦城和滇缅公路的终点腊戌以后，并以很快的速度，向北面八莫以及云南边境窜犯，这个情况给我国造成了严重的困难局面。西南国际通路最后被堵塞住了，英美对我的物质援助只有空中运输一条道路，这对于我们是一个重大的损失。同时日寇在缅甸北部又可造成对我发动进攻的有利根据地，我国从西南边境上遭受攻击的可能性更大了。这就是腊戌失陷给我们造成的困难局面的轮廓。

　　不仅如此，还应当估计日寇有利用目前间隙向我发动大规模进攻，以求解决"中国事变"的可能。中国抗战，英勇的坚持了五年，这始终是日寇的心腹大患。日寇无时无刻不是光着眼睛注视这个问题，现在对于日寇有利的时机来到了。在太平洋上，英美暂时没有从陆海两面主动大规模对日进攻的可能（珊瑚海面的大胜，还是防御性的）。苏联正在和德国准备进行决战，它的主要力量是被吸引在欧洲战场上。而中国则海上运输道路完全封锁，物质补给愈见困难，这在日寇眼中看来，正是在国际大清算之前"征服"中国的好机会。罗斯福曾说："日本刻正以相当的兵力在缅境向北推进，并有进迫中印两国之势。"今日消息，敌向云南边境猛进，并攻占阿恰布，证明他的话是对的。同时，粤汉方面盛传日本将五路进犯。当此西南太平洋不是主要方向，而日寇正在各地抽拔老兵，编组新部队之时，日寇可能的动向是值得我们注意的。而利用目前国际局势，再度发动对我国的大举进犯，虽然不是唯一的可能动向，可是总还是值得我们大加警惕的可能之一。我们艰苦撑持了五年，胜利的曙光已经在望，目前的困难，决不能吓退我们，决不能使抗战大业功亏一篑。我们要认清目前克服困难的条件是充分具备的。

从国际方面来说，今年一九四二年，希特勒将被完全击溃。纳粹匪徒力量的削弱，德国内部的不安，欧洲反法西斯斗争的高涨，苏联战斗力的不断加强，英美军火生产的提高，都可证明这话是正确的。希特勒春季攻势计划已经破产，今后的攻势将由苏联红军来发动，这是今天有世界意义的第一件大事。这件事不仅将决定德国的命运，决定欧洲的命运，而且将决定地影响着中国和全人类的命运。法西斯主义崩溃的一年，一定是全世界被侵略的国家和民族开始翻身的一年。不仅苏联的胜利将促进我们的胜利，而且英美也在考虑加强帮助我们。罗斯福也曾正式宣布："日军容有遮断滇缅路之可能，但吾人均可对中国英勇人民进行军火接济。"英美人士对于援华问题，都表示极大关切，由此可见，滇缅路虽断，寇军威胁虽大，而国际条件对我是完全有利的。

就国内方面来说。中国人民和军队已经受了五年的锻炼，培养了民族自尊心与自信心。他们坚信日本必败中国必胜，并且愿为抗战的最后胜利而努力。他们学会了自力更生的办法,学会了在任何困难条件下坚持战斗的方法,学会了战胜一切困难的办法,这也是中国打败日寇可能进攻的另一有利条件。

但克服目前困难的主要关键,还是国内的团结。日寇很知道团结对于中国的重要,所以千方百计,造谣诬陷,挑拨离间,以图分裂我们。而在中国人民看来,团结乃是我们手中最锐利的武器。我们的装备不如人,技术不如人,所恃者唯有团结,团结可以弥补我们的缺陷。我们在团结的大旗之下发动了抗战,并且打了五年,同样在团结的大旗之下,我们将战到最后胜利的一天。五年来每个困难都因全国的团结而渡过了。今天环境愈困难我们就愈要团结,这是全国军民的要求,同样也是全世界反法西斯人士们对于中国的希望。谁要在困难的环境前低头,谁要在日寇可能的进攻前表现颓丧,昏头昏脑,要在目前国际局面之前有投机取巧之心,而胆敢违反全国人民的要求和全世界反法西斯人士的希望,而作出损害民族团结的破坏民族统一战线的罪行来,谁将为全国人民、全世界反法西斯人士所共弃。

腊戌失陷给我国抗战带来了新的困难。日寇可能的新进攻威胁着我们。然而只要我们全民族同心同德,坚强地团结着,则我们有足够的力量,克服这些困难,击破一切进攻。宝贵民族的团结,珍重抗日民族统一战线,加强团结,扫除一切妨害团结的障碍,是今天我国克服困难取得胜利的钥匙。

(原载一九四二年五月十一日《新华日报》华北版第一版社论)

为什么两年就能胜利

　　斯大林"五一"命令中，确定的指出一九四二年为德国法西斯军队最后崩溃的一年。纳粹实力的削弱与国内不安，欧洲反法西斯运动的高涨，苏联力量的激剧增强，同盟国家的作战努力和加紧生产，以及对苏联不断的援助，都可以证明这句话不但是主观的愿望，而且有着充分的根据。所以今年德国法西斯之必然失败，已属无可怀疑，而这也就是我们常说的"两年击败日寇的科学根据"。因为希特勒德国的崩溃，乃是日本法西斯死亡的先声。

　　为什么呢？

　　我们知道，除了苏联的力量在日益增强以外，在同盟国方面，反攻的力量也在不断的增强之中。华盛顿、伦敦、澳洲同盟国作战会议更趋统一，美国对澳洲的防务较前大为充实，同盟军现在已获得了澳洲上空的制空权，最近珊瑚海面的大胜，又给予日寇以严重打击。印度洋上，英军占领了马达加斯加，美舰又启碇西驶，这意义是保卫了苏联与英美在近东的交通联系，也增加了德意向近东发展和日寇向印度洋进攻的困难，这一切都给予日德意以严重的威胁和打击。而美国庞大的战时生产渐次改造完成，尤使日寇梦寐不安。据美官方宣布，美国今年将制造飞机六万架，坦克车四万五千辆，航轮八百万吨，飞机生产率目前已超过三轴心国家的总产量，船只则平均每天有一艘下水，这是日寇所望尘莫及的。资源方面，同盟国虽然暂时丧失了马来亚及荷印等地，但仍拥有全世界百分之九十的镍，百分之七十以上的油类，百分之九十的铜，百分之九十以上的棉花和羊毛。美国的铁、煤、石油、铜等主要矿产均居世界第一位，而苏联的石油的产量则居第二位。财政上，同盟国家更占优势，美国藏有世界三分之二的黄金，苏联能于两天之内销售百亿公债，即是证明。所以只要同盟国家能够集中力量，挥动这巨大人力物力的铁拳，是任何狂暴的强盗所不能抵抗的。

反观日寇，随着战区的扩大，后方供应线的延长，新的困难正在加速增长。太平洋战争后，日寇舰只的损失，已达二百三十九艘，其中九十九艘是军舰。这次珊瑚海面大战，日寇又损失了舰只二十六艘，其中包括巨型舰若干艘，这是日寇无法补偿的。闻本月中旬日寇将召开临时议会，其主要议事日程，就是设法增造舰只，可见日寇舰只损失的严重。同时，这样大规模的侵略战争，其他物质资源的消耗，自然更为惊人。日寇夺取了马来亚荷印以后，虽然可以解决一部份物资的困难，但所得决不足以偿失。因为南洋虽有无限的资源，但在占领前已被澈底破坏，重新开发既需时日，又缺乏新的机器，而且也缺乏运输船只，所以日寇对南洋的资源，还只能望洋兴叹，目前大部份的作战物资，仍靠国内供给，而日寇国内资源之枯竭是人所共知的。日寇年仅产铜七百万吨，比美国少十三倍；年产煤四千六百万吨，比美国少十倍；而铁的藏量，不过五千六百万吨，仅占世界百分之二·一。由于侵略战争的延长与扩大所引起的劳力与资源的不足，各部门生产率的大大降低，尤为日寇的致命弱点。在财政上，日寇更感捉襟见肘，已迫近恶性通货膨胀的危境。五年来，日寇的财政支出，总计已达八百五十五亿元以上，其中今年度的预算即达三百余亿。目前日寇公债发行额已超过四百七十亿，税收增到五十五亿元，两者交相发展，结果必致银行吃饱公债，货币充斥市场，弄得国内民穷财尽，人民对政府的不满与反抗，统治阶层内部的矛盾，亦必因之而愈演愈烈。——这些都是日寇必然溃灭的根据，随着战争的发展，这些战争的根据将更加明显。

也许有人要问，这些力量的对比，我们大约已经知道，但是为什么两年就可以击败日寇，为什么击败希特勒就是日寇死亡的先声呢？我们知道，希特勒是法西斯的巨魁，日寇是轴心国家中的盟弟。今天由于苏联正在欧洲与希特勒进行决战，担负着最艰巨的任务。英国差不多要用全部力量，美国也要用一部力量去对付欧洲法西斯强盗，暂时也还不能全力照顾远东，予日寇以决定性的打击，所以日寇还可以跳梁一时。在占领新加坡荷印以后，仍能于澳洲外围及马绍尔群岛一带，结集相当雄厚的实力进行大规模的海战。还能在缅甸战役中获得暂时的胜利，还能把侵略火焰烧向印度，还可能对苏联作新冒险。但是如果欧洲法西斯巨魁被击溃以后，情形就完全不同了。那时，英国就可以无后顾之忧，可以用全部力量来打击日寇，且在战胜德、意强盗以后，军心民气，一定高昂万分。美国也可以不再去照顾欧洲，而且那时它的力量将全部动员起来，准备得更加充足。苏联呢，那时已击败德、意法西斯强盗，已无西顾之忧，虽然她还须进行若干战后工作，但是伟大的胜利的社会主义国家，对于东方这个正义战争的支援是不言可喻的。红军力量的强大既尽人皆知，此外又加上英勇的中国军民，以这样强大的中、苏、英、美，集中力量去共同打击为长期侵略战所疲困的日寇，再用上一年工夫，还怕它不崩溃毁灭？

这便是两年战胜日寇的全部理论！

所以我们不应只看到日寇目前暂时的狂妄，应该认清整个国际局势，认清将来。要知道战争是双方实力的总决斗，以顺利开始者不一定就能以顺利终结。

明年将是日寇死亡的一年！但是这也不等于算命先生算命，一卦算准，从此便可坐待胜利，要是这样，那便只有帮助日寇！我们仅仅是估计，这个估计虽然是十分科学，但胜利的争取，还需要我们更加百倍努力！目前大局，正处在黎明以前的黑暗之中，正处在最困难的局面之中。日寇正想利用目前局势，且乘缅甸战事之暂时胜利，大举进犯我国，企图"解决中国事件"，以便去进行新的冒险！对华北敌后又采用新的残酷方法，一面轮番大举扫荡，一面进行"蚕食"政策。而国内也难免有些昏头昏脑的亲日亲德份子，因抗战困难的增加，乘机蠢动，想在新的反法西斯战争高潮中，投机取巧，破坏团结抗战。胜利虽然在望，但接近胜利的两年，却是最困难的年头。我们要有正视这些困难、迎接这些困难的勇气，加紧团结，加紧努力，准备反攻，粉碎敌寇"蚕食"政策，粉碎扫荡！勿因胜利之快将到来而麻醉自己，勿因困难增大而悲观失望，那么我们一定能渡过这两年艰难的旅程而达到胜利的彼岸！

（原载一九四二年五月十四日《新华日报》华北版第一版社论）

工作为什么落后？

今日本报四版工作意见中所揭发的一些严重现象，证明了太行区整个工作的进展是不平衡的。

由于工作发展的不平衡，在我们太行区，固然创造了先进的地区，但还存在着薄弱的区域。在先进地区，群众愉快而自由的生活着。农村纠纷均获得合理解决，群众武装力量日益壮大，一切工作都在大踏步的前进。在落后的地区则与此大不相同，群众还没有真正的抬头，一切组织都是徒具虚名，经不起特务敌探及反动份子的造谣破坏。战争来了，更难免发生混乱与坍台的严重现象。工作薄弱地区的存在，就表示出整个边区还不能真正巩固，特别在黎明前黑暗的现在，巨大的困难正摆在我们面前，如果我们不能消灭这块横在边区一隅的阴影,那么,今后在冲破黑暗走向光明的斗争中,我们势必要付出更多的痛苦代价。

因此,我们应该转移注视力到薄弱地区,克服工作上的片面性,争取工作发展的平衡与一致,应用先进地区的宝贵经验,根本克服落后的现象。

为了对症下药,首先须要寻求病源。有人以群众落后为借口,把这些薄弱地区的人民看成只会忍受不会斗争,以为天性不可变易。作这样想法的虽只有少数人,但这显然是落后的错误想法。还有人以政策行不通而怀疑到政策本身。事实上,先进地区的所以"先进",正是由于正确执行了政策的结果。所以,区别先进区与薄弱区工作的唯一标准,就是要审查它是否坚决的执行了正确的政策,因而发动了群众。

工作落后区域,群众必然是没有发动起来的。

因为,在那里,法令政策仍被视为旧日官府的条文。群众的最大问题——土地问题不但没有解决,甚至农会与政府连具体情况尚且漠然不知。群众要求公平负担,村子里却实行着不合理的摊派。群众要求民主反对贪污,可是,政权仍然落在少数落后份子手中,成为束缚人民的工具。在这些地区,人民以为抗战只是加重了负担,并没有给以应得的好处。这样,群众抗日的积极性,自无从提高,同时给汉奸特务机关及反动份子造成藏身之处。村政权并不是三三制的抗日民主政权,而是换汤不换药的土豪流氓的统治集团。致使抗日政府失去巩固的下层基础,一切进步法令都被挖去革命的本质,变成空洞的外壳。新的干部既缺乏上级经常不断的教育培养,复未有经历群众斗争的锻炼。在这样局面下,只有感到苦闷,焦灼,不安心工作,无力斗争。另外一部份政治上落后的青年则逐渐腐化,走入歧路,断送了自己巨大的前途。

落后地区的存在,其原因甚多,而领导上工作上的主观主义,也许就是主要原因之一。有些地方把任务、要求、领导方式一般化,不了解具体情况,没有深入进行调查工作,没有把先进区的经验具体的介绍给落后区,结果只是机械的搬运一套行不通的办法,不能把握不同地区的中心关键做为开展工作的钥匙,不会在实际工作中去教育干部,鼓励好的,批评坏的,提高干部的工作能力。

从读者的来稿上看来,落后地区的许多不良现象,是相当严重的。这些现象,万不能任其继续下去。

因此我们建议,最好抓紧春耕工作正在开展的有利时机,以整风检查为武器,进行深刻的转变工作。没有及时的基本的转变,则今年春耕中群众就不可能广泛的发动;没有整风的大检查,转变工作就不能澈底进行。一般的说来,发动群众的关键首先应该放在反贪污斗争上。在群众中算一算去年和今年的账目,用来检查贪污现象与负担不公的情形;改造一些腐烂的村政机构;严惩坏干部以教育并警惕其他,必要时追回赃物,赔偿群众损失;郑重宣布政府负担政策与土地政策,鼓舞群众情绪;解决群众春耕困难,实行低利借贷,救济春耕;号召群众讨论并执行增产任务。从解释二年胜利中,加强群众对敌斗争的明确观念,肃清潜伏在内部的汉奸敌探,打击反动份子造谣破坏。并在反贪污斗争的胜利基础上,深入减租减息的工作,进一步发动群众。

其次要从深刻检讨中改善领导,纠正干部间严重的官僚主义作风。一方面要从三风检查中开展思想斗争,一方面要慎重的有步骤的治疗每个干部身上的烂疮,补充以新的血液。打碎旧的观点,使他们依靠群众,认清前途,认识三风不正的严重危险,澈底转变自己,提高战斗力量。

最后,作风的转变是巨大的复杂的斗争,不是蛮干所能解决问题,但只要下决心就一定能够成功。因为这是在民主自由的地区里,一切法令主张、社会舆论都在保证着转变工作的胜利。党政军民各机关团体,都在伸出同情的援助之手,而薄弱区域的群众却正是等待已久,渴望着迅速团结起来,向着先进区域看齐。

(原载一九四二年五月十五日《新华日报》华北版第一版社论)

日本总选举及其今后之政局

经过"未曾有的激烈的竞选",敌国日本议会总选举结束了。日本法西斯军部的头子东条首相,对其结果很满意的说:"选举的结果,是日本国民完全支持着政府及其政策的表示。"

如果我们乍看这次选举的结果,则诚如东条所说的那样,政府为了支持自身而组织的翼赞政治体制协议会(略称翼协)所推荐的候选人,当选了百分之八十一,占议员总数百分之八十三,而"翼协"以外的参与竞选人,则不过当选了百分之十三,占议员总数百分之十七。如"大日本青年党"党魁桥本大佐、青年将校之活动者满井大尉、纳粹德国第五纵队的外交官白鸟等等彰明昭著的法西斯指导者，已经在日本议会内获得议席了。这些事实无庸讳言，确是政府和法西斯革新派的"胜利"。这样的结果，在日本议会内占着压倒多数的"翼协"议员，当然不会在将来的议会内闹出像过去议会时常惹起的那样"失言"事件，而对政府的战争政策，将经常"全场一致"地通过的吧。

然而政府的胜利，是否真正依靠着像东条所说的那样"朗朗"的总选而获得的呢？不是的，这一胜利的获得，是由于政府动员了一切的宣传机关，在国内煽起"战争热""爱国主义"和支持政府的情绪。政府大臣们亲自出马，声援"翼协"候选人，同时政府更动员了所有警察的力量，来镇压反对派的候选人的缘故。例如对于被称为"宪政之神"的小资产阶级自由主义者尾崎行雄，即借口他演说中有"不敬"的言词，由检事提出控诉，并将他拘捕了。但这仅仅是千百件残酷的镇压之一例而已。因此，政府的胜利，就是借欺骗宣传和枪杆子的力量而获得的。

这样得来的政府的胜利，假使我们看到它的实质，那绝不是如寇政府所宣传那样"伟大"的"胜利"，在那里面藏着不可隐瞒的政府方面的失败和反政府势力的俨然存在。

第一，在开始时，政府企图以"翼协"的被推荐者来独占总选的候选人，但这种企图失败了。"翼协"以外的候选人，占了候选者总数的百分之五十七，因此"翼协"的候选人处于异常不利的地位。

第二，政府在选举中，企图将有过"各种不好的事态"（东条语）的旧议员一扫而光，而使甘愿作东条驱使的新人当选。同时，企图把保有长久历史的旧议员的地盘全部摧毁，而开辟新的地盘。但是这个企图也失败了，旧议员占了当选者总数的百分之五十七，他们仍旧保持着他们的旧地盘。

第三，看一看属于"翼协"的当选者的内容，则其中有如旧民政党党魁永田、社会大众党的杉山等著名的现状维持派和机会主义者，占着相当大的比率。他们想站在"翼协"之内，逃避政府的压迫，而从事于内部的活动，这一事实指明了"翼协"的胜利，不一定是表示着革新派的独占议会，而是表示着将来在政府支持派内部还可能发生分裂和破绽。

第四，在"翼协"之外来参加自由竞选的当选者，仅占百分之十七，即八十人，这一数目，确是少数，然而这种少数，实际上却损伤着政府的"胜利"的一半。因为在这少数之中，有终身为自由主义而奋斗的尾崎行雄，有一九四〇年因在议会批判军部而被开除的斋藤隆夫，有被革新派视若蛇蝎的鸠山一派，也有社会民主主义者的西尾一派，这些事实有着极其重大的意义。因为日本国民反抗着政府的疯狂的宣传与暴压，使这些反政府份子当选了。

以上四个事实，说明着什么呢？它指明了在此次总选举中，法西斯主义的浪潮一下子普遍了日本全土，但同时与此抗争的力量，亦相当存在着，只要有机会，便会起来反对政府的。尤其是尾崎的当选，表示在日本民众当中，存在着而且正蓬勃地生长着反对军部法西斯、反对战争的条件。

上述的总选举的结果，对于今后日本的政局有什么影响呢？由于政府方面大体上的"胜利"，日本议会可能变为法西斯的政治机构之一，并且可能在某种程度上，稳定统治阶级内部的斗争，其结果政府便可以比从前更大胆地实行其战争政策。因此，如果日寇配合德国对苏的春季攻势而进攻苏联时，政府可能不会遇到很大的阻碍。

然而这仅是选举的结果的一面，而在另一方面却又表示着日本国内存在着和生长着反政府的大众的势力，而这一势力，不但是给予政府以威胁，而且在将来当"赫赫战果"发生某种破绽之时，这势力可以起来为打倒东条政府、打倒法西斯主义，为立刻停止侵略战争而斗争！

（原载一九四二年五月二十一日《新华日报》华北版第一版社论）

全力粉碎敌人"蚕食"阴谋!

目前不难看到,敌在我边区周围大事"蚕食",由于某些工作薄弱地区未能及时给敌人以有效的打击,有的地方,甚至形成敌进我退的不可容许的现象,使敌人嚣张一时,疯狂扩展其"蚕食"凶焰!这种严重形势,急应引起我们全面的警觉,接受襄垣等地反"蚕食"胜利斗争的经验教训,立刻展开坚决的有系统的全面的反"蚕食"斗争,以全副力量停止这一严重形势的发展,否则,将会造成严重的困难局面,危害根据地至巨!

要有效地展开反"蚕食"斗争,我们必须认识敌人"蚕食"阴谋的全部特点,这里一般的是从隐蔽的活动到公开的建立维持会,都有着异常毒辣的具体步骤。在开始时,其进攻的方法是缓慢的、隐蔽的、零星的,看起来似乎不像军事大"扫荡"那样的来势凶猛,企图尽量减少对我们的□□,增长我们的麻痹心理,在不知不觉中打入内地,建立秘密的特务工作以及情报组织,进行深入严密的调查与研究,扩大或制造我们某些弱点,挑拨离间,找寻一切可供利用的对象(如流氓、会门、不满份子等),以作内应,在这一基础上,制造种种谣言,威吓群众,动摇人心,从而发展暗维持。譬如,武安某地,敌人内奸故意制造恐怖,致使暗维持发展到离据点数十里的地方,便是一例。有时还配合以不断的军事"扫荡",实行残酷的清剿与血腥的镇压,破坏抗日工作,打击抗日干部,削弱我们武装力量,使群众孤立,人人自危,惊慌绝望,于是潜伏着的内奸便乘机而起,逼迫群众向敌人低头。当其准备工作已经完成,时机成熟之际,便从秘密走向完全公开,这时,或以军事力量,依托原来的据点,向正面跃进或侧面迂回数十里,建立新的据点,将被"蚕食"地区围成方格,驱逐我们的武装力量,打击民兵,捕捉干部,制造人民与军队、人民和政府的对立,建立公开的维持会,并在严厉镇压之后,再施以小惠,企图达到其统治的目的。有时则利用空隙,只是经过政治压力,迫使群众屈服!当公开建立伪组织时,开始条件可能很低,但一经上钩,压榨便一天比一天的加紧起来,从各方面强化对人民的各种束缚,求得进一步巩固其血腥统治。

可惜,这一连串的具体阴谋,却没有全部的为我们的干部与群众所洞悉。有些地方对敌人起初的隐蔽活动未加重视,表示十足的麻痹,没有给敌人一切秘密活动以坚决的打击,没有给敌人一切内线与特务以澈底破坏,没有充分发动群众肃清暗维持,并正确的执行除奸政策,没有灵活的坚持武装斗争,打击敌人的清剿或窜扰,结果,当敌人"蚕食"阴谋已经实现,则表现为张惶失措。未能适应斗争形势的需要,乘其立足不稳定之际,有效的给敌人以打击,使敌人不能轻易建立据点。澈底肃清一切公开的与秘密的伪组织,严厉镇压死心塌地的汉奸。揭破敌人的一切欺骗宣传,安定人心，保卫群众。个别地区甚至轻易退□，这在客观上正便利了敌人的"蚕食"进攻。经验证明，假如我们能够灵活而又坚决的进行各种斗争，使群众看见自身力量的强大，看到抗日反维持是唯一的出路，那么，内奸敌探，势难兴风作浪，在群众中会露出狐狸尾巴，谣言也就不攻自灭了。而在敌人方面，由于其兵力不足（在"蚕食"地区，敌人兵力并未增加）及困难的增长，经我到处不断的打击，其"蚕食"的毒嘴只有中止和退缩。

我们应当再一次提醒大家，反"蚕食"斗争成败的关键，是系于群众的斗争力量。像武安、襄垣这些地方，过去是只知道什么"工作薄弱""群众落后"，然而，为什么"薄弱""落后"？用什么有效的办法去克服？却由于领导上的主观主义而忽略了。现在，我们可以清楚的看见"薄弱"的程度是经不起敌人的风吹草动，"落后"的程度甚至连抗日都是模糊的。但这却不能怪地区的客观特殊性，更不能怪人民天性不可变易。认真检讨起来，还是怪自己没有好好去工作。试问一下，这些地方的政府是否已经摆脱了单纯的"支应局""征收局"工作的情形了呢？是否已经认真的知道民间疾苦，领导群众斗争，给群众想了些办法了呢？这些地区的群众团体，是否领导群众而不是骑在群众头上，发动群众，满足群众的切身要求了呢？这里的武装是否为保卫群众利益，进行不疲倦的游击战争了呢？假若这些问题我们都不能一一作答，那末，群众抗日积极性能否从天上掉下来呢？群众的头还抬不起来，还能够不受制于流氓、会门、土豪劣绅么？今天遭受敌人"蚕食"危害的，主要是群众没有发动的薄弱地区。许多先进地区，即使遭受敌人最残暴的摧毁，然而除了更加提高了复仇心理以外，斗争的积极性却永远在上涨着。

虽然如此，但是根据目前某些地区存在的敌进我退的形势，这就要求我们，在发动群众时不能简单的采取痛快的斗争方式，不是单纯的以反贪污斗争来发动群众于一时。不错，反"蚕食"斗争是一个群众性的全面对敌斗争，但坚强的武装斗争乃是支持全面斗争的核心。轻易放弃武装斗争，也就必然会轻易放弃阵地，结果，不仅是便利于敌人的镇压，而且即使群众获得若干胜利也不能进一步坚持，并巩固胜利。这就必须加紧培养地方武装，加紧发展民兵，加强游击小组的活动与建设，以非常广泛的游击活动，灵活的打击敌人每一"蚕食"步骤。边区主力部队，必要时也应派遣精悍的武装，协助被敌"蚕食"地区的军民，进行坚决的反"蚕食"斗争。

灵活而又坚决的全面反"蚕食"斗争，其中心环节是在于各方面领导上的强度结合。像某分区某县，当敌人已"蚕食"到根据地腹心时，上级对该县的领导仍是叫着"开展春耕运动"，请问，如果不打退敌人的"蚕食"，还有什么春耕运动？某县在反"蚕食"斗争中，其军政民各机关曾接到各个系统的上级的不同任务，只好分散了力量，各自去完成上级的任务，而置敌人进攻于不顾。这足以说明，在反"蚕食"斗争中，打退敌人"蚕食"是一切工作的中心。必须组织有力的统一领导，有权停止某些不适时不必要的任务，敢于迅速处理各种政策上的问题（如处理汉奸），敢于指挥全体干部并做必要的调剂。没有这样的领导，斗争的胜利将是不可能的。

不要空喊"黎明前的黑暗"，而不认识反"蚕食"斗争正是渡过黎明前黑暗的具体工作。让我们更亲密的团结，更密切的配合一致，坚决担负起反"蚕食"斗争的紧急任务！

（原载一九四二年五月二十二日《新华日报》华北版第一版社论）

坚持敌后抗战反对悲观失望

——纪念中国共产党诞生二十一周年

中国共产党的诞生,已经二十一周年了。二十一年来,中国共产党与中国革命人民一起,经历了光荣的胜利的,但也是很困难的道路。中国革命是在困难中前进的。有些派别,有些人物,就在这困难的道路上失掉了勇气和信心,或者走入歧途,或者踏步不前,或者向后倒退。但中国共产党却是勇往直前,克服前进道路上的一切困难,而向着胜利的前途迈进。只要看看中国共产党二十一年来奋斗的历史,就可以明了,不管中国革命运动要经过怎样的困难,中国革命是一定要取得最后胜利的。

为什么中国共产党能够战胜前进道路上的一切困难，而向着胜利的前途迈进呢？这是因为，中国共产党始终站在坚定的立场上，没有迷失过自己的方向。这是因为，中国共产党并不否认前进道路上的困难，而是看清楚这些困难，有勇气和有办法和这些困难斗争。这是因为，中国共产党不只根据主观的愿望，而且根据具体的客观情况的估计来决定自己的政策和策略。这是因为，中国共产党永远和中国革命人民一起，一同战斗，一同前进。

现在，中国抗战进入了空前困难的时期。这个空前的困难，可能吓倒或者吓死一些人物，但是，中国共产党仍然要和中国革命人民一起走向胜利的道路。坚持抗战方针是不变的，坚持抗日民族统一战线的方针是不变的，坚持华北敌后抗日游击战争的方针是不变的。在华北的共产党，依然要与华北人民共存亡。无论敌人用了怎样残酷的手段来对付我们，无论在我们前面有着怎样的阻力，都吓不倒我们。我们原来就准备应付各种困难。我们相信，华北的共产党和全华北革命人民一起，有力量在一切困难条件下坚持抗战。

我们承认目前的困难是空前的。敌人正在我华北许多主要的抗日根据地作绝望的进攻。强化治安运动一次又一次的继续下去，用了"蚕食"、清剿、分割、合围等各种各样的方式来进攻我们，动员了他的军事政治经济等等各方面的力量。敌寇是下了决心，企图在一年半内毁灭我们华北抗日根据地，和我们争取两年胜利的方针尖锐地对立。我们承认这种形势正在严重发展中，将来战争会更加残酷，物质条件会更加困难，环境会更加艰苦。也许有些人物会在这种形势中悲观失望，滋长更多无出路无前途的对敌人投降屈服的情绪。但这些只是我们困难的一面，我们还要看到我们有利的一面和敌寇困难的一面。那些悲观失望人物之所以倒霉，正是因为他们没看到我们有利的一面和敌寇困难的一面。看敌人是"了不得"，看自己是"不得了"，这正是悲观失望情绪的一个主要来源。

其实，敌人今天的困难是超过我们的。它处在纵深极大的四面包围和时间极长的三面消耗之中。南进吧？要突破辽远的印度洋进出红海地中海，这不是日本今天的海军所能胜任的。西进吧？已经经历了五六年来战争的教训，任何一个头脑清楚的日本人，都了解征服中国是不可能的。北进吧？就是日本军阀们自己也未必有充分的信心。苏德战场上的斗争已经显示了苏联的伟大力量，在这伟大的力量之前，希特勒也已经气馁，日本军阀还有什么胜利的把握呢？在东面，一个强大的美国在威胁着日本的本国。现在美国还没拿出他的主力，日本军阀已经感到很大的恐怖。战争拖下去，日本军阀是没有任何出路的，于是乎要在南进、北进、西进三条道路上找寻一条出路，而在南进、北进、西进之前，用了绝望的姿态来进攻华北抗日根据地（自然，在敌人西进、南进或北进之后，也不会放松华北的）。在华北，有了强大的共产党与八路军，有了广大的抗日群众、有了抗日民主政权，这都是敌寇的"心腹之患"与"眼中钉"。敌寇企图拔去这个"眼中钉"，把华北造成所谓"大东亚战争的兵站基地"，掠夺华北的人力物力，以解决其兵力不足资源缺乏的困难。这就是目前华北敌后抗日根据地进入严重困难局面的一个基本原因。可见我们的困难也正反映着敌寇的困难，敌寇困难的一面也正是我们有利的一面。悲观失望份子不了解这一点，所以把自己放在"不得了"的情况之中，降低了自己的抗战信心，这恰恰帮助了敌寇。

共产党人懂得，敌人不会"自然地"死亡，困难不会"自然地"消灭的。要战胜当前的困难，还要依靠主观的努力，还要做许多工作。现在放在华北人民面前许多重大的工作，都急待完成。没有这些实际工作，我们就不能前进一步。这些工作是什么呢？第一，开展广泛的群众游击战争，使每一个不愿做亡国奴的中国人，使每一个不愿忍受敌人杀戮、奸淫、侮辱的中国人，都卷进这个伟大的群众游击战争之中。我们各地共产党的组织，要把开展广泛的群众游击战争作为当前最紧急的任务。优秀的共产党员要到军队中去，到县区游击队中去，到模范班青抗先中去，到军事工业部门中去，到医院、兵站以及各种军事机关中去。不愿参加武装斗争，乃是共产党员的耻辱。我们的八路军要在每一个行动中和日常工作中，组织和领导群众的游击战争，要派遣大批得力的军事干部去帮助地方武装和群众武装的工作，要领导这些武装，配合政治、经济、文化斗争，在敌人前后左右积极活动。必须了解只有在群众游击战争的浪潮中，才能削弱敌人与壮大自己。全华北的同胞都来参加这个伟大的战斗。共产党和八路军将永远和华北同胞在这条战线上并肩作战。第二，巩固敌后抗日根据地，加紧根据地的建设工作。我们希望各个根据地的广大同胞，团结一致的来完成这些工作。我们希望殷富阶层的抗日公民，真正减租减息；辛勤劳动的农民群众，切实交租交息。我们希望各界同胞，拥护抗日民主政权，完成生产建设工作与文化教育建设工作，这是生聚教训准备力量反攻的重要任务。我们希望广大同胞起来，协助政府加紧反对敌寇奸细的进攻，要以最严厉最坚决的态度去对付那些为敌作伥的丧心病狂的份子，严格执行政府的法令与国家的纲纪。同时，我们更希望处在敌占区内的各界爱国同胞，用一切可能的帮助来帮助抗日根据地。抗日根据地的存在，乃是敌占区被压迫同胞获得解放的希望与依靠。第三，切实进行备战工作，准备应付敌寇频繁的"扫荡"，粉碎敌寇毁灭我根据地的企图。我们一切机构都应适应战争形势的变化而改变自己的形式，要能在紧张的战争情况中继续自己的活动，要把日常工作与战争的需要结合起来。有些机构过分庞大，现在则应力求缩小；有些地下机关过分暴露，现在则应力求隐蔽；有些干部缺乏战争经验，现在则应加紧军事锻炼，非此不足以应付行将来到的严重的战争。在我们的乡村当中要展开一个巨大的组织工作，使每个村庄都有充分的准备，不管战争形势变得怎样的残酷，我们都可能坚持自己的岗位与自己的工作。——凡此种种，都是当前的迫切的任务。中国共产党廿一年来的奋斗历史，都是由这一类实际的革命工作所组成的，必须切实完成这些任务，才是纪念中国共产党诞生廿一周年的最好的办法。

敌后抗战,必须坚持;实际工作,必须贯澈;悲观情绪,必须克服。在伟大的纪念之前,愿与我华北全体同胞共勉。

(原载一九四二年七月一日《新华日报》华北版第一版社论)

到群众中检查战时地方工作

敌人这次对太行区的"扫荡",使用的手段是灵活而毒辣的。这严重的考验着我们的地方工作,锻炼着地方武装与干部。一切在昨天还适用的斗争方式、工作方法,一切在昨天还是新鲜的认识方法与概念,在战后的今天,都要拿到一个新的天秤上面,来量一量它是否与今天斗争形势相称?这个秤正是"检查",而秤出来的适应战争的斗争的方法,便也正是总结的要求。因为敌人"扫荡"的细密,我们的检查也就必须要细密,只有经过最细密的检查而得出来的总结,才不是主观主义一般化的东西,它将会给今后华北人民的斗争,指出一套适应新的环境的新的方法。

正因如此,这次检查与总结应与过去有若干不同之点。

它应该是由上面派人到乡村，在当地领导机关直接的指挥下面，配合当地干部的检查工作来一齐进行，不是坐在屋子里散发表格，等候村干部填好送来。

它应该是以较长的时期，生活在群众中，认真的发掘大的小的、各式各样的问题，而不是像过去的如同调查户口那样，惹得群众讨厌。

它应该是着重自己岗位上以事实为依据的检查。站在自己岗位上研究战时的得失，总比旁人隔岸观火要亲切而深刻得多。

它应该是带□最积极的行动意义，充满最丰富的战斗精神，不是为检查而检查，结果是找出毛病也不纠正，发现办法也不实行。更不是复诵一套党八股的总结字句，什么"基本上克服了""优点、缺点……"一类的字眼搬来搬去，而应把总结当做具体的行动指南。

只有这样检查，我们才能正确的审查各地对上次反"扫荡"的经验教训及决议执行的程度，查明与揭露某些地区或某些部门的工作状况，才能密切与群众连系，倾听群众的意见及其斗争经验，才能把这次战时工作检查与整顿三风中全盘工作的改造，及干部思想的改造融合一片。

那么，在全部战时工作中，应该着重检查那些方面呢？

一般的主要工作与对象姑且不谈，单就干部与领导来说：第一，应该检查一下各县区村，从战争布置、动员、实际领导一直到善后是依据着积极的方针来进行呢，还是采用了消极的退缩的步骤呢？各种组织在战争中是否全力维护群众安全，帮助军队，是否积极领导民兵，解决民兵家庭问题、食粮问题，以及作战指挥问题呢？党的支部是否积极的领导战争，党员军事化实现的程度如何？

其次，应该检查到同群众的连系。是否以转移为名，实际上随着群众屁股后面逃离，还是积极的组织群众斗争，想方法解除群众的痛苦与危害？是否在战争中随时供给群众情报，以维系群众情绪？是否在政治上变成某些落后份子甚至内奸的尾巴，以至于听信谣言，张惶失措，甚至不惜出面维持敌人？或是不敢出头，终月不出深山，使群众失去依靠？

最后应该检查到与抗日军队的关系。对抗日军作战是否及时的帮助，克尽抗战勤务的职责？对伤员是否爱护，对部队资财是否加以保护？对失散的人员是否善意的加以收容？对军队内外线的作战和游击战争是否懂得，并向群众解释，从而说明其与群众的好处？

我们所以特别提出干部与领导的检查问题，是由于在战争局面中，它确是有决定意义的因素，不在这方面去加以检查，则整个成败的枢纽将无从发现。在检查中，我们应该用尽一切方法鼓动模范的例子，借以鼓舞干部与群众；更无情的批评恶劣的例子，以明赏罚，借此警惕干部教育群众。特别重要的是抓住中心环节动员人民与武装，如在辽县便应以开展刘二堂运动为中心，通过这一中心去把一切新的经验教训贯澈在全部备战工作中去。"

敌人愈接近死亡，它就愈是疯狂，以作临死前的挣扎。因此，今后的"扫荡"必将更频繁更残酷。我们不应该麻痹半分。今天所开展的检查运动，要在"一切为了战争准备"的口号下来进行，假如敌人胆敢突然再犯，我们就要举起新的武器——根据这次经验教训得到的新武器，去勇敢的迎击敌人！

（原载一九四二年七月二日《新华日报》华北版第一版社论）

华北各抗日根据地正处在空前残酷斗争中

　　自从太平洋战争爆发后,我党中央曾向华北各抗日根据地指出,日本与中国战争已四年有余,现在又与英美荷等廿余国为敌,无论从经济的(战争资源)、政治的(正义与非正义)及军事的潜在力各方面看来,最后胜利一定属于反侵略国的。这是对华北敌后坚持抗战基本有利的方面。同时又指出要达到这个胜利,还要经过一个极艰苦残酷的斗争过程。由于日寇今天在太平洋上还占着有利的军事优势,日寇为了准备进行反苏战争,必更加紧巩固其反苏前线的华北阵地,加紧榨取华北的人力资源以供应战争。因此敌人对华北各抗日根据地的毁灭"扫荡"也必更加紧。今后两年将是华北最艰苦最困难的两年,但这是达到胜利必经的困难,正如天将破晓前的黑暗。我们一方面要有在敌后坚持抗战争取胜利的信心,另一方面又要对日益增加的困难有充分的认识,才能在精神上、在各方面工作上有很好的准备,去迎接困难与克服困难,而不致临事张慌失措,受到不应有的损失,及避免党内党外可能发生的悲观失望心理。

今年六个月来,敌人对我华北各抗日根据地所进行的连续不断的"扫荡",与积极进行第四次治安强化运动,使斗争之艰苦与残酷,达到空前未有的程度,完全证明中央指示之正确。今天各抗日根据地的环境已经发生了一些新的变动,在我们面前提出了许多新的问题,要求我们必须仔细的去研究和了解今天情况的特点,和正确布置各方面的工作,否则就会不能前进,甚至可能受到损失。目前情况的特点存在着增加我们困难方面,也同时存在着有利于我们能够坚持争取胜利的方面。属于增加我们困难方面的,主要是:(一)敌人的据点与公路网更加稠密。以晋察冀为例:去春还只有八百多据点,现在已增至一四六〇个,平均每县有十五个以上据点。在据点周围与公路铁路两旁有多至七层的封锁沟与封锁墙,主要的道沟宽深各两丈,有一部且引河水入沟,阻我不易通过,使我地区受到很大的分割,交通联系与工作指导上均增加很大的困难。(二)由于敌占点线增加,使敌在军事上增加了□的便利,无须用比较过去更大的兵力即可经常进行分区清剿与分割"蚕食"。今后"扫荡"将更频繁与残酷,两个战役间的空隙将更缩短(六个月来各据点连续"扫荡"与反"扫荡"战争已充分证明),并增加了随时遭敌突然袭击的可能。(三)由于敌人对我根据地经济实行严格的封锁,并在"扫荡"中采取彻底毁灭我军民生存条件的"三光政策",把某些地区完全毁灭成"无人区",这样残酷的破坏与五年来长期战争的负担,不能不使根据地民力凋敝,财政经济日趋困难,特别是军用器材更感缺乏。(四)由于斗争的残酷,不仅部队伤亡甚大,党政军民各级干部伤亡也极大,特别是党政军民领导机关已成为敌人经常追踪袭击的主要目标,稍一疏忽,就有受敌人合击歼灭的危险。(五)由于某些地区党政军及地方武装的工作，还不深入不巩固，群众游击战争的发动还非常不够，因而在今天新的情况下表现无法应付，特别在根据地突然转为游击区或敌占区时，不善于去具体分析情况，正确掌握政策，即时转变我们的组织形式与工作方式，以致受到不应有的损失。（六）由于战争的残酷性与长期性，及敌人各种挑拨离间的欺骗活动，一部份上层可能在困难面前发生动摇分化。再由于我们个别地区的领导者，对于群众困难的关心与帮助不够，也可以使一部份落后群众在过度疲劳后产生悲观失望与对我不满的情绪。

我们对于上面所指示出来的困难，应有足够估计与深刻的认识。畏惧困难，夸大困难，在困难前退缩不前，这不是革命者的态度。但掩饰困难与轻视困难，也必然会麻痹自己，放弃当前未完成的任务。由于对新的变动情况的研究与了解不够，因而在精神上与工作上缺少准备，当困难突然来到时，发生慌乱与不能应付的现象。这些，各地应认真研究与接受，使之不再重复。在目前新的残酷的斗争情况下应特别注意以下几个工作：

首先，是要在军事上对敌人愈益频繁的突然的"扫荡"，提高空前的警惕性，更机动发挥游击战术，随时注意跳出敌人的包围合击，去消灭敌人与粉碎敌人的"扫荡"。特别要用最大的力量来加强民兵和地方武装的工作，广泛开展群众游击战争，开展破袭运动与爆炸运动，才能打击敌人的"蚕食"与封锁，才能使敌人行动不安，更多的疲惫敌人与减少我们的损失，并造成主力打击敌人的有利机会。

其次，要改变一切组织机构，更加适合于今天残酷战争的环境。党政军的关系要做到一元化，庞大不便行动的后方机关必须缩小，同时由于长期分散游击战争的环境，必须在各地适当配备能确实掌握政策、独立工作的领导干部。

其三，要切实爱护、节省与培养根据地的人力、物力、财力，实行精兵简政。一切工作应着重质量，坚决肃清浪费、铺张不节省民力的现象。

认真整理村财政（尤其是若干财政上浪费最大的地区），减少人民负担，并积极采用各种方法去帮助群众，增加生产，改善群众生活。

其四，由于敌占区游击区有相当数量增加，必须加强注意对这些区域工作的开展。当着某些地区估计可能转变为敌占区或游击区时，应在事先即有准备，更要能够保存斗争力量，并以新的方法与敌人进行斗争。

其五，要更加强对敌寇的政治攻势。敌寇五年的侵华战争并未能灭亡中国，敌军士气已不如以前，太平洋战争爆发后，伪军伪组织内部更形动摇。敌占区人民遭受敌人日益严重的掠夺，大量搜捕壮丁，实行配给制度，各种负担占整个国民收入的百分之八十左右，抗日情绪日益增长。敌人今天在华北点线的增多，一方面虽增加其分割"扫荡"之便利，另一方面更感到兵力之不足，兵力分散，处处孤立。我们应用一切办法，向敌军伪军伪政权宣传日本必败中国必胜的前途，以瓦解日军，争取伪军及伪政权转向抗日，并向游击区敌占区居民扩大宣传，以提高他们抗日的情绪。

其六，要百倍加强内部的团结，包括党的团结，党与群众密切联系及抗日民族统一战线的巩固与扩大。这是克服一切困难，能够坚持的中心关键。党内的团结要从这次整顿三风中，使全党思想方法、工作方法上造成一致作风。加强调查研究工作，切实了解情况，正确掌握政策，坚固团结在中央正确路线周围，便能在任何困难面前都有办法。克服脱离群众的现象，必须十分关心群众的生活及其困难与要求，不仅要根据新民主主义的精神去提高群众政治经济文化地位，以发动群众的抗日积极性，并且要在负担上认真爱护与节省民力，不使老百姓因负担过重而消极而与我们脱离。要在敌人"扫荡"中与"扫荡"后认真帮助群众转移、掩蔽，反对损害者，实行各种救济工作。在敌占区应采取灵活的办法，以减少群众的损害。党政军各部份只有这样认真关心群众利益，才能与民众打成一片。由于敌人对华北各阶层人民日益残酷的压迫与掠夺，我们的抗日民族统一战线的社会基础是更加扩大了。我们的政策要时时照顾到一切抗日阶层的利益，使日寇完全在中国人面前孤立起来。今天华北各抗日根据地的局面,虽然比过去严重,但只要我们内部团结,政策不犯错误,我们能更进一步的依靠群众,能巩固与扩大抗日民族统一战线,不受敌人挑拨破坏,则一切困难都能克服。目前整个世界动向是于反侵略国家有利的。在华北敌后艰苦困难条件下,英勇斗争的全体同志,应遵照中央的号召:"咬紧牙关,渡过今后两年最困难的斗争。"同时,准备一切条件(加强调查研究,训练干部等),迎接全世界反法西斯的胜利与新的伟大的时期的到来!

(《解放日报》)

(原载一九四二年七月三日《新华日报》华北版第一版社论)

论华北敌后平原群众抗日游击战争的新形势

（一）我们华北敌后正在经历着一个重大的变化，这个变化就是：敌我双方都进入空前困难的环境，都在用了新的方式进行着决死的斗争。敌人企图在一年半内覆灭我抗日根据地，而我们则在准备力量，争取两年内战胜日寇。

这一斗争在平原地区表现得更加残酷，更加尖锐。敌人对冀中平原绝望的进攻，以及对冀南平原频繁的"扫荡"，就是□明的例证。敌我双方在平原地区这种决死的战斗，展开了敌后平原群众抗日游击战争的新形势。

什么是敌后平原群众抗日游击战争的新形势呢？

第一，是平原抗日根据地起了性质上的变化，进入了一个新的环境之中。

第二，是敌后平原群众抗日游击战争，在新的环境之中，转变了自己的组织形式与斗争方式，发展到了更普遍更深入的阶段。

第三，是敌后平原群众抗日游击战争的发展，在敌占区内发生了巨大的影响，使敌占区内更加迅速地酝酿着群众的抗日斗争。

这种形势，根据目前许多地方的情形看来，是正在日益明显地发展着。

（二）平原抗日根据地，目前所处的环境，乃是一个空前困难的环境。而我们的一切困难，也都反映着敌寇的困难。敌寇对我华北各个根据地进行绝望的进攻，正是企图在困难中找寻出路。

目前敌寇最大的困难，主要的是其本国处于中、苏、英、美的战略包围之中，这种包围对于日寇乃是致命的威胁，迫使它不得不从各方面力求打通联接法西斯德国的道路。它的西进、北进、南进，都为着突破一面，解除自己的包围。而突破任何一面，都需支付重大的代价，都需经过长期的战争。日寇把这一战争称之为"大东亚战争"，把华北看做"大东亚战争的兵站基地"，可见它的阴谋打算，还在利用华北去进行长期的冒险，去解决它本身的困难。在敌寇的第四次强化治安运动中所提出来的三个口号，是把这个阴谋打算表现得很露骨的：它的"东亚解放"，实际上就是准备驱使华北的壮丁去进攻英、美与苏联；它的"剿共自卫"，实际上就是驱使华北人民自相残杀，以巩固它的奴隶秩序，巩固它这个"兵站基地"；它的"勤俭增产"，实际上就是剥削华北的资源与财力去支持它的侵略战争。它把这些综合起来叫做"华北参战□□"。也就是说，它要利用华北的人力物力去对英、美、苏作战。

为了这样一个政治目的，敌寇用了一切军事政治阴谋进攻华北抗日根据地、共产党与八路军，而它的刀锋首先就指向人烟稠密、物产富庶的平原，再企图各个击破山地。

敌寇新的进攻，和过去是有着许多重大区别的。它现在所采取的是"毁灭"政策。它在长期准备之后，集中巨大的兵力，向我进行突然的、反复的、长期的"扫荡",在"扫荡"中,它的主要企图是打击我领导机关,团歼我主力,毁灭我后勤生产部门。在残酷的军事"扫荡"之中,特别在军事"扫荡"之后,敌寇对我更进行大规模的政治进攻,以"肃清地下抗日势力",步步进逼,有加无已。

这就使我平原抗日根据地进入空前紧张、空前困难之中。这就使我平原抗日根据地的游击性日益增长,逐渐变为无数小块的游击根据地。平原抗日根据地的这种变化乃是性质上的变化,这种变化形成敌后游击战争的新形势,形成敌我双方短兵相接的局面。

平原抗日根据地改变了面目。

过去的根据地是完整的、大块的抗日民主区域。中心地区距离敌人甚远,在这区域里面,人民享受着抗日公民的一切自由,有各种公开的机关团体来从事各种公开的建设事业,依靠抗日政权与广大群众的力量,在这区域里面严厉镇压汉奸的活动。

新的游击根据地,则处在敌人封锁与分割之中,成为不相联系的许多小块,周围密布着敌人的公路与碉堡。一切抗日民主制度以及人民的生命财产与自由,都受着敌寇汉奸严重的威胁,公开的建设事业是很困难进行的。我们的政权与军队,则经常失掉与周围抗日力量之联系。

过去的根据地,曾经是一个相对安定的区域。曾经集结过相当巨大的兵力,有着相当辽阔的回旋地区,这就使得敌寇在进行"扫荡"之前,需要一些时间来作必要的准备,而我们的抗日军民,则可以利用两个战役之间的一些空隙来进行各种抗战工作。

新的游击根据地,则处在频繁的"扫荡"与反"扫荡"中。由于区域的缩小,敌人随时都可以侵入我们的腹地,随时都可以向我进行合□。我们的公开武装力量,在这区域里面是不能大量集中的。敌人则可利用交通联络的方便,随时集中兵力,这就形成在某一时期某一地区敌优我弱的形势。敌人利用这一优势,向我不断地"扫荡"和突然的袭击,增加了我游击战争与一般抗战工作的不少困难。

过去的根据地，在对敌斗争中是统一的行动和巨大的规模。我们在许多地方曾经采用比较一致的方式，我们的组织是统一的，我们的口号是统一的。我们一般的依靠公开的武装斗争，公开的政治经济文化斗争去打击敌人。

新的游击根据地，在对敌斗争方面，是复杂而零散的。敌人用了各种各样的方式来进攻我们，我们也必需用各种各样的方式来打击敌人的进攻。我们对敌斗争包括了公开的、半公开的、秘密的、合法的、非法的、武装的乃至和平的方式，这些方式，有时还须□□地相互配合。

过去的根据地，有时还可以利用某些于我有利的节季，如青纱帐时期和雨季。在这些时期，敌人的运动是遇到不少困难的。我们的游击战争在这些时期一般都能获得一些胜利与发展。有不少地区，利用这些时期休息整理，以及准备进行新的斗争力量。

新的游击根据地，这种节季的利益已经相对地减少。在棋布星罗的公路碉堡围困之中，青纱帐时期和雨季，可以给我们的行动以许多便利，但也可以被敌人利用，成为对我进攻的机会。我们的休息整理与行动作战时间都将是十分短促的，主要的不是依靠节季的变化，而是依靠群众。

过去的根据地，环境的变化是□□的。我们可以在一定的时间，定出计划，运用一套比较固定的所谓完整的制度与办法，去做自己的工作，可以定期的去汇报、检查、总结等等。我们可以适应这种□□变化的环境而逐渐地前进。

新的游击根据地，是处在迅速而激剧地变化的环境之中，要求我们敏捷而机断地处理当前的斗争。冗长的会议、报告，庞大的计划、机构，固定的形式、作法，都必须坚决抛弃。我们必须随着环境的迅速变化而迅速改变自己的"老一套"。

这就是新的游击根据地和过去的根据地之间的最明显的区别。看不见这种区别与变化，而固守旧的一套，是错误的；看见这种区别与变化，而否认游击根据地之能够存在，也是错误的。

自然，游击根据地的存在与坚持，是有很多困难的，但必须存在与坚持下去，而且一定能够存在与坚持下去。没有根据地的游击战争，乃是一种流寇思想，只要真正依靠广大群众的、由群众协力进行的群众抗日游击战争存在，那么游击根据地也必将存在。

在共产党、八路军、革命人民的队伍中，曾经创造过不少举世惊叹的"奇迹"。敌后平原的游击根据地，也必将显示其伟力，坚持到日本帝国主义崩溃的时候为止。

（三）环境改变了，斗争形势改变了，我们的工作方针、任务、组织形式与斗争方式，也必须及时改变，这就把敌后平原群众抗日游击战争推进到更普遍更深入的阶段。

大的武装力量，在这分割细碎的地区里面是□□□动的，必须分散，并且要伸入到广大的游击区域乃至敌寇心脏进行游击，□□游击战争，而在敌占区里面，新的武装□争又在不断的生长着，这是游击斗争更加普遍的一方面。在新的环境之中，游击战争必需真正成为"群众的武装斗争与群众的政治经济文化斗争之结合"，不但要纠正单纯的"正规军主义"，力求正规武装与非正规武装斗争之结合，而且要纠正单纯武装斗争的观点。力求武装斗争和非武装斗争之结合，使游击战争真正成为保卫群众日常切身利益的斗争，依靠几千万人的力量而存在与发展。事实上，将来也只有这种游击战争才能继续坚持，一切离开这个原则而活动的"游击队"，是会被敌人消灭的，这是游击战争更加深入的一方面。

这种普遍而深入的（因此也是很顽强的）游击战争形势，乃是中国特殊的历史社会条件之产物。战史上无此前例，即在今日，在别的国度里也很难找到类似的典型。只要产生这种斗争形势的历史社会条件存在，我们的游击根据地与游击战争是一定可以存在而且要继续发展下去。这些历史社会条件，我们只举其中主要的三个：

第一个条件，是由于日本帝国主义野蛮侵略而引起的中日民族矛盾，在日益剧烈地发展着。敌寇在占领区内的压迫和剥削，以及对我根据地的烧杀淫掠，使广大人民沦入求生不得的地步，激起了广大人民更加深刻的民族仇恨。敌人是有一些阴谋欺骗麻痹群众的办法，但这种欺骗是很快就要为现实所揭破。最近有不少地区，因敌寇抓壮丁、课重税、抢劫粮食、杀戮妇孺等而爆发抗日武装斗争，估计敌寇坚持其"确立华北参战体制"的方针，对广大人民的压迫剥削是不会放松的，因此，群众的武装斗争也必将继续发展。由于民族仇恨普遍地增长，敌人与伪军之间的矛盾也在普遍地增长。当伪军官兵（特别是下级士兵）亲眼看见敌人的困难，亲眼看见敌人对中国人民的一切残暴无耻行为，亲眼看见中国人民武装起来自卫的时候，民族觉悟也会日益激发，日益提高，而敌寇驱使伪军对英美苏联作战的阴谋，日渐露骨，使敌伪之间的矛盾更加尖锐。这些矛盾的存在与发展，乃是敌后平原群众抗日游击战争存在发展的最主要的根据。敌人是无法解决这些矛盾的，即使它再进行千百次□化治安运动，这些矛盾也必将继续存在并发展。

（原载一九四二年七月十三日《新华日报》华北版第一版社论）

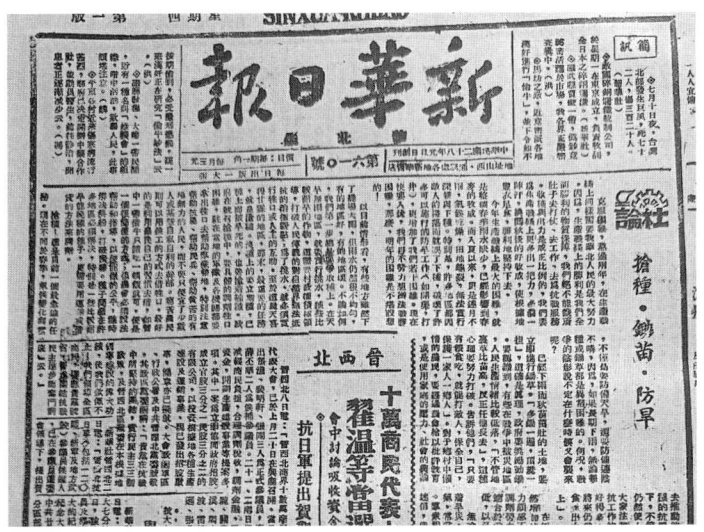

抢种·锄苗·防旱

克服困难，熬过两年，在生产战线上同样需要我华北人民的最大努力。因为，生产战线上的胜利是我们全面胜利的物质保障。我们绝不能饿着肚子去打仗、去工作、去为抗战服务。收获与出力是成正比例的。我们要为生产战线上更多出一把力，多淌一阵汗，换回秋后的好收成，使根据地丰衣足食，胜利地坚持下去。

今年生产战线上最大的困难，就是整个春季雨水缺少，已经影响到春麦的收成。而入夏以来，更是连月不雨，气候干燥，田地龟裂，无法实行深耕与下种。特别是，许多地区都因敌人的"扫荡"而耽误了下种，破坏了许多可以施行的防旱工作（如开渠、打井），更增加了我们若干困难。

现在快要入伏，我们再不努力想办法战胜困难，那么，明年的困难是不堪设想的！

以目前情形看，有些地方虽然下了几场大雨，但雨水仍然很不均匀，有的地区好，有的地区坏。不论如何，我们第一步总是要争取种上。在天旱无雨地区，就要实行挑水，种些比较耐旱的作物，这需要村政权积极领导，打破人民传统的对自然界无法抵抗的消极观点。为了挑水，就必须实行牲口或人工的互助。至于这几天喜得甘霖的地区，那末，最重要的任务，就是抢种。没种上的要立刻种，已种上而被旱死的，也要抢着补种。政府在号召抢种中，要具体的调剂牲口困难。驻在当地的军队及各机关都要拿出牲口去帮助群众耕地，特别注意帮助抗属、帮助民兵、帮助贫苦的有地无力的人民，而不要只便宜了少数人或某些自私自利的干部。穷苦农民则可以用换工的方式去借牲口，最好的是利用农民自己的习惯去借，如晋中一带借牛只请吃一顿饭就可，便是一个很简便的方式。但农会必须设法帮助和指导，以便能做的公平，随时解决纠纷，打破困难。种子问题在许多地区必须解决，特别是一些比较耐旱能晚种的种子，更需要用运销或借贷的方法来调剂。

抢种！这是目前一个最急迫的任务。现在不同于春季，气候变化无常，不仅是要防备天旱，还要防备连阴不晴。因为，如果长期下雨，无论耕种或锄草都是异常困难的。何况，战争的阴影说不定在什么时候又会袭来呢？

已经下雨而秋苗苗壮的土地，要立即进行锄草。"多锄一遍，顶粪一担"，这确是真理，政府要奖励勤锄。要认识到，有些在战争中被灾地区，人民生产情绪比较低落，"不管地里草比苗高，反正任他长去"，这种心理要努力打破。告诉他们，"只要有粮食吃，就能打敌人，保全自己，保护一家人一乡人"。对于乡村中懒惰的农民，要经过农会给以批评教育，或是使用家庭的压力、社会的舆论去推动他。过去有许多地方对无力耕种的抗属土地，只管在春耕时耕种一下，不管在锄草时帮助锄草，结果，仍然使土地荒芜下去，现在应该提起大家注意。帮助抗属锄草，是目前优抗工作的中心，这比用粮食去优抗要好得多。事实上，现在不帮助锄草，将来仍然要从人民身上去帮助抗□粮食，出力出粮，都是"羊毛出在羊身上"。

在锄草期间，短工的需要是会骤然增加的。在敌人"扫荡"清剿地区，劳力颇感不足，农会与工会要协同办理调剂劳力工作，同时要制定一个比较适合于当地情况的工资，不要过高过低，以免于双方都是不利。

无论抢种或锄苗，我们都要警戒着旱灾，防备着天旱，因为入伏的天气，常常"三天一小旱，五天一大旱。"群众相信龙王，我们要用事实打破迷信，使群众相信科学，相信自己。在地上□旱的时候，群众往往除了打击声外是无事可做的。我们要奖励做事，有水地的修理水地，可引水的用尽办法引水，只要有一分力量都应施展出来。万一有些地方，种谷已经失时，也应多种菜蔬，多种荞麦等作物。我们要领导人民同旱灾做斗争，这一斗争的胜利，不仅可以解决群众的生活问题，也必然会提高群众的政治觉悟与组织性，更进一步密切干部与群众的关系。

抢种、锄草、防旱，应该在不同的地区灵活的提出和运用。而这三桩事的任何一件，要想办得好，都需要领导人民综合其生产经验，想出具体方法。因此，在领导上，更要虚心的去做群众的小学生，真正把领导的方法与农民劳动经验结合在一起，否则，随便提口号，胡乱出主意，结果必然会大碰其壁。这种经验过去已经很多，今天再也不宜重复。

（原载一九四二年七月十六日《新华日报》华北版第一版社论）

战后新世界的展望

今年打败希特勒,明年打败日本,这是今天全世界反法西斯反侵略国家的共同战斗的目标。在此胜利已经在望之际,大家正在热烈讨论着一个问题,那就是战后的世界将是怎样的世界?关于这个问题,中共中央"七七"宣言曾明确地指出,战后的世界将是"自由的、民主的、和平的世界"。为要解释这一个问题,就必须提到这次世界战争的性质、参加这次战争的成分以及对这次战争的前途有决定作用的其他因素。

现在进行着的世界反法西斯战争和一九一四至一九一八年的第一次世界大战是截然不同的。在第一次世界大战中,无论协约国方面也罢,同盟国方面也罢,双方都是为着自己的帝国主义利益而战，所以它是非正义的、掠夺的战争。而目前的世界大战，则一方面是德、意、日法西斯对世界进行最野蛮的、侵略的、以奴役全世界人民、毁灭全人类文明为目的的非正义战争。另方面是社会主义国家苏联，英、美等民主国家，抗战已达五载的中国以及一切受法西斯侵略者蹂躏威胁的国家所进行的反侵略的、保卫民族独立、保卫民主、保卫全人类的正义战争。在这一战争的□旗下，包含的国土共有一万万平方公里，人口共有十五万万。而法西斯侵略国的营垒包含的国土只有五百万平方公里，人口只有二万万七千万，而且在这二万万七千万的人口当中，厌战和反战情绪正日益高涨着。这样我们看见现在全世界绝大多数的国家和民族，团结一致，反对法西斯强盗的神圣解放的战争。像这样伟大的正义战争，真是历史上从来没有过的，正如我们党的领袖毛泽东同志于一九三八年五月间在其名著《论持久战》上所预言："二十年前的第一次帝国主义大战在过去历史上是空前的，但还不是全历史上的空前战争，更不是绝后的战争。只有目前开始了的战争，带着历史的空前性，并且接近于最后战争，就是说，接近于人类的永久和平。"同时，他又说："这次战争将比二十年前的战争更大更残酷，一切民族将不可避免的卷入进去，战争时间将拖得很长，将是一切老账的总结算，人类将受很大的痛苦。但由于苏联的存在与世界人民觉悟程度的提高，这次战争中无疑将出现伟大的革命战争，用以干涉一切反革命战争，而使这次战争带着为永久和平而战的性质。牺牲虽大，时间虽长，但永久和平与永久光明的新世界已经鲜明地摆在我们的面前。"毛泽东同志这些预言，由于最近一年来国际形势的急剧向前发展，现在是愈益证明其正确了。因此，经过这样大规模的历史上空前的正义战争，以后的世界无疑将是自由的、民主的、和平的、光明的世界，这是由于战争的性质，全世界人民的觉悟性的提高以及由于苏联、英、美等反侵略同盟国在战争中的团结合作所决定了的。

第一次世界大战，由于双方都是帝国主义的掠夺战争，所以在战争结束之后，就产生了反动的凡尔赛条约。这次反法西斯战争结束以后，可以断定像凡尔赛条约之类的东西是绝不会出现的。一九四一年八月十四日大西洋宪章，一九四二年一月一日二十六国共同宣言，五月二十六日苏英同盟条约，六月十一日苏美协定，这些有历史意义的文献，都是全世界反法西斯国家人民共同奋斗的战果。这些文献明确规定了的战后世界动向的基本方针，和凡尔赛条约所规定的战后方针，没有丝毫相同之点。凡尔赛条约基本内容是什么呢？总括起来有这样三点：一、由战胜国来束缚战败国，特别是束缚德国，使其不能摆脱政治上不平等地位，并且掠夺德国人民。二、战胜国彼此实行妥协分赃，共同瓜分赃物，划定欧洲各国境界，分配殖民地领土和殖民地委任统治地，以便建立战胜国在全世界的霸权。三、准备经济封锁和反革命的武装，来反对社会主义的国家苏联。凡尔赛条约之所以不能使欧洲和全世界造成永久和平的局面，而恰恰相反造成了新的战争局面，这主要的就是因为它是民族压迫的帝国主义的工具，丝毫没有代表人民的利益。反观今天大西洋宪章、二十六国宣言、苏英同盟条约以及苏美协定，它们对于战争的基本方针是怎样确定的呢？这里我们且引用其中一些重要的条文。

在大西洋宪章上写着："一、两国不自由扩张势力或领域或其他；二、凡未经有关民族自由意志所同意之领土改变，两国不愿其实现。三、尊重各民族自由，决定其所赖以生存之政府形式之权利，各民族中此项权利有横遭剥夺者，两国俱欲使其恢复原有主权与自主政府。四、力使世界各国，不论大小，无论胜利或溃败，对于贸易及原料之取得，俱享受平等待遇，两国对各国现有之组织，亦当尊重。……六、待纳粹之专制宣告最终之毁灭后，希望可以重建使各国俱能在其疆土以内安居乐业，并使全世界所有人类悉有自由生活，无所恐惧，亦不虞缺乏之保证。七、所有各民族应可在公海及大洋自由来往，不受阻碍。"

在苏英同盟条约上写着："他们愿意与其他具有同样意志之国家，团结一致，采纳在战后时期内共同行动以保持和平及抵抗侵略的方案。""同意在重建和平之后，在密切及友好之合作基础上，共同工作，以组织欧洲之安全及经济繁荣，缔约国双方在此等目的之下，将顾及联合国家之利益，而且将遵守两个原则行动：不为本身扩大领土，不干涉他国内政。"

在二十六国宣言上写着："同意大西洋宣言之目的与原则"，并"为寻求适当生活、自由、独立与宗教自由及保全其本国及其他各国之权利与正义起见，完全战胜敌国，实有必要。"

在苏美协定上写着："……遵守大西洋宪章原则，双方共同建立战后之经济关系。"

各国共产党对于这些条约与这些宣言是竭诚拥护的，这就正因为它们所规定的战后世界动向的基本方针，和凡尔赛条约根本不同，而且是根本相反的。这些条约与这些宣言，都明白规定战后的世界是自由、民主、和平、光明的世界，而绝不是民族压迫、互相撕杀、互相仇视的世界。

毫无疑问，要实现这样一个民主、自由、和平、光明的世界，最重要的保证，就是在于全世界反法西斯国家和人民的团结合作。我们知道，在伟大的反法西斯战争中，各被压迫民族、苏联、英、美等反侵略同盟国，为了战胜敌人，团结日益巩固，互信互助，一致抗战，这样就奠定了战后继续合作，建设新世界的稳固基础。战争中的合作，无疑将决定战后的合作。

就反侵略阵线中的国家而言，苏联是社会主义的强国，它是最民主最爱好和平的国家。在此次正义的革命的伟大战争中，它站在最前线，担负着最艰巨的任务。它在战时对于击败希特勒既起着重要的和决定的作用，那末它在战后对于建设新世界也将更起同样的作用，这是可以预言的。英美是有深厚的民主传统的国家。在反法西斯战争的过程中，英美广大的人民更积极地起来参加战争，政府在战时亦不能不依靠人民的积极性。人民的积极性像发动机的车床一样，在战时有力的在旋转着，在战后也还是要继续旋转，成为战后建设新世界的重要因素。具有四万万五千万人口的我中华民族之为民族自由独立的目标而斗争，当然亦将给战后新世界的建立以重大影响。在法西斯侵略国家方面，例如在德国，人民的觉悟程度，也大大提高了。他们由于自己的切身惨痛经验，已深深地了解到希特勒主义对于他没有任何好处，只有苦痛，只有饥饿，只有死亡。因此，他们也正渴望着建立一个民主自由和其他国家和平共居的共和国。

所有这一切，都是说明由于反法西斯战争胜利的结果，战后的世界将是自由的、民主的、和平的、光明的世界。让全世界反法西斯的国家和民族加紧团结，加紧努力，为最后击败法西斯的侵略者和建立这样一个新的世界而奋斗。

（《解放日报》）

（原载一九四二年七月十七日《新华日报》华北版第一版社论）

一定要反省自己

延安各机关学校，学习二十二种文件已经一个月了。这次学习浪潮，在党史上可以算是空前的。过去有些同志，对党的文件的漠不关心的态度是改变了。参加学习的同志，对文件的内容已经有了初步的了解，有些同志进行了深刻的反省，有些地方利用实际工作中的材料来讨论文件中的问题，在有些同志中，工作积极性提高了，思想方法和工作作风开始有了转变。学习文件已经得到了不少的实际效果，这些都是一个月来学习运动的宝贵收获。

但是，有许多同志在学习文件中，反省自己的工作是作得很不够的。而反省自己正是我们掌握文件精神和实质的必要条件，只有经过反省自己，才能真正了解文件，实行文件中所包含的道理，如果没有认真的反省，切实的实行，则二十二个文件就有变成教条的危险。这个真理有些同志还未澈底了解，因此对于反省自己的问题，就有特别提出的必要。

反省自己，比只就文件学习文件要困难一些，这是向自己的已经根深蒂固了的旧思想旧习惯挑战，这是向"旧我"作严格的调查和顽强的斗争。因此自我反省中的偏向是必然会有的，有人把反省了解为不是用文件中的道理来审查自己的优点及缺点，而是离开文件来背诵自己的历史，并且只背坏的一节；有的审查自己的少，审查别人的多；有些工作经验较少的同志，以为自己没有什么可以反省，只有老干部才能反省；也有个别同志，想从文件中找根据，给自己的小资产阶级思想辩护。这一切都是没有了解反省自己的意义和方法，都是应当纠正的。

中宣部"四、三决定"中说："在阅读与讨论中，每人都要深思熟虑反省自己的全部历史。"这句话对于整个学习过程有极其重要的意义。文件里包括着宝贵的锐利的武器，就文件学习文件是必要的，这就等于学习使用武器之前，先来学习武器的构造及各部份的机能。但武器使用，则必须在使用的过程中才能学得，反省就是使用武器的开始。学习游泳术也是一样，研究游泳书籍可以粗知门径，自己下水照样练习，才能完全学会游泳方法。我们所学的是革命浪潮中的游泳术，反省自己就是第一步下水练习游泳，经过这个练习才能逐渐学会，并且完全学会使用这个"放之四海而皆准"的思想的游泳术。

反省自己，就是把文件与自己联系起来，就是用文件中所说的道理来审查自己的历史思想和工作，就是把文件中的道理当做尺码来量一量自己，当做天秤来秤一秤自己。从这里可以审查出自己的思想和作风那些是好的，那些是不好的。好的要发扬，不好的要改正，这样可以得出自己努力的方向。另一方面进一步深入了解并学习应用文件中的道理，同时又是为澈底改造自己打下一个基础。

在反省工作中，要特别强调的是反省自己，考察别人还是第二步。党是党员组成的，有了健全的党员，才能有健全的党。改造全党的思想和作风，必须从每个党员改造起。三个月学习文件之后，接着就是检查工作。检查工作中的好坏，要看大家掌握正确思想方法以及个人思想和工作初步改造的程度。个人的思想和工作的改造，主要是依靠自己。自己的历史，自己的优点和缺点，自己知道得最清楚，党中央的领导和其他同志的帮助，只能给自己指出一个方向，一条道路，而道路是要自己来走，别人是不能代替的。

反省是学习过程中的一个重要部份，对于新干部和老干部是同样要紧的。经验较多的干部，反省起来自然比较方便些。他们容易把个人的生活经验和文件中的道理联系起来。但对于经验较少的同志，也决不能说完全没有可以反省之处。新干部最大部份是小资产阶级出身，不可否认，小资产阶级的思想和习惯在他们身上是保留得更多，小资产阶级的散漫性和自由主义的习气，时常在工作与生活中表现出来。反省对于新干部说来，就是要澈底揭发并且纠正这种小资产阶级的思想和习惯的残余，建立起无产阶级的思想方法和工作作风。

在学习中，精读、笔记、讨论都是重要的，而学习成绩最重要的标准还是实行。能够实行出来的东西，才算是真正学得的东西，学而不能实行，仍然在书本上不归自己所有，因此，应当学得一点就实行一点。二十二个文件学完之后，当然还不能立刻建立起新的思想方法和工作作风，但必须把旧的方向改为新的方向，必须在我们的思想上和工作上有重大的转变。这个转变就是以反省自己为起点，没有反省自己，转变是不能达到的。

反省自己，改造自己，是一件不容易的事，这不是一下可以办到的，但这又是一定可以办到的。这里需要的就是自己的决心和耐心。客观的条件是充分具备的，而且条件的良好是党的历史上从来没有过的，有自由研究的环境，有党中央坚强的正确的领导，有一切必需的文件和材料，现在需要的就是我们自己的努力。假如我们能够有决心来革除不好的思想和习惯，同时又有耐心一点一滴来建设新的思想和习惯，加上长期不停的努力，除旧布新，每个人都是可能的。

(《解放日报》)

(原载一九四二年七月十八日《新华日报》华北版第一版社论)

深入反维持斗争

　　最近期内,敌人推行维持阴谋比以往任何时期都加强了。平时,在敌我交界地区,敌人以点线守备力量为依托,用军事的威胁和政治的诱惑,以逐步的或跃进的姿势,来组织大的、小的、明的、暗的维持会,"蚕食"我们的根据地。敌人把维持会的公开存在,当做"蚕食"胜利的基本标志。而在"扫荡"的时候,敌人同样也要这套"维持"的把戏,它策动奸细勾结坏蛋份子,在我根据地内成立维持会。虽然敌人明知自己并不能在我腹地长久存在,维持局面只能似昙花一现,其阴谋也决难全部施展,但它却依然要组织维持会,其目的无非是要通过维持会来压榨、奴役、宰割人民,造成许多令人意想不到的血腥罪行。某些村庄在维持以后，七天之内一村被勒索达四万余元，全村妇女无一幸免的被奸淫，壮丁被掳数以百计，夏麦全被收割运走……这些事实都给"维持"作了悲惨的写照，它说明今天幻想以苟且偷安代替积极斗争，以妥协代替抵抗，以迎合敌人代替打击敌人，是只有死路一条。

但是，今天敌人的维持政策在我们反"蚕食"反维持斗争有力的开展下，却已遭受了不少的打击。这不仅是表现在我们铲除了存在于根据地的伪组织，打击了特务机关及首要份子，唤醒了被愚弄的人民，把他们从敌人的欺骗阴谋下解放出来；也不仅表现在某些边沿区已经停止了敌进我退的形势，光复了许多被敌"蚕食"的乡村，而且最重要的是我们取得了许多伟大的政治上的收获。血的教训深深的教育了全华北人民："维持是最难堪的奇耻大辱，是一条最肮脏的必死之路"，"不反抗、不能活！"这已成为许多地区人民激越的呼声。今天不少新"维持"地区已经收复了，敌人统治较巩固的旧"维持"区也正激起着英勇的反抗。根据地人民对反"维持"斗争的同胞们，都以最大的同情心，实行无微不至的支援。相信不久将来，反"维持"斗争更会如火燎原般的蓬勃开展起来。这种反"维持"斗争的澎湃浪潮，正是中华民族不可战胜的表现。

根据各地反维持斗争的经验，我们觉得，要胜利的进行反维持斗争，必须注意下列诸问题：

第一，在反维持斗争中，要正确的掌握政治斗争与武装斗争的关系。在需要以武力打开局面或坚持斗争时，就要强调武装斗争为主，而在一般情形下，则都应以强调政治斗争为主。我们决不能忽视政治斗争，把反维持斗争看成为单纯的武装出击，或以为用武力取消维持会就可了事。这种作法，实际将会使斗争与群众脱离，因而不能坚持。同样，我们也反对空喊政治斗争，以致根本忽视武装斗争。在一定时候、一定情势下，武装斗争确实是有决定意义的，没有武装斗争做核心，就不能转变形势。总之，反维持斗争是一种全面的斗争，而其基本问题在于发动群众，群众能够从敌人欺骗下走上觉悟与反抗，胜利就有了保证。

第二，反维持斗争要有步骤有计划。必需密切注意客观环境的变化，有步骤的引导主客观条件向着于我有利的方面发展。善于掌握时机打击敌人，决不能麻痹，更不能盲动。当着敌伪以秘密方式酝酿维持时，政府军队就要坚决的打击敌人特务，捕捉汉奸，澈底揭破敌伪阴谋，教育群众。当维持已由秘密转向公开时，我们就应因时制宜，依据主观力量与客观条件，决定新的斗争方式。一般的说，我们应当以坚强的武装斗争，乘敌立足未稳，一举而摧毁维持会，用不断的出击和胜利去鼓舞群众，用生动的宣传教育，去启发群众，发动群众武装反抗。总之，到达胜利的途程是需要经历着许多曲折的各种不同的斗争，其最后目的则在于消除敌人公开的潜伏的各种势力。

第三，反维持斗争在军事上，除了以一部力量以分散的游击战去坚持正面战争，以动摇与削弱敌伪统治基础外，还应分派一定的部队深入到敌人的腹心地区，去进行武装活动和政治活动，使敌人腹地游击战争广泛开展起来。敌人受到□□和牵制，其兵力不能不四处分散，增加了被我各个击破的可能，在无可奈何的情形下，敌人只得自行从新维持地区撤退回去。

第四，要配合这次北局野政发动的对敌政治攻势，进行一个最广泛的启发民族觉悟的宣传鼓动工作。肯定的说，政治攻势乃是反"蚕食"斗争的一个最基本内容，无论是维持区的群众工作，或是伪军伪组织工作都需要用最大的努力与耐心去进行。有些人把政治攻势看成简单的散发宣传品，这是不对的。政治攻势是最细致的多方面的组织工作，需要根据不同的具体对象，依据一定的具体的材料，制造成政治上进攻的武器，而且要用公开的秘密的武装的和平的各种方式去进行。但是上述宣传鼓动工作，却正是政治攻势中不可或缺的一个环节，应该成为宣传工作者的重要任务。

第五，要正确的执行政策，使敌我政策在群众心目中有着迥然不同的分野，使广大同胞认识到在抗日民主政权领导下的生活方式是自由的幸福的。在这里，要广泛的运用统一战线政策，全力缩小敌伪麻醉下的群众基础，扩大抗日的群众力量，稳定某些动摇人士，争取一切抗日的同情份子。向各阶层直接宣布中共的各种政策和主张，揭破敌人造谣与曲解。在除奸政策上要坚决的打掉为群众痛恨入骨的坏份子，争取一些附从份子。在争取伪军方面，要多多用事实解释我们的优待释放伪军政策，是完全为民族利益设想的，号召他们"身在曹营心在汉"。总之，我们必须贯澈统一战线的精神，□□的执行政策、宣传政策。忽视政策的实质而代以感情冲动，是最有害的。

敌人如今仍在疯狂的采用着"蚕食"政策。今后反维持斗争须要更有力的进行。在斗争中，我们要坚决、澈底，但方式必须灵活，主观主义的指导方法与粗枝大叶的工作作风，不能有效的推动斗争的开展，反而在某些时候会成为斗争的致命危险。

（原载一九四二年七月二十一日《新华日报》华北版第一版社论）

为党的一贯方针而奋斗

我党中央在抗战五周年纪念日的宣言中,明确地指出了战后建设新中国的方针。这个方针在今天郑重的指出,无论从国际形势方面来看,或从国内形势方面来看,诚然都有其新的特别重大的意义。可是这个方针并不是我们党今天第一次确定的新的方针,而是我们党的一贯的方针。远在一九三六年九月十七日,我们党在"关于抗日救亡运动的新形势与民主共和国的决议"上,即已提出"建立民主共和国"的口号,认为"这是团结一切抗日力量来保障中国领土完整,和预防中国人民遭受亡国灭种的惨祸的最好方法,而且这也是从广大人民的民主要求产生出来的最适当的统一战线的口号"。一九三八年十一月毛泽东同志在我党六中全会中的报告，对于民主共和国的问题，有详细的阐述。大会根据这报告，决议说："由于国共长期合作的实现与持久抗战的胜利，将产生一个独立、自由、幸福的三民主义新中国。"历年来，我们党的一切行动，一切措施，一切政策，都是本着这个基本方针进行的。我们党现在再次指出的这个基本方针，是和孙中山先生的三民主义、国民党的抗战建国纲领基本上是一致的，这一点已为世人所共见，毋庸详述。

也许有人要问，中国共产党既是一个马克思列宁主义的政党，为什么它的建国方针，会和孙中山先生的三民主义、国民党的抗战建国纲领基本上是一致的呢？为什么它不主张建立一个苏维埃社会主义的国家，而却主张建立一个三民主义的共和国呢？关于这个问题，我们党的领袖毛泽东同志在我党六中全会的报告中，早已明白的答复过："民族独立、民权自由与民生幸福，正是共产党在民族民主革命阶段所要求实现的总目标，也是全国人民所要求实现的总目标。"他在去年十一月间边区参议会的演说中，又简明地说："为什么我们要实行三民主义呢？因为孙中山先生的三民主义直到现在还没有在全中国实现。为什么不实行共产主义呢？共产主义当然是一个更好的制度，这种制度在苏联早已实行了。但在今天的中国，还没有实行的条件。"是的，正因为我们党是马克思列宁主义的政党，它在决定自己的革命战略与策略方针的时候，不是单凭自己的主观愿望出发，而是从客观实际出发的。不但要估计国际情况，而且要估计到本国的、民族的、政治的、经济的、历史传统的、社会生活的、文化的特点，要估计到国内阶级力量对比的相互关系，和人民的政治觉悟。那末今天中国的社会特点是什么呢？关于这个问题，毛泽东同志说得很明白："中国社会是一个两头小中间大的社会，无产阶级和大地主大资产阶级都只占少数，最广大的人群是中间阶级。"因此我中华民族的解放伟业，如果不得到各阶层同胞，特别是最广大的中间阶层的人民的积极参加，那末，它是无法完成的。同样地，任何政党的政策，如果不依据这些广大人民的意志，那末，它是不能实现的。今天全中国同胞所最渴望的,首先便是战胜日寇获得民族的独立自由,建立统一的中国,以跻于世界强国之林,与各友邦建立平等互惠和平共处的关系。其次,我全国同胞渴望建立民权主义的政治制度——民主制度。这种民主制度,不会是苏联的苏维埃制度,因为苏联是社会主义的国家,而我国则在抗战胜利以后,还是在资产阶级民主革命的阶段中。苏联的政权是工人阶级的政权,而我国的政权则是一切参加抗战建国的阶级的联合政权。我国战后的民主制度,也不会是前一时期中国的苏维埃制度,因为那时候的苏维埃制度,只包括工农小资产阶级。而今后我国的民主制度,则必须包括一切参加抗战建国的同胞,连资本家地主在内。我全国同胞所渴望的民主制度,将是这样一个制度:国内人民不分阶级、男女、民族、信仰与文化程度,都有平等的政治地位,都享受选举权与被选举权,以及其他民主权利,全国设立人民普选的国会与地方议会。这样一个民主制度,正如我党"七七"宣言所说:"既不是专制的半封建的中国,也不是苏维埃的社会主义的中国。"再其次,我全国同胞渴望实行民生主义的政策,这种政策必须照顾各阶层人民的利益,不否认私有财产制。这种政策不但要改善工农大众的生活,而且亦保障地主的生活和资本家的经济利益。只有这样的政策,才能一方面激发劳动大众的生产热忱,另方面使私人企业有自由发展的机会;只有这样的政策,才能使贫穷困苦的、生产落后的国家,一跃而为富足繁荣的、生产发达的国家。这正如我党"七七"宣言所说:"战后的中国,应当是民生幸福的、经济繁荣的中国。既不是只顾一部份人的经济利益,而使大多数人受苦的中国,又不是由暴力没收土地、没收工厂的中国。"

有些人以为今日国共两党之团结合作,只是因为大敌当前,不得不本"兄弟阋墙,外御其侮"之义而暂时维持的,等到大敌被赶出中国以后,就将会恢复过去的分裂的内战的局面。这种说法是完全没有根据的。中国共产党是为民族为人民谋利益的政党,它始终忠实于自己的纲领和诺言,它不仅在大敌当前之际，诚心诚意地和国民党及其他党派一致团结抗战，而且在大敌被打倒以后，也将诚心诚意地和国民党及其他党派一致团结，共同努力，为建立一个"独立的、统一的、和平的、民主的、繁荣的、各党各派合作的"新中国而奋斗！

（原载一九四二年七月二十二日《新华日报》华北版第一版社论）

把我们的报纸办得更好些

我们的报纸，□大家□□□，因此，把它办得更好些，这也是大家的事情。

我们在四月一日《致读者》的社论中，曾指出我们的报纸在党性、群众性、战斗性、组织性各方面的缺点。而中共中央宣传部为改造党报的通知中，也具体指出今后的方针，是要把党的政策、党的工作、抗日战争、各地群众运动和群众生活经常在党报上反映。在这三四个月中间，我们的工作，在这方面是有了进步，但是检查一下，我们对于战争、党与群众，究竟反映了些什么？究竟是怎样反映了？那就可以发现我们的反映，在大多数的情形下面，还很不灵活，很不具体，很不生动。比方说，关于敌后的空前残酷的斗争，我们还很少真切的叙述；关于陕甘宁边区的自卫军和农业劳动消息，很多是有骨无肉，千篇一律；关于伟大的整风运动，怎样改变了我们的许多同志的面貌，我们也缺少可注意的记录。

还是让我们请教一下列宁罢。列宁在一九一八年《论我们报纸的性质》一文中批评当时苏维埃的报纸道："对于旧题目的政治鼓动——对政治的空谈占据的篇幅太多了，对新生活的建设，对于这个建设的各种事实，则占据的篇幅太少了。"许多群众已经熟悉的政治事实，"是应当记载的，但是用不着写论文，用不着重复议论。"只要用电讯方式"写上几行"就行了。许多篇幅要用来解决下列的问题："在事实上在新经济的建设中，大工厂、农业公社、贫农委员会、国民经济地方委员会有没有进步呢？这种进步究竟在什么地方呢？他们能否证明呢？"这里有没有大话夸张，或知识份子的诺言"调整""拟就计划""运用力量"以及"我们这样的老手"所爱吹的其他等等大言不惭的"计划"呢？这些进步是怎样达到的，如何可使这些进步更加广泛起来？"对于那些应该上黑牌的十分落后的工厂和十分落后的工人"，我们猎获了他们中间的几个，揭穿了多少？惩戒示众的该有多少？对战争也是一样。我们是否查办过懦怯的司令官与军人？我们是否向全国痛责过一无用处的部队？那些无用、怠慢、迟到等等是应该从军队里赶走，那全国知□的大批坏蛋，我们是否猎获过？列宁结论说："少登载些政治的空谈，少登载些知识份子的议论，多接近些生活，多多注意工农群众在事实上、在日常工作中怎样在建设新的东西，多多检查这种新的东西有多少是共产主义的。"

□□□□□□□□□□□□□□□□□□□□□□□□□□□□自己的另外的题目，但是这能有多少关系呢？难道我们不曾把许多本该用电讯方式写下几行的事实，拉成一大篇么？难道我们已经充分接近生活，充分反映了生活里和斗争里新的东西么？难道关于我们的部队，我们的政权组织和经济组织，我们的党和群众团体，我们的机关学校，报纸默不作声，即使讲到的话，也是"官样文章"的现象，是能够容忍的么？我们有广大的农村，在这些农村里，战斗着、劳动着和学习着的有千百万的农民，我们的报纸应该做他们的红牌和黑牌。而谈到工厂，我们虽然很少，但也不是没有呀！

应该承认我们在各方面的工作都曾做了一些，但是距离我们所应该做的还是远得很，而且对于我们的报纸究竟是一回什么事，我们有一部份同志还有一大堆"糊涂观念"，一大堆旧的观念没有肃清。我们有一部份同志还不知道我们的报纸是建设党、推进抗战和革命事业的伟大机器，却以为我们每天在白纸上排些黑字是看着好玩的。他们还不知道正确的对待党报的问题，就是正确的对待党、对待阶级、对待革命和抗战的问题。正因为这一点，联共第八次大会才做决议说："没有办得很好的报纸，则健全的坚强的党和国家的建设是不能设想的。"也正因为这一点，毛泽东同志才在改进解放日报的座谈会上郑重提出："利用解放日报，应当是各机关经常的□务之一。"为澈底实现列宁的指示，为要澈底实现毛泽东同志和中央宣传部的指示，我们需要一次政治的教育，使大家用新的对报纸的观念来代替那些旧的观念。我们还需要一次技术的教育，使大家学会怎样来供给报纸所需要的稿件。我们的报纸今天最需要什么样的稿件呢？什么东西是我们的报纸今天最致命的弱点呢？虽然我们也缺少好的论文，但是我们今天最需要努力发展的，却是好的新闻和通讯。报纸既不是书籍，也不是杂志。报纸的生命主要的就交托在大大小小的新闻和通讯上面。如果在革命以前的真理报，只在一年当中，就发表了一万一千多件的工人通讯。那末，我们的报纸的通讯，不说质量，单说数量也就是一贫如洗了。这首先自然是由于我们的编辑部缺乏倡导，无组织，但是我们的许多记者、通讯员、机关工作人员，还不善于把每天发生着的丰富的和有教育意义的新的东西，写成新闻和通讯来供给报纸，也是实情。他们或者是不能够区别一件事实的什么部份才是新鲜的，而什么部份则是陈腐无味的，或者是不会区别像什么样的事实，居然可以和应该在报纸上发表，而另外一些事实，则并没有这个必要，至于文字上应该怎样写得出色，倒还是其次的问题。

　　进行这两方面的教育，而且同时就照着正确的方向动手动脚起来，这首先也自然是党报本身的工作。所有做党报工作的同志，一定要立下决心，继续努力，以求贯澈，但是党的每一个工作部门的负责人，每一个党员或同情者、阅读者，请你也记着把我们的报纸办得更好些。更好些——这也就是你的不容□避的责任呀！你的责任，就是要改变你对于党报的消极态度；你的责任，就是按党报的需要供给稿件和组织群众的稿件；你的责任，就是训练自己和你周围的人，成为有力量的通讯员。只有大家来动手动脚，我们的报纸才能够办得更好，从而也才能够使我们各方面的战斗，得到更好的发展。

　　　　　　　　（原载一九四二年七月二十三日《新华日报》华北版第一版社论）

巩固反维持斗争的胜利

——发动群众

最近一时期来,我们在反维持斗争上的确获得了相当的胜利。我们从敌人手中光复了许多乡村,肃清了不少明的暗的维持会,严重的打击了敌伪。这不仅是使根据地进一步巩固,并且对开展敌占区工作也起了直接的有力的作用。

这些光辉的胜利,说明了在一定条件下开展猛烈的反维持斗争,不仅是必要的而且是完全能够胜利的。敌人拼命扩张占领地的结果,必然招致严重的兵力分散与后方空虚,因此□不能巩固其统治。而维持区人民在敌人残酷压榨下,又日益开始觉悟和反抗,这就是开展反维持斗争的客观有利条件。如果我们再加以正确政策的领导，使政治斗争与武装斗争灵活配合，获取胜利原本是没有问题的。

现在在光复地区，摆在面前的第一□工作，就是进一步发动群众，巩固维持斗争的胜利成果。

这就要首先进行除奸斗争，坚决打击公开为首作恶的维持份子和幕后□动的奸细份子。不严重打击这些民族败类，群众便永无抬头之日。但另一方面，对这种除奸斗争，绝不应看成为"□捆了事"的技术工作。因为这些人背靠日寇，有着复杂的社会关系，有□大小爪牙，有着造谣□□的罪恶伎俩。因此，这是一种极复杂的群众斗争，只有依靠着群众这面镜子，这些妖魔才会原形毕现，无法漏□或再事□伏。而且汉奸一经落网，我们就应该组织专门的考察与审讯，搜集一切证据，耐心处理。我们反对过去某些地区随便滥放死心塌地的汉奸，以致严重的遗害群众，这是执行除奸政策的右的错误。但，同样的我们也反对盲动，反对处理案情上的急性病，要倾听并尊重群众的意志，但绝不能为群众愤怒的过火的报复情绪所左右。有些人曲解"经过群众路□"为做群众尾巴，这是不对的。正确的群众路线，乃是一方面真正倾听群众呼声，一方面紧紧掌握正确的政策（政策也是代表群众利益的）的原则。两者结合，从而得出最公平最合乎法理与人情的结论，并经过群众路线的民主形式去执行，这样就必然会代表着全体人民的要求与意志。

群众性的除奸斗争一个最主要的内容，便是没收汉奸财产分给贫苦人民，和清算账目退还维持款项。这不仅可以解决许多群众经济上的困难，而且必然会使政治斗争与经济斗争结合起来，在政治上扩大了群众基础，明确的造成敌我的对立，给武装群众准备了最成熟的条件。

但是，只有除奸斗争还不足以完全发动群众。我们必须从建立、改造或恢复抗日民主政权中，以三三制的民主运动去团结各阶层。在抗日民族统一战线越扩大与巩固的情形下，汉奸便无所施其伎俩。此外更重要的是正确执行法令来发动群众,迅速解决抗战以来从未解决的土地纠纷、债务纠纷,并改正负担。这是群众切身的问题,也是发动群众的关键。因此,我们不应有丝毫的草率与粗心,要真正了解客观的具体情况,从静的土地人口等数目字到动的各阶层的态度及其相互关系,都要加以细密的研究。我们不仅要平面的了解整个轮廓以寻求其总的特点,尤其要典型的研究一人一户一族一社,具体了解它在维持前后在政治上经济上所存在的各种变化。唯□是新光复的地区,斗争环境□越是复杂,我们就必须□之以最慎重的态度。伴随着这一工作而进行的是普遍的宣传中共中央所公布的土地政策,解释中共土地政策的三原则,和宣布边区的新负担政策。召开各阶层的士绅座谈会,向小学教员知识份子耐心解释,以便广为传播,使一切纠纷在合理原则下求得妥善的解决。

无疑的,经过上述这些斗争和工作,广大群众既从旧的桎梏中解放出来了,而其斗争信心和抗战热情也会百倍提高。这时就要我们正确的掌握群众的斗争情绪,号召警惕敌人的破坏与袭击,根据群众原有的政治经验,□亮提出组织保卫本区本县的游击队、区干队或战斗的民兵,鼓舞他们在战斗中锻炼自己。武委会要着重培养本地的军事领袖,加强地方武装及民兵内部的军事技术与政治工作。

被解放了的维持地区人民是饱经灾难的。站在抗日的中国人民的立场上,我们要用一切努力去使他们在祖国怀抱中复苏过来,使他们感到生活的兴趣与民族的热爱,这就是为什么我们要一再提出发动群众。

(原载一九四二年七月二十四日《新华日报》华北版第一版社论)

送别晋西北绅士参观团

牛友兰、武润生、刘少白先生等所组织的晋西北士绅延安参观团就要回去了。每想到背负着民族的苦难,怀抱着对于陕甘宁边区的高度热望而仆仆西来的诸位先生,特别是想到以六十高龄而不辞跋涉之苦的几位前辈,我们实在感奋万端。今日归去,我们实有不胜依依之感。但我们尤愿乘此机会,略抒数语,请托参观团诸先生转致我在根据地坚持战斗的和在沦陷区忍受苦难的千万父老。

首先请告诉我河东父老,日寇的败象已成,败期已定,只要我们加倍奋发,熬过今明两年,我们出头的日子便到了。日本强盗五年侵华,只落得它的泥脚在中国越陷越深,只落得在华士兵逐渐苦叫"回不得家"。它日夜吹嘘的太平洋上的"赫赫战果",给它树立了二十四个敌国。□上海上的"胜利",并不曾解决它经济上的困窘,连"皇军"大衣上的补绽不是反而越来越多了么? 战争给予日本人民的,是经济上的破灭,是丈夫兄弟父子的离散,不见十七岁的娃娃□送到中国来打仗了么? 披着"圣战"外衣的强盗战争的真相,已经逐渐为日本士兵所认识了。要把亲眼见到日本工农学校的情形,日本在华共产主义者同盟的消息,广泛的传布开去。觉醒的种子是会埋在每个日本士兵心里的。"世界民主国家的团结,今年可望击败希特勒,中英美三国的海陆夹攻,明年定可把日寇打回东京去。"这一个局面是我们五年牺牲奋斗的成果。今天让我们更加坚定,更加振作,以加倍的勇气和信心,来迎接即将到来的胜利。

请告诉我河东父老,敌寇在它溃灭之前,它对我们的进攻会更加残暴,更加毒辣。我们的困难也一定会因此而愈益增加。我们一定要有咬紧牙关熬过困难的准备,我们更须有军民协力,冲破困难的办法。敌寇在"扫荡"中,厚颜无耻的企图赖账,说什么"因为你们抗日,我们才烧杀"。我们却一定要把我们身受的一切痛苦灾难,一笔一笔的写在日寇名下,决不容它有半点的含糊狡赖。我们一定要更不惜牺牲一切的来支持抗战,更广泛的开展民兵运动,更密切的和抗日部队结成一个战斗的总体,以保存我有生力量和抗战物资。我们一定要把今天所计较的是全民族的生死存亡,而不是个人的利害得失,为民族抗战尽最大的义务,乃是最高的荣耀的认识,更普遍的深入到所有的抗日人民中间去。

请更肯定地告诉我河东父老,我内部社会各阶层间的紧密团结,乃是抗敌制胜的武器,也是团结建国的必由途径,而三三制则是保护这一团结的最好政治形式。请把在陕甘宁边区所看见的一切,更广泛的告诉人们。在这里是怎样实行了地主的减租减息,是怎样保证了农民的交租交息,并怎样的因此而有了社会经济的向上发展。也请告诉人们,六十高龄的李副主席,怎样从自己的切身经验里,认识了中国共产党是中国人民的党,怎样令人感动地说他"要和共产党患难与共，休戚相关"。要告诉人们减租、减息、交租交息的政策，需要在河东更认真的执行起来，三三制的议会和各级政权机关也需要更迅速更完满的建设起来。

请更明确的告诉我河东父老：中国在抗战中需要团结，能够团结，而且已经用团结支持了五年的抗战，即在抗战胜利之后，中国也还是应该团结，能够团结的。毛泽东同志对于这一个问题，是这样明确的回答了的。中国共产党、八路军、新四军是一定要坚决这样执行的，而最大的保障，则因为这乃是全国人民的希望和意愿。在全国人民的希望和决意下，我们既发动了全民族的抗战，又在抗战之中促进了全国的团结。为什么我们又不能以全国人民的意愿和决心来更进一步的促进全国的团结，以全国的团结来建设新的国家呢？

五年来日本强盗占领了我们很多土地，烧毁了我们美丽的村庄，我们的父老兄弟遭受了惨绝人寰的杀害，我们的妻女姊妹遭受了旷古未闻的凌辱。可是我们中华民族在敌人的面前站立起来了！今天已经没有任何人，再敢说我们是"远东病夫"。我们在苦难中，在战斗中，团结起来了！今天已经没有任何人还敢说我们是"一盘散沙"。抗战已进入第六个年头，胜利的曙光已经在望，让我们再努一把力，熬过最后的难关，让我们为了在敌人践踏烧毁过的废墟上，重整我们的田园，并进而建立独立的、自由的、和平的、繁盛的新中国而进一步的努力罢！

（原载一九四二年七月二十五日《新华日报》华北版第一版社论）

甘地的错误政策

要求英国政治势力自印度撤退，如英国拒绝是项要求，则国民大会将在甘地领导之下，断然采取"非暴力抵抗"，这就是本月十四日在华德哈进行的印度国民大会常委会接受了甘地意见而写成的决议。事后，甘地更公开著文主张英军离开印度。甘地这种态度，已经引起了英美等国舆论的纷纷谴责，而轴心方面特别是日寇，则弹冠相庆。

今天印度在世界反法西斯阵线中，占了一席很重要的地位。它是英美援华必经的孔道，除了澳洲以外，它是同盟国在南洋的仅存据点。它是巨大人力物力的供给地，是同盟国作战力量的一个重要泉源。甘地所提倡的非暴力反英运动，万一见诸实施，使印度全国生产及运输机构归于停顿，国内秩序发生混乱，其结果必然予日寇以可乘之机，并阻碍英美对华援助，影响同盟国作战力量。这样看来，甘地所谓"非暴力的抵抗"，实际上是有利于日寇，不利于反法西斯国家的"亲痛仇快"的举动。甘地所说他的主张不会妨碍援华，实际上只是自欺欺人之谈。

在今天，印度人民的解放事业和中国人民的解放事业一样，它的胜利和世界反法西斯战争的胜利是血肉相关不可分离的。法西斯轴心国家进行侵略战争，不仅是为了奴役一切民族国家的千百万人民，掠夺它们的资源，而且是为了毁灭人类尊严的最后一点痕迹，肃清任何自由和进步的思想，把人类拖回到原始时代的野□□莽中去。因此，不可能设想世界反法西斯战争不胜利，法西斯轴心不倒，而有任何一个国家却能够获得解放。在另一方面，现在同盟国家进行正义战争，是为了消灭人类公敌——法西斯野蛮，建立和平、自由、民主的新世界，这是和一九一四——一八年第一次世界大战根本不同的。在邱罗宣言中已经明白规定"尊重各民族自由决定其所赖以生存之政府形式之权利，各民族中此项权利有横遭剥夺者，两国俱欲使其恢复原有主权与自由政府"。这个英美两国的誓辞，而且它已为一切反法西斯国家所接受。最近英苏、美苏协定，更郑重规定拥护这个宣言。在这一宣言的影响和印度人民的要求之下，英国对于印度已在战争的过程中，逐渐开放政治自由，如给予一切反法西斯政党以合法地位，取消对共产党禁令，扩大总督会议等，都是给印度人民获得政治自由的初步措施。虽然这些措施还嫌迟和不够，但是从整个反法西斯战争的发展来看，这个战争的胜利将会令印度获得平等自由的地位达到印度民族的解放。

全世界反法西斯战争与印度民族解放事业不可分离地联系着。只有这一战争得到胜利，印度的民族解放才有保证，对于这一种道理，甘地是熟视无睹的。正因为如此，他毫不明辨友敌之分。今天正在进行着正义战争、反法西斯侵略的英国，与穷兵黩武、屠杀千百万中国人民、奴役南洋各民族、今天正在严重威胁印度的日本强盗——二者之间，在甘地看来并没有多大区别。甘地主张以"非暴力的抵抗"对付英国，同时却宣称他可以"说明"日本不侵略印度。这种颠倒黑白、瓦解人民战斗意志的宣传，客观上为日寇侵略尽了清道的作用。这是违反了国际反法西斯阵线的利益，同时也是违反了印度人民的利益。

印度人民正在迈步前进，为争取反法西斯战争胜利而努力，可是甘地的错误政策，好像一块绊脚石，阻碍着他们的前进。现在国民大会全国代表大会快要在孟买开会了。大会内部正在展开着争论，其他政党派别反对甘地的政策者，也先后不绝。改正甘地错误政策是印度人民进一步团结，使他们对于反法西斯战争能有更大贡献的一个先决条件。

（原载一九四二年七月三十一日《新华日报》华北版第一版社论）

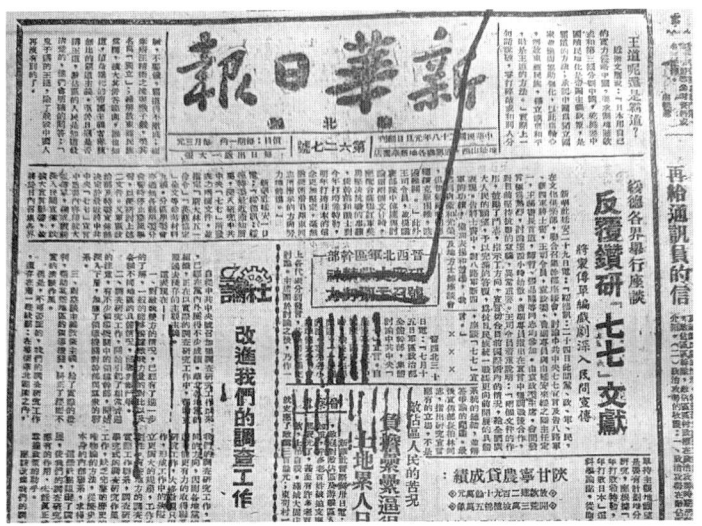

改进我们的调查工作

自从中共中央号召加强调查研究工作以来,已经在党内外获得不少成绩。华北各地党的组织,正在以实际的调查研究工作中,帮助克服过去残存的主观主义。

这表现在——

一、对敌我双方的情况,已经有了进一步的了解。一般的能够根据敌我力量的对比以及各种不同地区的具体情况,部署对敌斗争。

二、调查研究工作,开始引起了相当普遍的注意,有不少领导机关中的领导干部,开始深入下层,加强了领导机关对干部与群众的联系。

三、对空谈主义教条主义,给了实际的批判,帮助某些地区的领导机关，纠正了浮而不实的清谈作风。

但是，不可否认的，我们的调查研究工作，还存在着一些缺点：在整个华北范围之内，我们的调查研究工作，还没有一个更明确的共同的方向，因而各地党的组织，在这个工作上□□能更有力的取得联系与配合。我们的调查研究工作，大多数还只限于一般的农村调查工作，形成工作中的狭隘、片面与零星，未能建立更广大的规模，工作中也往往缺乏系统性计划性。有些地方的调查研究工作，未能与党的实际工作联系，调查研究人员脱离现实，形成学究式的调查研究作风。有些地方的调查研究工作，缺乏完整的历史的了解，未能运用历史唯物论的方法，从历史的发展过程中了解事物本身的内部联系，求得正确的结论。

这些缺点阻碍了调查研究工作进一步的开展，使我们的调查研究工作，未能充分发挥其应有的作用，未能真正成为领导机关了解情况掌握政策的助手。

应该改进我们的调查研究工作。

为此目的，应该把调查研究工作的重心放在总结五年来的抗战经验上。

在五年来的抗战中，华北共产党员与许多抗日民族革命志士，为国家民族建立了许多不朽的功绩。这些英勇的共产党员与民族志士，在战斗的最前线，前仆后继的壮烈牺牲，对这五年来光荣的历史是应该作一个正确评价的，然而我们没有，或者有一点也不很完全。在五年来的抗战中，我们各地党的工作，或多或少地犯了一些错误，共产党人并不隐讳这一点，而且应该对于自己的错误进行正确的清算与批评，然而我们在这方面也是做得不够的。在五年来的抗战中，我们各地党的组织，积累了非常丰富的经验与教训。总结这些经验与教训，对中国革命将是一个非常巨大的贡献，对华北党内的理论建设工作，将给予非常丰富而生动的内容，对党的领导机关决定政策与策略，将是最有力的帮助，然而我们的工作还未达到这样的要求，我们的理论建设和策略指导，有时不免是落在现实斗争之后的。

我们调查研究工作，就应该绕着这个任务来进行。

华北党内各个调查研究机关，应该针对这个要求，更进一步的开展自己的工作：第一，各地党的领导机关，要自己亲自参加这个工作，这不但能够使领导机关更加了解具体情况，而且，也只有这样才能使得我们的总结真切可靠。第二，要把这个工作和抗战历史编纂工作联系起来，一方面总结经验，一方面整理历史，保留起敌后华北五年来壮烈的史迹。第三，总结过去，同时必须联系到了解现在，历史是不能分割的，没有昨天就没有今天，不了解今天情况，孤立地研究昨天也是无意义的。第四，我们的调查研究机关，应该有一个规模完备的计划，并且要和邻近地区的调查研究机关取得工作上的联系，吸收各部门做实际工作的同志参加这个工作，真正把理论与实践联系起来。第五，这个总结工作，不要由几个共产党员包办，而是要团结广大的学术界人士及各地许多有实际工作经验的人士共同去做，□善于发扬社会各界热心调查研究工作人士在这方面的成绩。我们共产党人在一切工作中，都应该和进步的非党人士在一起的。

（原载一九四二年八月六日《新华日报》华北版第一版社论）

论战后新中国

历年以来,中国共产党在多次宣言与文告中,明确地声述了自己一贯的团结建国的方针。但是对于这一方针,国内尚有某些人士不甚了解,而反共份子的恶意宣传,则更妨害了他们的了解,并散播着猜疑的毒素。现在当抗战胜利日趋接近之际,为着加紧团结,熬过困难的两年,并树立战后新中国建设的前提,我们对于团结建国的某些重要问题,予以说明,是非常必要的。

有一种话说:"共产党在抗战中,多方攻击友军,并且准备在战后实行大的内战。"我们应当明白的告诉同胞们,这是一种荒唐的谣言。我们共产党不仅早在抗战前就已呼吁"停止内战,一致抗日",不仅在抗战中坚决主张反对摩擦，团结抗战，而且确切声明在抗战胜利后也要反对内战，团结建国。在抗战中，八路军新四军以武器□败、饷弹俱缺之师，专力杀敌，抗击在华日军的一半，但却曾有某些不明大义的人，反以打击此种苦战之军为自己第一任务。八路军新四军在遭人进攻有被消灭危险的情况之下，为着民族抗战利益，迫不得已实行自卫，而这种自卫，还是为了团结抗战。八路军新四军是绝对不愿并且从来没有轻起事端攻击友军的，此情此景，国人共鉴。共产党不仅在抗战中反对内战摩擦，而且□主张在战后反对内战、和平建国。共产党中央在今年"七七"宣言中清楚指出："战后的中国，应当是统一的、和平的中国，而不是分裂的、内部互相战争的中国"。八路军新四军将在抗战胜利后，也本着团结建国的精神，与其他军队及全国人民一起，共同参加和平的、统一的新中国的建设。任何人挑起内战，破坏国内和平建设，那么他不仅必将为全国反对内战的广大人民与军队（包括八路军新四军在内）所共弃，而且将为国际上拥护和平民主的国家与人士所共弃，因之他发动内战企图之遭受失败，将是无疑的。

另有一种话说："共产党要在抗战后独霸中国，实现工农小资产阶级专政的苏维埃政权。"我们应当清楚的告诉同胞们，这同样是无稽的谣言。我们共产党不仅早在抗战前一九三六年九月的决议中指出为民主共和国而斗争的任务，而且更于抗战中，在敌后抗日根据地与陕甘宁边区，具体建设抗日民主的政治。在那里一切抗日的人民（包括抗日的地主资本家在内）都有同样的政治权利，各党各派（包括国民党员）、无党无派的人士参加了政府的领导工作（如晋察冀边区政府主席宋劭文先生是牺盟会员；胡仁奎先生是国民党员；晋西北行署主任续范亭先生是著名的老同盟会员；陕甘宁边区副主席李鼎铭先生是无党无派的人士）。在那里执行了三三制，共产党员在政府委员中只占三分之一。在那里所建设的并不是工农小资产阶级专政的苏维埃政权，而是自由的、繁荣的、新民主主义的、各抗日党派合作的抗日民主政治。共产党不仅在抗战中实行这样的政治建设，而且更主张在抗战后,也与各党派(包括国民党,也包括共产党及其他党派)、各阶级(包括赞成合作建国的大地主大资产阶级,也包括工人、农民、小资产阶级、民族资产阶级),共同建立三民主义新中国,也就是共产党所提出的新民主主义共和国。共产党并不主张排斥大地主大资产阶级于新中国国家建设之外,同时不同意将共产党与其他各党各派、无党无派人士及工人、农民、小资产阶级、民族资产阶级排斥于新中国国家建设之外。所以共产党中央在今年"七七"宣言中指出:"战后的中国,应当是民主的中国,既不是专制的半封建的中国,也不是苏维埃的或社会主义的中国。"共产党是诚恳愿意与全国各党各派、各阶层精诚团结,为这样的目标而奋斗的。

再有一种话说:"共产党在战后要赤化中国,实行没收地主的土地与资本家的财产。"我们应当严正的告诉全国同胞们,这也是一种毫无根据的谣言。共产党于民国二十六年九月二十二日即宣布:"停止以暴力没收地主土地的政策。"并一贯忠实地执行了自己的诺言。至于没收资本家的财产,那么就是在过去土地革命时期也是并没有过的。抗战中共产党在各抗日根据地上,实行了团结各阶层的土地政策与劳动政策。在土地政策上,共产党主张了并且实行了一方面适当的减租减息,以改善农民生活与发展农业生产;另一方面保证农民交租交息,保证地主的地权财权,以维持地主的生活(详见中共中央今年一月二十八日关于抗日根据地土地政策的决定)。在劳动政策上,共产党主张了并且实行了一方面改善工人生活,保证他们在劳动过程中的正当需要;另一方面提倡工人积极工作,以保证生产的发展与资本家的正常的利益。共产党所实行的这些政策,不仅没有超过孙中山先生的三民主义政策的范围,而且甚至还没有达到孙中山先生所规定的限度(如耕者有其田)。共产党认为在民主共和国的中国,发展资本主义是必然的,而且是有利的,而实行社会主义则是尚未具备必要条件的。共产党不仅在抗战中实行了这样的土地政策与劳动政策,而且更主张在战后实行这样的土地政策与劳动政策，以团结各阶层来共同建设三民主义新中国。所以共产党中央今年"七七"宣言中清楚指出："战后的中国，应当是民生幸福的、经济繁荣的中国，既不是只顾一部份人的经济利益而使大多数人受苦的中国，也不是以暴力没收土地没收工厂的中国。"这样的土地政策与劳动政策，以及具备这样精神的其他社会政策，也就能够为战后消除内战，团结建国，奠下必要的经济基础。

抗战的胜利，将使我们的民族独立问题获得基本的解决。战后的这样和平的、统一的、民主的、民生幸福的中国，这样将是独立的、坚强的中国，而不是殖民地、半殖民地与附庸国。它与各友邦发生平等互惠的关系，并与他们联合共同建设战后和平的民主的世界。

自然这样独立、统一、和平、民主、民生幸福、各党派合作的新中国，是我们全国军民的奋斗的目标，也是我们共产党的奋斗的目标。这样的中国是不会自然而然的来到的，必须努力去争取。在争取这样新中国的过程中，一定会有种种障碍与许多困难。而新中国建设的发展与三民主义政纲之实行，在一定时期中，在全国各地区内，一定会是不平衡的。可是我们全国军民，既在多年抗战中锻炼了团结奋斗，克服困难的大无畏的精神，那么我们相信在战后，我们全国军民也能以同样的精神去克服建国路上的种种障碍与许多困难，去逐渐争取三民主义政纲在全国范围内的普遍的实现。在战后建国大道上斗争，还将会是很复杂的曲折的甚至是艰苦的，但是我们有信心，能够以团结的力量去进行这些斗争，以达中华民主共和国建设的完全胜利。

揭破谣言，泯除猜疑，精诚团结，共同奋斗，这不仅是争取日趋接近的抗战胜利的保证，而且是争取战后新中国建设成功的关键。

（《解放日报》）

（原载一九四二年八月七日《新华日报》华北版第一版社论）

建立新中国的客观条件

抗战胜利以后,我们中国人民将建立怎样的新国家?关于这个问题,中共中央的"七七宣言"明确地指出,战后中国应当是"独立的、统一的、和平的、民主的、繁荣的、各党各派合作"的新中国。这不仅是合于全中国同胞愿望的奋斗目标,而且实行这样一个新中国,是有着充分的根据和条件。

我国幅员广大,物产丰富,可与苏联、美国相比拟。我国人口之众占全人类五分之一。我们同胞具有爱好劳动、艰苦奋斗的精神,亦为全世界所钦佩。而民族之统一,文化之悠久,尤为世界之冠。我国的人力物力及一切自然条件,具备着足以建立一个强盛的现代化的国家的充分的条件与根据的。

在历史上，我们的民族亦曾经是过去最先进和强盛的国家。鸦片战争以来，外由帝国主义之侵略，内由封建专制政治之腐败，使中国处于外患内忧之中，而沦于积弱的半殖民地地位。可是近百年来的中国历史，有着我国人民为民族解放、民权自由、民生幸福而英勇斗争的许多可泣可歌的史迹。我革命先烈在这百年内，最不畏强暴，不惧险阻，前仆后继，再接再厉的牺牲奋斗，终于辛亥起义，推翻了满清专制。而一九二五——二七年大革命，"扫荡"了北洋军阀的暴政。在这奋斗的过程中，中国人民不仅亲历无数艰难，提高了自己的觉悟，丰富了革命经验，吸收了先进各国的革命理论，加强了自己的战斗能力，而且创造了中国历史上所未有的新型的革命政党——中国国民党和中国共产党。而新型的群众性的政党的存在，乃是实现现代化的新中国的必不可少的条件。没有先进政党的指导，要建立一个现代的国家是不可能的。

神圣的抗日战争，使我国人民为独立自由繁荣的新中国而斗争的历程，进入一个新的阶段。反抗日本帝国主义侵略的祖国战争，是我国人民近百年中为民族独立解放的斗争的最高的表现。战胜日本帝国主义，将奠定中华民族独立自由的往前发展的基础。不仅如此，抗战促进了我国内部空前未有的团结和统一。由于国共两党的合作，由于抗日民族统一战线的结成，我们今天已经有全国一致拥护的国民政府和抗战统帅。我们对于抗战建国已经有了目标与大体相合的纲领。国民党颁布的抗战建国纲领已为各党派所一致拥护。共产党更在敌后各抗日根据地内，切实推行这一纲领，并根据各根据地具体情形而订成新纲领。因此，战后新中国的雏形已不是言人人殊，莫衷一是的悬想。孙中山先生的三民主义、国民党的抗战建国纲领和共产党的施政纲领，已经画出了这一新中国的轮廓。正因为这样，中共中央的"七七宣言"肯定地认为："中国各抗日党派，不但在抗战中应是团结的，而且在抗战后，也应是团结的。"抗战中的战斗的团结，胜利后建国的团结,这是新中国建设必成的最主要的条件。

最后,我国的英勇抗战,已获得世界各友邦人士的赞扬,已大大提高了自己的国际地位。英美当局已经宣布战后废除一切不平等条约,并在平等互惠的基础上,重订两国与中国间的关系。击溃了法西斯以后的世界,既是自由和平民主的世界,中国自亦不能自失新时代潮流与世界大势。不仅如此,我们在反法西斯战争中的盟邦——苏美英各国,对于我们建设独立自由繁荣的新中国亦将不断加以援手。

不论从国内和国际的条件来看,只要全国各党派和人民同心协力,加倍努力,在战胜日寇之后,一定可以实现独立、自由、繁荣的新中国,与其他民主国家并驾齐驱,完成世界的新秩序。

(《解放日报》)

(原载一九四二年八月八日《新华日报》华北版第一版社论)

中国共产党忠实于自己的诺言

　　中国共产党中央于抗战五周年纪念日□□宣言，重申民国二十六年九月二十二日中共中央所宣布的诺言，即："（一）孙中山先生的三民主义，为中国今日之必需，本党愿为其澈底实现而奋斗。（二）取消一切推翻国民党政权的暴动及赤化运动，停止以武力没收地主土地的政策。（三）取消现在的苏维埃政府，实行民权政治，以期全国政权之统一。（四）取消□□□□及番号，改编为国民革命军，受国民政府军事委员会之统□，并待命出动，担任抗日前线之职责。"中共中央现在再一次声明："这些诺言的精神与原则，这些纲领与政策，不仅适合于抗战时期，而且适合于战后的建设时期，中共将为其澈底实现而奋斗。"

言行一致，是中国共产党的特别品质之一。这个政党是无产阶级的政党，而这个阶级，是完全没有自私自利的阶级，代表这个阶级的政党，以无产阶级之心为心，因此也就没有不可对人言的政策。凡是他所说的，就是他所愿意做的，他在政策上要做什么，就一定说什么。还有，这个政党的具体政策，是根据具体的历史条件具体的情况来决定的，是根据人民一定的需要来决定的。不根据具体的情况和具体的历史条件所决定的政策，是马克思列宁主义所不采取的，也就是中国共产党所不采取的。中国共产党是生存和发展在无产阶级当中和广大人民群众当中的，如果不照顾广大人民群众此时此地的需要，不在具体政策上、在行动上，和广大人民群众密切结合起来，那么共产党也就不能保有和群众的联系。这些说明什么呢？说明了共产党的言行一致，是有他的历史的现实的基础，而这种历史的现实的基础，是不可变更的，不会变更的。

有很少数的挑拨离间的份子，从抗战以来，时常在我们民族中，企图破坏我国内部的团结，企图破坏国共的关系，因而散布了党很多离奇的谣言，说什么共产党不遵守自己的诺言呀！说什么共产党有阴谋呀！这类很少数份子，并且利用一些不高明的特殊手法，捏造□□，捏造事实，以作为推波助浪，进行分裂运动的工具。可是事实是最难辩的东西，广大人民是看事实的，事实是会把那些谣言反驳得体无完肤的，而人民也从无数的事实当中，认识了这类谣言污蔑的毫无价值。

中国共产党在这个时候，再作这个光明正大的宣言，正是根据事实来把无稽谣言和污蔑一扫而空，而这是为着加强国内团结所需要的。第一，既然孙中山先生的三民主义为中国今日之所必需，既然三民主义的实现为中国一种巨大的新进步，既然三民主义的实现，对中国人民有很大的好处，既然三民主义全部的实现还需要全国人民长期的努力，不但是抗战中需要努力，而且在抗战后还需要努力，那么中国共产党愿为其澈底实现而奋斗到底，就完完全全是真实的。第二，既然抗日则生，不抗日则死，既然抗日是保卫民族生存和开辟中国新光明所必经，那么中国共产党及其所领导的部队，始终如一担任抗日前线之职责，就完完全全是真实的。第三，既然□□需要各阶级的合作团结，既然抗战需要国内的和平，而战后又需要国内的和平，那么中国共产党停止内战，及在经济上取消暴力的政策，就完完全全是真实的。第四，既然民权政治是团结和动员全民族抗战建国和民族统一有力的武器，既然民权政治是全国民望所归，那么中国共产党主张实现民权政治，以期全国政权的统一，便完完全全是真实的。中国共产党的宣言明确的指出："五年以来中国共产党不仅忠实于自己的诺言，并且把这些诺言具体化。诸如八路军新四军的英勇抗战，共产党坚持与国民党及各抗日党派的合作政策，在敌后各抗日根据地上发布切合情况的施政纲领、土地政策、劳动政策、文化政策，并实行政治上的三三制等等，莫不是根据这些诺言的精神与原则而实施的。"这一切都是不可反驳的，就好像"日月经天，江河行地"一样。

中国共产党是科学共产主义的党，是马克思列宁主义的党。恩格斯在《共产党宣言》上早已说过："共产党人鄙弃把他们的立场与意见隐蔽起来"，中国共产党凭借他的真实，凭借他爱国的热忱，来和全国各阶级各党派相合作，这是保证中国的不可战胜，这是保证中国战后的光明。

（原载一九四二年八月十一日《新华日报》华北版第一版社论）

武乡段村事件的实质

"敌人始终□敌人!"

抗日的中国人认清这一点,就同八路军共产党在一起进行了流血斗争,建立□十余块自由幸福的根据地,使敌人头焦额烂,无法在其刺刀尖上建筑悲惨的殖民地社会。

认敌为友的少数中国人是没有认清这一点的,结果,做了敌人牛马不如的臣仆。财产、自由、妻子儿女的一切都押给了敌人,连自己的生命竟也朝不保夕。不信,请看正太线上在敌酋清水指挥下,不是对大小汉奸都是顺手招来,挥手即杀吗?最近冀西伪公务人员不是大遭血劫吗?现在,白晋线上,同样的血行出现于段村敌据点内,再清楚也没有的暴露了敌人狰狞的真面目。

我们对于段村事件要有足够的认识。

段村事件是一桩个别的地方事件吗？不是的，它是新形势下敌伪矛盾不可遏止的紧张化、深刻化和扩大化的具体表现。

回忆太平洋战争爆发时，伪军伪组织曾普遍的形成了新的动摇。"反正""接头"成为运动。当时敌人手足失措，到处以武力镇压、换防调动，进行"扫荡"等方法来打击伪军斗争情绪，阻止伪军动摇，对伪组织则强化特务侦查，制造汉奸彼此的矛盾，实行对不稳份子的大检举等。但是这些方法不但未能收到预期的效果，而奸计反被识破，"身在曹营心在汉"更成为普遍的行动口号。目前伪军伪组织人员新的动摇，更表现出是敌人死亡前夜必然要爆发的觉醒运动。因为，太平洋上某些"赫赫战果"，并未能解决敌人军需供应的严重困难，并未能解除世界反侵略国家的战略包围，并未能使华北真正成为其后方基地。这些实际情形，是伪军伪组织人员有目共睹的，正因如此，他们对敌人的动摇便会有增无减了。

段村事件正是在这样形势下产生的，其特点：第一是发生在敌人统治将近二年，而且较为巩固的地区，也是敌人白晋线上最重要的一个大据点，表示敌人心腹内部的极端不稳。第二是被敌逮捕杀戮驱逐者，竟包括伪组织所有上层份子，被敌认为"通匪"者，几达伪组织的一切部门，表示敌伪矛盾的全面性。第三是敌人以"突击运动"为口号，实行迅雷不及掩耳的全面大检举，而且以空前残酷的方法来进行审讯，这已证明了敌人的极度恐慌，不得不使用恐怖的暴力政策，实行镇压。

段村事件恰好粉碎了某些对抗战胜利近视的先生们的迷梦。抗战如今正处在接近胜利的困难阶级，这些人打熬不住了，便发出一些奇怪的论调，什么："好死不如赖活着，做奴隶总比死好！"什么"只要保住自家生命财产，伤天害理的事也不怕做。"他们以为当了汉奸之后，敌人便会另眼看待，便会保住了自家的安全，段村事件恰给这种错误想头以最好的事实的答覆。在敌人的眼里，并没有什么可以破格"优待"的中国人。所谓汉奸，敌人并没有把他当人看待，而是当做一种工具来使用的。一旦，这一工具不适用了或是又有更好的工具可代替时，便毫不留情，给以杀害。而在为敌人使用期间，所遭遇的痛苦也是十分深重的。家庭中妻子一任敌人淫辱，财产则在"献金""送礼"等名目下渐渐转到敌人腰包中去。生命则操在敌人指挥刀下，并没有而且也不会有任何的法律保障。无怪乎跑回根据地来的觉醒的人们，竟手舞足蹈，狂喜得有如盲者得明一样呢！

段村事件告诉我们：死亡途上的日本强盗，越是被困难包围而无法摆脱的时候，它就愈是疯狂，而敌伪间的矛盾便也愈益扩大，过去对抗战完全绝望的人，现在也会重新看到希望之光。过去是敌人忠实的奴才，现在看到自己主子明年就要被世界各国一齐打败时，他也要考虑一下是不是要随同一齐下水去？何况，在伪军伪组织中间尚不乏被迫事敌心在祖国的人们，这些人已经从中共七七宣言里面更清晰的看到祖国与自己的出路，他们已成为敌人心腹中的炸弹，不久的将来终有爆发的一天！敌伪间的新变动，乃是我们抗战接近胜利的信号。这一矛盾并不是任何残酷手段所能制止的。任何地方只要敌人使用中国人，他便是替自己安置下掘墓者。

由此可见，争取伪军伪组织工作被列为今天三大中心工作，是有着何等重要的意义！

我们应该抓紧段村事件及各地与这一同类的事件，在目前全华北的政治攻势中加以广泛的宣传。开展伪军伪组织工作，对于被敌杀害的伪组织人员，不问其对民族功罪若何，站在中国人的立场上，我们对敌人都表示无限的愤慨，对被害的表示同情，对其家属表示慰问。我们要揭破敌人"翻脸不认人"的险毒面貌，让一些尚在作梦的人迅速醒来。让一些献身事敌的人迅速以段村事件为殷鉴！同时，要进一步帮助他们同敌人进行□□的合法斗争，警惕敌人随时可至的血的检举。

（原载一九四二年八月十七日《新华日报》华北版第一版社论）

日本士兵代表大会与日人反战团体大会开幕

　　华北日本士兵代表大会和华北日人反战团体代表大会，今天在延安开幕。我们庆祝这两个在抗日战争中具有重大意义的大会，同时热烈希望大会成功。

　　日本士兵大会的成份，代表现在与我八路军在华北作战的十九个部队底士兵，他们是从各个地区集合起来的，其中尚有数月前才离了日本军队投到八路军的士兵，他们代表日本军队内部所有的兵种，而且也代表着从二等兵起到少尉为止的所有的等级。这些代表们将从日本士兵的立场出发，商讨他们目前最感迫切的要求。这些要求包括"让我们饭吃饱"起，一直到"给现役军人选举权"的政治要求止，共有二百三十项之多。大会结束后，代表们将把这些要求拿到日本军队中去，以它为中心去发动日本士兵反军部的群众性的斗争。

此外，士兵大会还将把日本军队的腐败，它的内部矛盾、军官的丑行、老兵的怠战、对于士兵的野蛮暴行和士气的颓废等事实，赤裸裸地暴露在我们之前。而且将由那些身历其境的日本人，告诉我们在日本士兵中间，怎样增涨着厌战情绪，他们怎样和长官进行个人的或者集体的自发斗争，怎样逃脱日本军队来到八路军……等动人的故事。我们从这个大会里可以看到，已从法西斯军部的铁链下解放出来的日本士兵——日本劳动人民底真面目，和听到他们真实的呼声。

对于这个士兵大会起着促进作用的，就是日人反战团体。这次反战团体大会是由华北十几个反战同盟支部（本部在重庆）和觉醒联盟的代表所组成的。这些代表之中，包含着曾和八路军指战员共同冒着枪林弹雨奔驰各战场，英勇地献身于对日军政治工作的老战士。这些代表在大会中将认真地讨论过去工作的成绩和缺点，定出新的适应内外情势的反战斗争底方针。而且将华北日人的反战力量团结和统一起来。这样一个壮大了的反战团体，将在八路军、新四军的领导和帮助下，成为对敌工作的先锋。

士兵反战两大会的代表，大部份（少数自动投诚的除外）都是八路军的俘虏。然而在较短的时期内，他们大都有了阶级的自觉，理解了战争的本质，并成为反战的战士而更生了。这正证明着我军俘虏政策以及教育方针的正确，同时也说明日本军部所夸耀的"武士道"精神，它的基础是如何脆弱，而我们国际无产阶级精神的感化力量是如何伟大。换一句话来说，大会中的日本士兵的呼声，正是日本军部法西斯主义的丧钟。

其次，这两个大会将带给我们对敌政治工作以重大的影响。我们的敌军工作从来就缺乏对日本军队的充分的具体调查研究，而这次士兵大会，将讨论日本军队内部的实际情形，士兵的真正的要求、情绪、意识，以及如何根据日本军队内部的情况去组织斗争。并且反战大会，将从我们过去对敌宣传工作的实际成绩出发，去讨论今后的新方针。这样一定可能克服过去敌军工作的弱点，并帮助这个工作进行新的划时期的转变。

这两个大会，对于日本革命运动也注入了新的力量。大会的代表，从大会的准备工作以至大会讨论中，一定可以学到很多的东西。大会闭幕后，无论他们在前线工作或是在后方学习，一定都将被锻炼成长为革命的战士。这样在华北，他们将逐渐发展成为日本的八路军（朱总司令语）——将来日本的革命军，对于日本革命、对于在极端困难状况下战斗着的日本共产党，将是很大的援助。

总之，这次日本士兵大会是日本军队崩溃的一个象征，同时又是促进这一崩溃过程的组织力量。在我们为实现当前的目标"今年打垮希特勒，明年打垮日本"而奋斗的时候，这个力量应该被计算进去。因此，我们应该尽一切的可能来帮助日本弟兄，使他们能够更胜利的进行工作，来完成我们的共同历史任务。

（《解放日报》）

（原载一九四二年八月十九日《新华日报》华北版第一版社论）

大家都注意了政治攻势吗?

自从北局野政号召开展政治攻势以来,目前对敌斗争已经有一个共同的中心,这是可喜的,但是我们仍不能不说,政治攻势的重要意义,仍未引起应有的普遍的注意。

今天我们要问每个人每个机关是否都已经负担了这一任务并且脚踏实地的去做一些实际工作呢?没有。现在确还有若干人不了解政治攻势乃是我们对敌全面的大进攻,不是喊几句口号所能了事的。政治攻势应像军事上布置一个大的战役一样,它需要根据各种相同的与不同的情况,去安排最周密详尽的计划,去在一定时期一定条件下获得一定的胜利,特别要遵守一个重要的原则□□便是要有绝对巩固的阵地与集中的指挥。检讨近日□□□不能不说在领导上还表现出异常的薄弱，最主要□□□□缺乏着十分完善的准备工作，举如：第一，新□□□□宣传品，通俗□□的宣言文告，针对不同对象的短小简明的传单等等，至今还没有尽如人意的大量产生出来。第二，我们没有周密的考虑如何把北局野政的指示在不同的地区，提出□动人心的口号，变为群众经验所易于接受的东西，也没有充分的考虑政治攻势进行中可能甚至必然遭遇的困难，像下级干部的脱离政治与轻视宣传的观点，在县区内统一配合的松弛，和进行政治斗争上方式方法的贫乏等等，而及时的加以具体的解决。第三，缺乏一个统一的计划和具体的步骤，并在统一的意图下面实行最精确的严格分工，同时，更缺乏对过去经验教训的实际吸收。以上三点充分暴露我们在领导上的弱点，长此下去，将会使政治攻势趋于削弱，这是我们应须予以严密注意的。

政治攻势是一种对□的全面性的进攻，是政治、军事、经济、文化各方面的协同动作，因而我们要使政治、军事、经济、文化各部门，彼此配搭，协调一致，有如一架对敌进攻的巨大机器。最近从敌占区传来的消息，知道伪钞价格普遍惨跌，然而这样实际材料竟未能在政治攻势中为我充分利用。又根据各地的新闻报导，知道敌人普遍组织"青年队"以致引起敌占区青年的仇恨和反抗，但是，我们竟不能给这些热血青年以有力的援助，这是十分可惜的。这表示我们的工作是如何的不灵活，只有自己的机械的一套，这种"八股"作风，也最亟需解决的。

还有一种不进步的工作观点，他们具体表现在以为"政治攻势当然是下边的事，上面领导不领导没啥关系，到时检查就算了。"这里很显著的是把领导和实际工作分离开来了，他们不知道工作并不是一做就好，不知道领导与检查正需要在工作过程中去进行，吸收新的经验，发现新的方法，才能改进工作。经验说明过去政治攻势没有发挥足够作用的一个基本原因，正是因为轻视领导和放弃领导。这种忽视领导的观点是十分有害，须要立即澈底的纠正。

只有吸收过去经验教训，改进工作作风，加强各方面的联系和领导，严密注意工作进程，才能使政治攻势发挥重大作用，收到应有成绩。

（原载一九四二年八月二十日《新华日报》华北版第一版社论）

寄勉武装工作队

一支精悍的政治轻骑——武装工作队，在彭德怀同志的号召下，在华北各个抗日根据地普遍生长起来。如今，在敌人□心的后方，到处都踏上了他们的脚印。人心为之动荡，民族觉醒光芒为之四射，胜利心情溢于言表。在此政治攻势已如火如荼的次第展开之际，各地武装工作队都已奉令出动。遥望健儿们激烈斗争的场所，不禁无限关怀与敬佩，并愿为工作队同志寄勉数言。

敌人惧怕我武装深入远袭，摧毁其政治组织与军事设施，更格外惧怕我政治工作的武装深入其后方，因它将以民族解放旗帜插入敌寇心脏中去，引导群众在政治上思想上和行动上都走向同敌寇进行坚定的斗争。敌恨我愈深，其谋我亦愈毒，或出以武力威胁，或出以金钱美女食物等等的诱惑。利用其所制造的淫乱腐化风气，消磨我之斗争意志。因此，行动上，我们绝不能稍呈麻痹，思想上更要随时严加警戒，对于寇奸的各种可能的欺骗诱惑，要表示坚决的拒绝与唾弃，不管其花样如何巧妙，绝不误中其奸计。共产党军队的特点之一，就是政治上要有"出淤泥而不染"的革命精神。一切腐化的东西都是没落的，革命者要在各种场所中去锻炼与考验自己的意志，更要无情的拒绝与打击一切诱惑，使敌人无法施其伎俩。此其一。

模范的群众纪律，是影响群众与团结群众的基本武器，一切要为群众利益去打算。只要我们不脱离群众利益去打算。只要我们不脱离群众，建立与群众的实际联系，真正解除人民的痛苦，就能取得群众以全力维护我之安全。但如果稍不经心，也会铸成大错。譬如说我们进入敌占区，即使人民有"箪食壶浆以迎王师"的热情，我们也要为减轻人民负担而设想。必须时时顾及到敌占区群众在敌人多年压榨下，其生活的痛苦实难想像。以为"敌人是成天的剥削，我只是教你供奉一回，还不是九牛一毛"的想法，是极有害的，对不起敌占区人民的，应当为革命军人和革命党员所不齿。革命的传统要永远保持，八项注意三大纪律必须严格遵守，要在生活与行动中教敌占区人民认识八路军的本色，击破敌人"共产军杀人放火"的鬼话。我们要在实际行动中表现我们是站在一切抗日同胞的利益立场之上的，而我们的政策乃是最广泛的统一战线性质的。这是第二。

斗争越激烈，斗争方式越加复杂，墨守成规，结果势必吃亏。因为，狡猾的敌人无时无刻不在寻求我之规律。正如下棋一样，一子走错，满盘皆输，必招致不应有的失败。灵活的斗争方式，是要善于依托武装进行政治斗争，使武装斗争与政治斗争在不同条件下求得有机的配合。只顾打仗不管其他，或以为打是主要的其他是次要的，以打为痛快，而不正确的估计敌我情况和群众利益，致使斗争步骤为之错乱，这一切都是单纯军事观点的各种不同表现。结果，把干部当成士兵使用，失却武装工作队的实际意义。但这并非说，武装斗争是可以取消的。没有武装斗争就不能兴奋广大群众，减轻群众的痛苦，使政治斗争顺利的展开。我们要在群众斗争生活中创造新的方法方式。这是第三。

以上三点，语虽平淡无奇，却是流血经验的结晶。前事不忘，后事之师。希望武装工作队同志认真的实行。武装工作队是革命军人，又是模范的政治工作者，要从行动中表现自己是出色的斗争旗帜。

武装工作队出动了，全华北都在响应北局野政政治攻势的号召。对敌斗争已汇成怒涛万丈的洪流，让我们乘风破浪，前进的请继续前进，落后的请迎头赶上。人人都以不完成任务为可耻。坚决的挺进！顽强的斗争！

（原载一九四二年八月二十二日《新华日报》华北版第一版社论）

今天的敌后战斗

在今年五六月间,敌人开始了以冀中平原为主要方面,太行冀南为次要方面的战役"扫荡",但由于敌兵力不足,只能纠集各交通线上的守备部队向我进行突击性的"扫荡"。任凭敌人战役准备如何周密,战役运用上如何灵活,其深入我腹地建立点线之部队,仍然受到一定程度的限制。而在我军英勇作战与不断的打击下,敌人的"扫荡"始终不能达到其消灭我军主力,摧毁我根据地之目的。

近来河北平原的我军已转趋活跃,冀南馆陶北阳堡战斗,我获全胜。冀中任邱边家坞战斗将敌军官队全部歼灭。六月初深泽、无极一带的恶战毙敌高级军官多人。单在六七两月即毙敌七千以上。但由于敌采用奔袭我首脑机关,摧毁抗日军民的生存条件，以配合其游击动作，实行其残无人道的三光政策，对我薄弱区所取之竭泽而鱼的结果，我根据地内敌人的点线更加增多，我根据地的版图亦较前缩小。当此夏季"扫荡"告一结束之际，我们应该从错综复杂的战斗情况中，找出敌人战役指挥与战斗动作上的规律，以确定我作战指挥上的对策。

根据此次"扫荡"情况，敌之"扫荡"必经长期周密的布置，首先巩固其铁路地带以作"扫荡"的基地，组织爱护村、警备队，并增设一与铁路平行的道沟，实行严密封锁。组织间谍特务，深入我根据地内部活动，收买封建迷信团体侦察情报，组织暴动。同时利用铁路公路，抽出重兵，以实行突击"扫荡"。在战术上敌虽诡诈百出，但仍不出"捕捉急袭""铁壁合团""纵横'扫荡'""转战驻剿""反复合击""夜行晓袭"等战斗方式。

敌五六月夏季"扫荡"之结束，以及冀中冀南近来捷讯的频传，证明了我们的指挥战术与战斗力已大大提高，证明了敌军战斗力与士气的低落。敌虽行动诡密，然其动作仍须循一定的规律，只要我能掌握情况，冷静分析，判明其企图，而后决定对敌方策，即可以歼敌致胜，可以坚持平原游击战争。

敌在交通沿线密布点线，但其所谓"囚笼"的格子眼，并不像图上那样密，而且敌之沟墙便于我小部队荫蔽活动。因此，在敌布置"扫荡"时，我仍可以派遣民兵游击队，深入敌占区游击活动，打击伪组织、伪警备队、自卫团，破坏其沟墙的挖筑，使敌无法利用伪军、伪警备队，以抽出日军作为进行"扫荡"的机动部队。这样来破坏与扰乱敌之"扫荡"部署，并且可以制造敌之空隙，使我主力更能察明情况，作主动的战斗或机动的转移。

"扫荡"中敌之捕捉急袭，近则易于为我警觉，远则难以及时捕捉，且孤军突入，后援不继，粮弹不充，过度疲劳。我军如能察明情况，灵活应付，或为了保存力量，先机转移。如不及转移，亦可依托地形工事坚决抵抗，给敌以重大杀伤，求得在战斗中抓住敌人弱点，造成敌人空隙，到有利时即可坚决突围。如北阳堡战斗，我军发觉敌跟踪追击，我部队来不及转移，于是赶筑工事，决心防御战斗，一直坚持到十四小时，杀伤消耗了敌军主力，待至天黑即突出重围，我受很少损失，就是一个反敌奔袭很好的战例。

在敌向我根据地实行合围时，我中心区常常为敌军合围会击的交会点。我军作战部队与机关混在一地，不便作战，且敌之包围纵深很大，合围圈很小，倘一旦被敌合击之时，如果我不能先机突围，则必须改正我军过去驻扎必在中心区，转移必向中心区的老办法，在接敌封锁线地方，反可突击敌薄弱之一点，突出重围，纵受合击，因其纵深甚小，较易冲出。

在作战指挥上则必力争主动，出敌不意，攻敌不备。在主动的转移与进攻中，不断的寻觅敌人的空隙与弱点，因为敌人在不断的辗转作战中，疲乏松懈是不能免的。而我则可利用荫蔽地形，天气昏暗，实行突然进袭，常能以小的兵力取得大的战果。小股或独立活动的部队，亦能把握住敌出巢归巢，补给线及其战斗动作上的规律，实行待伏、诱伏、反伏击等动作，以短促突击，速打速决，使敌未及开展即行解决战斗，迅速撤退。如六月间无极小吕庄战斗，任邱边家坞歼灭战，我均能于适当时机预行设伏而获得良好的战果，即是一个很好的先例。

战斗中灵活的分遣与集结，依靠指挥员指挥的艺术，在敌优势下，我主力则分散游击，独立作战。如遇有利时机，则适时集结给敌以较大的打击。分遣的部队则须注意自动互助，部队单纯分散而缺乏相互配合，必然会陷于挨打的地步。今天之反"扫荡"战斗中，不仅应注意于主力军的作战，而且应注意民兵游击队的游击战、交通战、地道战的配合。因此主力军与地方军必须经常帮助民兵、游击队，进行教育，带领他们作战，以锻炼其战斗力。

敌在军事"扫荡"之时，更加紧对接敌区实行"蚕食"，企图将我军限制于狭小地区，迫我战斗。我军应该估计到在"扫荡"中，敌后某些点线无人守备，封锁沟墙无人巡查，警戒疏忽，城市机关庞大必难掩护，故我突然袭击可以收到意外的效果。如在我有组织有计划的进行下，则可能给敌以重大的威胁。当敌以优势兵力深入我中心区时，我们即可抓紧敌后空隙、警戒疏忽的弱点，以主力向敌占区实行突击，配合根据地内之我军，保卫我根据地之中心区，或调动敌军主力，使我根据地易于迅速恢复。

敌后斗争愈艰苦，我们就更要加强军民团结，更要加强军民的政治教育，使大家能清楚认识目前的形势，认识"我们现在的困难是严重的，但是暂时的，牺牲是重大的，但胜利是在不远的将来。"（党中央告抗日根据地党员及八路军新四军将士书）提高抗战的信心，防止可能因对目前形势估计不足而产生的急燥侥幸心理与悲观失望情绪，纠正可能因长期战争而发生的懈怠疏忽麻木不仁的现象，精细的研究战争中所引起的各种情况的变动，锐敏的洞察到敌人的不可克服的弱点，并加深和扩大这种弱点，敌后的坚持必能得到我们的胜利。

（原载一九四二年八月二十五日《新华日报》华北版第一版社论）

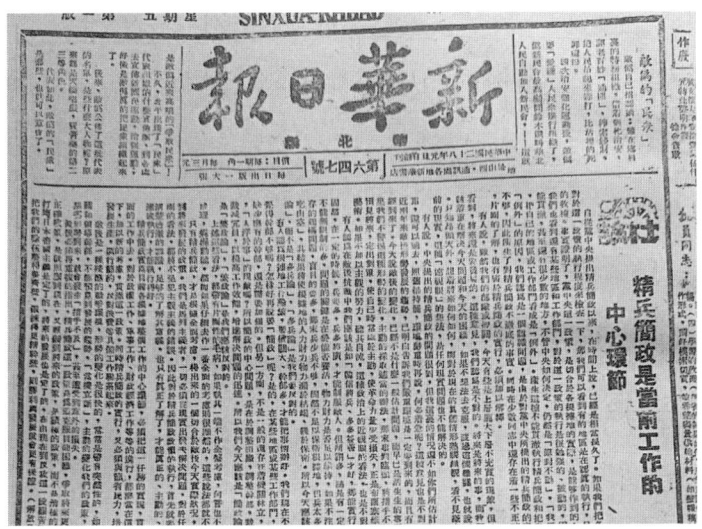

精兵简政是当前工作的中心环节

　　自从党中央提出精兵简政以来,在时间上说,已经是相当长久了。如果我们把各个地区对于这一政策的执行程度来检查一下,那我们可以看到有的地区是在认真的执行,且有显著的收获。事实证明了,党中央这一政策,是切合于各根据地的实际,是能够做到的。但同时我们也看到还有某些地区和工作部门,对于这一政策的执行是很勉强的、被动的,因而也不能贯澈,甚至还有很少数的地方,不管中央如何决定,仍然是"原封不动""我行我素",把自己的地区或工作部门看成是"例外"。产生这种不能贯澈执行精兵简政和把自己看成"例外"的原因,我们认为是一个认识问题,是由于对党中央所提出的精兵简政的意义认识不够，因此产生了对精兵简政不澈底的事实。同时在少数同志中还存在着一些不正确的意见，片面的了解，也有害于精兵简政的实行，必须加以解释。

有人说，虽然我们的部队或机关，今天有些是上层庞大下层不充实的现象，但是你应该看到，将来还是要发展的。这种意见，我们认为是不对的。将来是将来的事，而我们的确应该着重在解决今天问题和今天的困难。如果不想法去克服，渡过这个难关，也就说不上将来。只知昂头天外，想着将来如何如何，而对于现在的具体情形熟视无睹，看不见摆在自己眼前的现实。这种"远视眼"的想法，是任何现实问题也不能解决的。

有人说，中央提出的精兵简政的问题很对，但我这里的情况还不如你们所估计的那样严重，还可以过去，照旧维持罢，环境严重时再说，何必着急呢？这种意见也是不对的。因为近两年来敌后形势发展的趋势，已明白告诉我们严重环境是一定要到来的，而且有的地区已经到来了。今天说敌后的变化，已经不是什么一般估计问题，而早已是活生生的事实了。如果我们不警惕这种形势的变化，主动的采取适当的办法，那末事到临头，将措手不及。这种预见将来，定出对策，使自己时常处于主动，使革命力量少受损失，正是布尔塞维克的领导艺术。如果不加以主观的努力，听其自流，这种政治上的近视眼的看法，也是不对的。

有人认为在敌后抗战中我们应该是如"韩信将兵、多多益善"才好，那能实行精兵呢？固然，在一定的时候，兵要多，兵多将广，才能制服敌人。但所谓多，总是有一定限度的，不能无限制的多，问题的关键是在于能否养活，物力财力是否足以维持，如果不注意这一生存的起码问题，盲目的要多，那末兵少兵不够，固然不足以保卫根据地，但兵太多了，"坐吃山空"，其结果将使根据地的人力、财力、物力濒于枯竭，难于保卫。所以今天应该是"精兵论"，而不是"多兵论"。"多兵论"是我们要反对的。

有人认为根据地工作纷繁，要机关大、干部多，才能把事情办好。我们现在不是处处都觉得干部不够吗？怎样好再说要"简政"呢？是的，在某些地区或某些工作部门，确实是还缺少应有的干部，还是需要加强的。但另一方面，不是一般的还存着机关林立，系统纷繁，"人浮于事"的现象吗？所以简政的中心问题，是在于调整组织，调整干部，裁并机关，裁减冗员，以提高工作效能，增进解决问题的迅速。所以我们今天应该是"简政论"，而不是"繁政论"。"繁政论"是我们应该反对的。

上述这些看法，都带有片面性的毛病，如果执其一端不作全盘考虑，何尝也不可以言之成理，娓娓动听。然而如果仔细去作一番全面的考虑则很显然的，这些说法都就不妥当了。

只有精兵简政，才是根据全面考虑，得出来的一个切合于敌后今天实际状况，而又照顾到将来发展的政策。我们是马列主义者，一切必须从现实出发去解决问题。对于任何问题片面的看法，都将不免犯主观主义的错误。因此对于精兵简政政策的执行，首先就要求我们有清楚透澈的认识，足够的了解其意义，也只有真正了解了，才能真正的、主动的、愉快的去澈底执行，才能执行得好。

精兵简政实为目前各根据地整个工作的中心环节，必须把这一任务的实现，贯澈到各方面的工作中去。对于政权工作、军事工作、财政经济工作等等的进行，都应当在这一政策之下，加以新的考虑，贯澈这一政策。同时精兵简政的实行，又必须与节省民力，培养民力，发展生产，厉行节约，反对浪费等具体工作联系起来。

敌后是一种残酷的战争环境，形势的变化是很快的，常常是带有突然性的，如果领导机关和领导干部，不能预见到发展的趋势，"当机立断"，主动的变化我们的政策，那末一旦恶劣形势到来，就会发生"措手不及"，甚至遭受到意外的损失。

最后必须再重复的指出，精兵简政这一政策是为着克服目前困难，争取将来更大发展的正确政策，是既照顾到现在，又照顾到将来的政策，是积极的政策，而不是消极的政策。要打垮日本帝国主义是定了的，将来的发展也是定了的。在由现在到反攻这一段艰苦路程中，把我们的队伍整得整齐些，锻炼得更精干些，则胜利与发展就会更有保证。

（《解放日报》）

（原载一九四二年八月二十八日《新华日报》华北版第一版社论）

检查整风学习

本区整风学习运动,是波浪式的行进的。五月间,曾从开始走到全面展开,一时呈现新鲜活泼的现象。夏季反"扫荡"战争到来,中途一度中断,现在又已由恢复整顿,逐步上升,但以之比较战争前夜,并和与延安方面对照,则我们应该如何的速起直追,把整风运动再向前推进一步,是不待说的了。

回顾两个月来各机关的文件学习,是获得一些成绩的,并且在这期间,各处都普遍地研究了中央两大文献。这些成绩如:各机关领导干部都已经参加并领导中心小组学习,推动了全体的学习,创造了新的学习制度,如辅导制——帮助程度浅的同志的学习,留学制——各组互派"留学生",

以交流学习经验，出版了学习墙报；还有部份的机关同志（最显著的是北局党校同学），已把学习文件同"更深刻的反省自己，改造自己"联系起来，有的同志开始感觉到，"现在已在慢慢的认识自己"，并且有的已经在开始改变自己的面貌了。这自然是可喜的现象，也是我们整风学习中的重要收获。

然而我们应该指出，这些收获是并不普遍的。从全面看来，我们这一时期的整风学习运动，是不够热烈，不够深入，没有显著进步，很难令人满意。这是由于我们还存在着不少缺点，使我们不能得到应有的收获。

这些缺点表现在那里呢？

首先对整风的认识不够深刻，不具体，不知道今天的学习二十二种文件才是整风的开始，没有认识这是对我们党对中国革命有极大意义的而又是一件极艰苦的工作。"这是肃清党员的小资产阶级思想，养成他们的无产阶级思想，这是加强党的思想的统一和组织的统一，这是提高党的战斗力，同时也是推动中国革命的发展"的一件思想改造工作。我们应当不惜时间和劳力，贯澈到每一个党员和整个机关中去。然而有些同志，却在学习中表现出自由、散漫和不重视的态度；有的党外人士，则以为这只是共产党内部的事情；而有的地方则仅仅颁布两小时的文件学习制度，一任全体干部自流的学习；有的机关的行政负责人，则不加督促检查，把全部责任委托学委会。

在文件学习上，我们最大的缺点，就是将学习与实际工作、实际斗争隔离开来，也就是只为学习文件而学习文件（有的同志就以为熟读文件就是整风），没有掌握"实事求是"的精神，反省自己，开始部份的检查自己部门的工作。许多同志提出首先读文件，然后再反省自己，最后才是检查工作的毫不联系的"整风三段论"，把整风学习完全孤立起来，变成无生气的僵硬的东西，变成为教条主义的学习。这正是他们不懂得学习与行动的关系，学习的目的，正是为了实践，他"只有在行的过程中，才能判别知的真伪，才能达到真正的知"。更不懂得"整顿三风，就是运用党内思想斗争的武器，以无产阶级的思想，去克服党内小资产阶级思想（及一切非无产阶级思想），把党的布尔什维克化，提到更高的程度"。整个的学习过程，也正是这个斗争的过程。延安进行了反托派□□□斗争，澈底揭发和粉碎了反革命思想。因此一些同志们的思想觉悟获得提高，并在学习中克服了和正在克服着小资产阶级自由主义、平均主义的思想，使学习文件，也更加在生动、紧张、活泼的气氛中进行，而对文件的了解也更具体和深刻。反之，我们在这方面还缺乏领导和注意，一些不正确的思想倾向，没有及时的揭露和纠正，更没有开始改造我们的工作。某些地方，还在无生气的孤立的进行。

除思想领导而外，就是组织领导也是不够的。像有的机关学习委员会，还只是形式的不起作用，不会根据自己机关的具体情形，使学习活跃起来。一般的学习制度虽有而不健全，这样自然对于保障学习是要成问题的。

这些缺点的存在，正是我们全国整风运动前进的绊脚石，阻碍了整风运动热烈紧张、深入有力地展开。

因此我们建议：各机关的学习委员会和行政负责方面，负起责任来，赶快组织一个学习检查运动！检查自己机关里的学习情形，学习情绪，特别是要调查大家对学习的认识怎样。检查是不是已经将学习和实际工作实际斗争联系了起来，检查学习组织是不是合适，领导是不是深入具体和灵活。制度是不是健全，大家是不是遵守必要的学习纪律等等。我们希望经过认真的检查，激发蓬勃的朝气，吸收经验，把整风学习向前推进一大步。

（原载一九四二年八月三十一日《新华日报》华北版第一版社论）

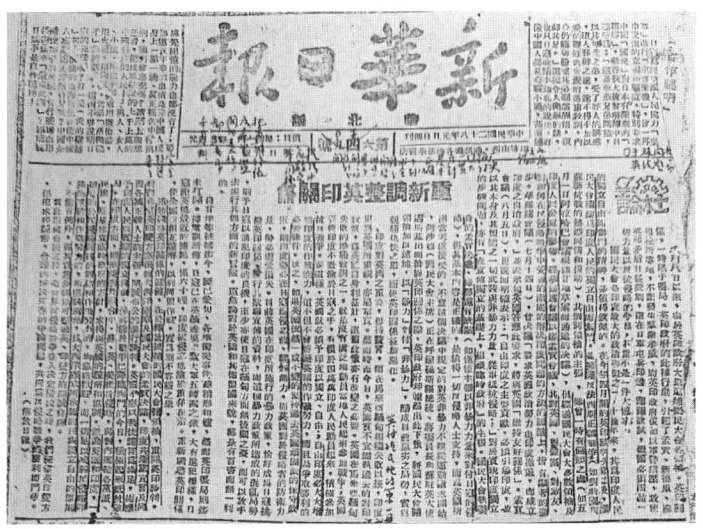

重新调整英印关系

八月八日以来,由于英印政府大举逮捕国民大会各领□。英印关系,一时陷于僵局。英印政府的此种行动,引起了孟买、新德里、麻德拉斯等地,不断发生群众示威。而英印政府复加以军警镇压,致使英印矛盾日益深刻。这在日军屯兵印边,跃跃欲试,盟国必须团结一切力量以反抗侵略的今日,不能不是一件大憾事。

国民大会是印度最大的政治联盟之一。十余年来,其为印度人民的独立自由而奋斗的精神,是值得钦佩的。在今年四月间的英印谈判失败之后,国民大会继续为印度人民的独立自由而奋斗,并拥护反法西斯正义战争(如对我国与苏联抗战的热烈同情和援助)。其个别领袖的主张,虽会一时有偏颇之处（如五月一日阿拉哈巴会议根据甘地草案而通过的决议），但经过国民大会大多数领袖及印度人民公意的影响，经华尔达会议以迄孟买会议，其对英国、对盟国、对敌友、对如何在反侵略战争中妥□的澈底的解决印度问题的方法的认识上，皆有显著的进步。华尔达会议（七月十四日），曾决议"要求英国政治势力由印度撤退，而成立印度之自治政府"，并表示如英国答应此要求，将与英国"维持友好关系"。孟买会议（八月五日），更进而明确表示："自由印度之主要贡献，必须引导印度，并以其本身及其盟国之一切武装与非暴力力量，从事抵抗侵略。"对于实现印度独立的步骤问题，亦有"在宣传独立的基础上，组织临时政府"的主张。国民大会执委会的孟买决议，虽然还有缺点（如仅仅主张以非暴力力量来对付日寇的侵略），但其基本内容是正确的，是值得一切反侵略人士支持，而为英国所应当考虑接受的。不意这个决议中规定的对英非暴力不服从运动犹未开始，阿沙德（国民大会主席）正在呼吁罗斯福总统、□□员长与苏驻英大使迈斯基出面斡旋英印关系之际，英印政府却遽然出此下策，将国民大会诸领袖加以逮捕，以"暴力"对付"非暴力"，酿成目前恶劣之局势，实为亲痛仇快之举，而使英印关系益加恶化。

印度对英国之重要，毋待赘言，而在马来亚、缅甸相继失败以后，印度更为英国所重视，亦属事实。然而时至今日，英国实不宜固执过去的对印政策，为英国自身利益计，这旧政策亦有改变之必要。英国在马来亚、缅甸失败的惨痛教训之一，就是没有广泛地动员当地人民起来参加战争。英国要使印度不致沦于日寇之手，有赖于四万万印度人民动员起来，积极参加抗日战争。要这样，英国就必须予印度以独立、自由。自由印度必大大增强印度的作战能力，这不但不会妨碍英国的作战努力，而且是争取胜利的必要条件。反之，如果英国依然一成不变的坚持过去英国顽固派的保守政策，则印度势必在日寇进犯之前，软弱无力，而英国对于侵略者的防卫力量，势必遭受损失。目前英国在印度所施行的暴力政策，恰好成为日寇挑拨英印关系，进行其欺骗宣传的资料，而这种暴力政策所造成的混乱局势，则予日寇以进犯印度的良机，至少亦使日寇在缅甸方面无后顾之忧，而可以放手去进行其他方面的新冒险。这无论对于英国和其他盟国来说，都是有百害而无一利的。

自甘地等被捕迄今，瞬已兼旬，各地冲突事件虽稍形和缓，然而英印僵局则迄未打开。据电讯所传，日寇已在英缅边境屯扎大军五师团之众，大有进犯模样。日寇距英境最近的据点，仅六十哩，印度被侵之危险严重存在着。重新调整英印关系，使全国能相互谅解，以利同盟作战，实为刻不容缓之举。

重新调整英印关系的关键，在于释放被捕的国民大会诸领袖，重开英印谈判。我们希望英印双方应根据大西洋宪章及国民大会的孟买决议，印度共产党宣言及同盟各国正义人士的主张，开诚布公的进行谈判。英国不应以战后诺言为满足，而应予印度人民以实际的独立自由，俾其能于战争已降临国门的今日，积极起来抵抗敌人。在印度方面，则应秉对外联合中、苏、英、美抵抗侵略，与对内团结各党派、民族、阶层建立临时政府的方针，求得与英国的谅解和协调。无论英国和印度，一切有助于反侵略阵线的团结和作战努力的，均应该欢迎。而一切足以减弱反侵略阵线的团结和作战努力的，均应该避免。为大西洋宪章所承认的民族独立自由的原则，不能有例外，而其实施步骤则可经过英、印双方的开诚会商。

当此斯邱会谈之后，全世界反侵略战争进入决定阶段之时，我们深望英印双方，迅速求得谅解，合理的解决现存的争论问题，共同为反侵略战争的胜利而斗争。

（原载一九四二年九月一日《新华日报》华北版第一版社论）

政治攻势与整风

本区对敌政治攻势已经全面展开。在这次全面对敌政治斗争中,我们多数干部投入斗争,亲身体验,对政治攻势有了进一步的认识。一变过去的抽象概念,开始打破已往的单纯军事观念,了解我在政治上处于绝对的优势,即为我对敌政治攻势的凭依。攻势威力所向,我们思想战线益见强固。广大人民充溢二年必胜信心,敌占区抗日斗争蓬勃发展,密切与根据地抗日斗争联系。人民踊跃输将,支援战争。敌伪纷呈觉醒,各谋生路。而且若干"维持地区"复归祖国怀抱,人民重获自由,欣喜之情,非言可喻,一切显示新的局面正在迅速展开。

然而积病未除,限制了政治攻势威力的发挥。就历次政治攻势所获教训说，斗争未全面展开，力量未全部动员，更未能把政治攻势成为经常性的工作。即在此次的政治攻势中，亦未获得长足的改进。特别是在实际斗争中，各地尚有程度不同之三风不正的表现，这些就在于——

第一，领导、计划、工作布置往往流于一般化。看成千篇一律，平均使用力量，而没有按照当时当地的不同具体情况而作具体规定，选择不同的工作重点，组织一切力量，给敌人以致命的杀伤。

克服主观主义，只有认真掌握"知己知彼"的铁则。这就必须研究上级的指示方针，研究敌人，也要研究我们政治攻势进展的实际情况，再决定对策。更具体些说，我们要进行调查敌军伪军与伪组织各种不同的痛苦、要求和变化，他们彼此间的各种矛盾，然后慎重决定，该打击者坚决予以打击，该从政治上争取者极力予以争取。一般化的看待和作法，将必招致不良结果。对敌占区人民，则应从阶级关系的变化，思想的变化，各个阶级的实际痛苦与要求中，去把一般的政治宣传与具体的政治斗争结成一片。在各个地区要依据不同的敌情变化，先决定斗争的部署和步骤。在敌人跃进的地区，必须以武装斗争首先阻止敌人，打破悲观消极心理，逐渐开展我们的工作，发动群众。在反"蚕食"胜利地区，则应继续巩固胜利的成果，建立起经常性的政治斗争。此外，应该纠正平均使用力量，把上级指示当成教条，或者机械的搬弄他地经验。我们要深刻体会"到什么山唱什么歌"的道理。

第二，没有了解"一元化领导"在政治攻势中的重大意义，往往在彼此配合互相策应问题上，流于宗派主义的表现，而致力量不能集中，步调不能一致。必须纠正闹"独立性""排斥他人""嘴里配合，行动不配合"的有害倾向。只有认识政治攻势是党政军民共同的任务，必须在统一领导下去完成各自担负的工作，才能克服宗派主义。

第三，在宣传方式与宣传内容上，还有党八股在作祟。实在说，在今天的政治攻势中,我们的宣传斗争是落后于武装斗争,一般轻视宣传的观点并未完全克服。并且许多同志,只满足于宣传口号与背诵抗战八股,甚或对一般政治问题,也还只是模糊的或概念的了解,不愿虚心学习,留意周围生动的事实。如宣传二年胜利的问题上,在我们许多宣传员中,试问能有几多在"从国际方面"谈起以外,还能联系一些新鲜的时事材料(如目前美国在太平洋上的主动攻势,延安日本士兵和反战团体大会等)以及当时当地经过调查的敌伪动态等等,来充实宣传的内容?在宣传方式上,大多还是单调的机械的,发传单,开座谈会,照例是作"大报告",不善于运用适当敌占区各种宣传方式,也不能倾听群众的心音,给以满足的阐释。

只要掌握不同的情况、不同的对象,决定我们不同的宣传方式和内容,了解宣传内容是应该随情况的变化与发展而变化与发展的,虚心学习,多体验生活,党八股是并不难肃清的。感人的诗歌,列宁式的传单,引人入胜的图画,吸引群众的演说,也是并不难产生的。

政治攻势,将是我敌后党政军民今后长期的经常性的工作,须要我们不断改进。在改进过程中,就要同整风运动结合起来,把握整风的武器,改造实际工作,把政治攻势组织的更有力些,发挥它的最大的威力,加速敌寇的死亡,最后战胜敌人!

(原载一九四二年九月九日《新华日报》华北版第一版社论)

我们始终要同老百姓在一起

敌后抗战今天正处在空前残酷与艰苦的局面中。为要渡过目前的困难，争取将来的胜利，我党中央在今年"七七"纪念日告抗日根据地全体党员与八路军新四军将士的文告中，鲜明的提出"我们始终要同老百姓在一起"的口号，并且告诉我们"要牢牢记住：假如老百姓拥护我们，日寇就无法打垮我们；假如我们脱离了群众，我们就会失败"。

在五年来敌后抗战中，我党我军的输赢总是与敌后人民的力量分不开的。没有与人民血肉不可分离的联系，坚持敌后残酷战争是不可能的。对于这一点，敌人知道得很清楚，敌人用了各种方法来离间我们与广大人民的团结。

从初期的"治安肃正",直到现在的一二三四五次"治安强化"运动,其中心都是放在挑拨离间我党我军与人民的关系上。可是敌人的阴谋始终没有成功。

既然如此,为什么我们今天又要再一次提出加强我党我军与人民的关系呢?这是因为随着敌后抗战形势的发展,在我党我军与人民的关系上,出现了一些新的问题,必须在这些问题上加紧注意,不给敌人以可乘之隙,才能继续巩固我党我军与人民的密切关系,才能坚持今后非常艰苦的抗战局面。下面我们提出三个问题来加以讨论。

第一是抗战前途的解释问题。群众到处在问我们:这样的痛苦牺牲,还要经过多久才能最后打败日本帝国主义?应当很坚定明确的向老百姓宣传,我们在明年打败日本是具备充分条件的。因为现在日本不仅与中国为敌,而且已经与英美及很多民主国家为敌,向日本宣战的已有二十四个国家。合计这些国家的人口、土地、战争资源,都比日寇及其德意强盗伙伴大过十几倍。虽然在太平洋战争初期,日本暂时占了些便宜,但是它的战线更延长,兵力更分散,经济更枯竭,运输更困难,假若日寇还敢再进攻苏联,其树敌更多,败亡更快。英美在援助苏联打败德国后,就可集中全力来对付日寇,那时配合中国的力量,日寇崩溃与失败就会到来。所以我们现时的困难虽很严重,但这是胜利前夜的困难,我们应当坚定老百姓对于抗战胜利的信心,反对一切悲观失望。我们已经坚持了五年,再熬过两年,是一定能够达到胜利的。

第二是需要讲求"韧"的斗争,灵活使用斗争形式、组织形式。敌人越接近死亡,他越变得狂暴。我们今天在敌人疯狂"扫荡""清剿"中,要善于领导群众对敌斗争,善于保存抗战力量及减少群众的损害。一方面应当坚决的同敌人展开英勇斗争,向敌人讨还血债,但不是孤注一掷,立即同敌人拼个死活。简单的拼命不能战胜敌人,且为敌人所欢迎。我们是要持久不息的斗争下去,要展开最广泛的群众游击战争,随时随地打击敌人，这是今天最适合的斗争形式。因此各抗日根据地必须注意加强人民武装（民兵游击小组）及地方游击队的力量，才便于去保护当地群众利益和配合主力作战。在敌人"扫荡""清剿"及抢粮与破坏我们春耕时，更要善于帮助群众实行坚壁清野，掩护群众退却及保卫群众春耕与秋收。在游击区实行对敌斗争，更要依赖民力与地方武装，同时还要注意客观情况的随时变动，要能够机动灵活的运用公开斗争与秘密斗争形式，不强迫群众进行害多利少的斗争，不把根据地的一套办法勉强在游击区一样实行。在敌占区的对敌斗争，是要加强对敌伪的政治攻势，要有武装宣传队经常突入敌占区活动，以提高敌占区人民对于争取抗战胜利的信心。而在敌占区内的人民，则只能从事隐避的斗争。我们应当体谅敌占区人民所处境遇的困难，应当爱护敌占区人民，如同爱护根据地人民一样。今天在敌后的坚持抗战，只有善于掌握上述斗争形式，才能保存抗战力量与减少群众受敌损害。

　　第三是各抗日根据地必须认真的爱护民力，节省民力，培养与积蓄民力，才能渡过困难，坚持长期抗战。第一个办法就是要切实限定各个抗日根据地全体脱离生产的军政人员，与全部人口的一定百分比。因为按照我们现在落后农村的生产力及经常遭受战争摧毁环境，如果脱离生产的人太多了，便会养不活，便会公私交困。第二个办法就是要努力帮助人民发展生产，主要是发展农业生产，同时尽力做到根据地一切日用必需品能够在敌人的封锁中自足自给。政府必须有计划的领导人民进行春耕、夏耕、秋收工作，发展合作事业，帮助人民解决种籽、农具、畜力、资金等困难。并正确处理佃主与劳资间纠纷，使能相互团结，增加生产。第三个办法就是要部队及机关工作人员，除从事战斗与本身工作外，努力参加生产，实行自力更生，解决一部份物资供给。第四个办法就是要厉行节约，肃清一切浪费人力、物力的现象。总之，要克服目前根据地财政经济困难，培养民力，节省民力，坚持斗争，唯一迫切与必须实行的政策，乃是一面照顾抗战需要，一面又顾到老百姓生活，能够得到人民拥护的政策。

我们能认真的这样做，我们便能与老百姓血肉相联的团结在一起，便能克服一切困难，永远立于不败的地位。

（原载一九四二年九月十日《新华日报》华北版第一版社论）

敌后形势与我军政治工作

中央告抗日根据地党员和八路军新四军将士书中，曾经明确的指出："敌后斗争是会比过去更加困难了，敌人的'扫荡'会更加频繁；敌人的烧光、杀光、抢光的三光政策，会更加残酷；我们的地区，可能暂时缩小；我们的经济，可能更加困难；我们的牺牲与损失，也可能更大。"同时又向我们指明："现在困难是严重的，但是暂时的；牺牲是重大的，但是胜利即将来到。"

在这种形势下，八路军新四军政治工作的责任更加重大与艰巨了，目前政治工作的中心任务，应当是鼓励斗志与克服困难。在困难之前屈服，当然是错误的，但□□困难，不作精神与实际的准备，同样是有害的。所以我们必须给部队以鼓励,给他们以坚定的意志,给他们以斗争的决心,给他们以克服困难的方法与勇气。

八路军新四军的产生与成长,是经历了重重的灾难。过去每一次困难,曾给我们一次严重的考验,这些考验,曾使我们军队有长足的进步。我们在每一次困难的关头上,我们的步伐总是整齐的,意志总是统一的。在这些困难的时候,政治工作的作用,往往被提到极重要的地位。

现在历史又在考验我们了。我们军队政治工作,应当有些什么具体的任务呢?

首先,政治工作的中心任务,应当是鼓励军民的斗志。由□敌寇的"扫荡"与"蚕食",由于敌我军事技术上的悬殊,敌后斗争日益困难与残酷。我们地区暂时缩小,我们经济资源日见困难,平原根据地很多现已变成游击区,堡垒线与封锁沟又分割了我们山地。在这样□形下,军队转移频繁,易于疲劳。民众生命财产的损失,亦见增多。因此,我军政治工作,应当担负起鼓励军民斗志的重大任务。我们应当用一切方式向军人及老百姓解释,困难是严重的,但是暂时的。我们有光明的前途,明年打垮日本,是有把握的!我们应当说明向敌人屈服是自取灭亡,悲观失望是自陷于失败。不管环境如何恶劣,不管困难如何严重,只要军民斗志很坚决,只要军民很团结,我们一定能胜利!八路军新四军在过去的历史中,曾有很多次遇到比现在更恶劣的环境,比现在更严重的困难,然而军民的伟大斗志,渡过了恶劣的环境,克服了严重的困难。加之,过去的困难是比较长期的,而现在国际国内形势预告一二年之内,世界将发生重大的变化,预告一二年之内,将战胜德意日法西斯,因此,现在困难比之过去是更短期的,更□时的。我们政治工作的责任,就在□军民不为目前的困难而失去斗争的光明前途。

由于敌后环境变化,我们政治工作的机构与工作方式,应当有所改进。战斗的频繁,地区的分割,各个地区各个方面独立性的增大,使得政治工作的原有机构,已经不能适用。新的机构,必须是精干的、灵活的、适合目前环境的，而不是庞大的、重□的、与实际需要相违背的。从山地到平原，从主力到地方部队，从领导机关到连队，组织均应按照上述原则，切实加以改变。否则，我们不能领导部队，就不能有效的进行自己的工作。在这儿，要反对定□化，要反对堆积干部，要纠正以往的不是为着工作选择干部，而是滥竽充数。现在对于一切机构，应当紧缩的，必须紧缩；应当合并的，必须合并；应当裁撤的，必须坚决裁撤。在改革工作机构之后，接着就必须改进我们的领导方式与工作方式。分散同分割的情况，政治工作不能也不应像过去那样的集中，集中程度必须缩小，而下级独立工作的能力必须大大加强，有意识有准备的去加强下面，将坚强的干部从领导机关向下面转移，使下级的领导能力，得到增强。紧张的战斗环境，要求我们必须实事求是，要求提高工作的质量。环境正在逼迫着我们，不能给我们很多时间来正常进行着工作。这就要求我们的工作，更加机动，更加敏捷。

政治工作更加要巩固部队和加强我军内部的团结。八路军新四军是□敌后的主力，是抗战的中坚，我们要爱护它，要巩固它，要保障它在激烈的斗争火焰中，不是削弱，而是坚持其□生力量。战争局势一切的困难，不足以引起悲观失望，只要我们的力量是保存了，敌人就无法奈何我们的游击战争与群众运动。为此目的，就要在部队中进行有力的宣传鼓励，要反复解说党的"一年打垮希特勒，两年打垮日本"的口号，要善于把这个口号□当地发展着的具体情形密切联系。由于地区缩小，兵额的补充与财源的开发，已属不易，因此，必须用全力来巩固部队，减少逃亡，避免战斗中的过大牺牲与失散。尽可能关心战士们的物质生活，致力于各种实际问题的□决。不要使政治工作仅仅属于精神上的鼓励战士。当使精神上的鼓励向实际问题的解决配合起来。要注意增进内部的团结，保障我军官兵之间、上下级之间、同事之间，这一部份与那一部份之间，彼此精□□间。还要防止敌人挑拨，要反对意气用事及在困难面前的互相推诿与互相埋怨。须知我们的团结愈紧，力量就愈大，而困难之中的团结，比之寻常时候，其意义尤为重大。因此，大家要用严于责己的精神与诚恳坦白的态度，去团结别人，团结全体。记着团结是胜利的保证，而军队的团结，又是巩固根据地的枢纽。

我们要加紧对敌伪军的宣传和争取，因为争取敌伪官兵同情我们是决定胜利的重要条件。目前敌军中的不稳状态与敌兵情绪的下降，并没有因为敌寇的暂时胜利而引起任何的改变，相反的，在新的战争危险的威胁前面，敌兵的苦恼及对我同情谅解的心理，是日见增长着。伪军官兵受敌压迫更甚，矛盾更深，因而给我争取的机会更多，成效可能更大。我们应以最大的决心，来坚持这个工作，不可因为已往的成绩而怡然自满。也不可性急，企图一举成功。应当把这个工作成为群众性的，而不是限于少数敌伪军工作人员的工作。要充分地利用敌人政治上的弱点，利用敌伪军分散的弱点，展开我之政治攻势，以增加敌人的恐惧与顾虑，来达到我之军事胜利的总目的。

我们要把反对敌探奸细的斗争，大大加强起来。这是因为敌之间谍破坏日益积极与具体化的缘故。加之我们经验尚少，漏洞尚多，对敌麻木的现象仍然存在。如果我们不及早转变，就有可能招致不可挽救的损失。敌军特务机关把我军当做一个特务对象来研究，多方寻找我之弱点。而我们的对付敌人，却是一般化，不了解敌人，不研究敌人。这种恶劣的作风，必须纠正。要了解敌人，要研究敌人，必须从敌探奸细的表现形式及敌之具体政策着手，不是抛开这些具体的东西，而去另行研究。在澈底了解情况之后，我们才能有正确的方针与办法，这样敌人对我的阴谋破坏，也就没有什么可怕的了。

我们要把巩固军民团结，保证军队与人民、军队与地方，在艰苦奋斗中互助互爱，这是很重要的。五年来，敌后广大人民及地方党、政府及民众团体，对于军事与战争的贡献是伟大的，其功绩是不可磨灭的。没有他们的竭诚协助，八路军新四军创立和坚持根据地的斗争，是不可能的。我们□鼓励人民，坚持抗战，但斗争方式，必须慎重考虑，有公开的武装斗争方式，还要有合法的和平的斗争方式。要求人民勇敢地反抗敌人，同时必须教育人民懂得机敏地对付敌人。如果我们不顾环境同条件，拘守一成不变的公式，不仅斗争会要失败，群众也必然会脱离我们。我们要求人民帮助军队，但军队必须首先帮助人民。我们要动员民力，但须严格遵照政府法令和注意民力的节省。要懂得民众的苦痛，反对对民间痛苦采取不闻不问态度。军队的同志，要随时随地检查自己，对于民众，对于地方党政的关系，不要这样那样责备人民、责备地方党政。军队如果不检查自己，只是责备人民、责备地方，我们就不能获得人民和地方党政的拥护和帮助，人民的积极性也就不能发挥。军队的同志要积极帮助地方去组织民众的斗争，保护地方工作人员，给他们以各种方便，使地方工作做得更好，使军民的关系永远地融洽，打成一片。

最后中央号召的整风运动已普及全军。我们要把这个运动，深入到每个干部，不仅要求得学习的进步，而且要求得在思想上、工作作风上有显著的转变。我们承认我军的政治工作是进步的，是有革命传统的，但不是没有三风不正的残余，例如不仔细分析情况，不从实际情况出发，凭感情，凭想像，把局部经验当作普遍真理；公式主义，老一套，不把经验上升到理论，对理论学习不感兴趣。此外军队与地方关系之欠调整，新老干部间之欠融洽，对于党外干部之没有合作共事的习惯等等。至于党八股的余风，到处可以找到。讲话开会不顾对象，□□□□，既臭且长，报告总结不生动，无内容，枯燥乏味，所有这些都叫三风不正。不管他存在的份量如何，均□□□扫除，否则，政治工作就不能获得进步。为□扫除它，就须尽情予以揭发，不可讳疾忌医，因此，要有个人反省，要适当的发挥批评与自我批评。政治工作中三风之整顿，会使我们工作更加进步，更加能对付目前的困难，迎接将来的光明。

(《解放日报》)

(原载一九四二年九月十四日《新华日报》华北版第一版社论)

抗议暴敌残杀"俘虏"的罪行！

——响应十八集团军野政的号召

我们要抗议！在全世界公正人士的面前，在全中国全华北一切爱国主义者的面前，抗议日本法西斯强盗在华千百次暴行中之一——在太原残杀二百余被俘抗日志士的罪恶行为！

这次的罪行是这样的：

"今年七月，太原敌寇秘密屠杀被俘的抗日志士，先后计共二百余人，其中有八路军、中央军及晋绥军的官兵：第一次从俘虏营里调出了百人，借口送到关外去做工，实际拉到太原小东门外东北角的乱坟滩里，在一个预先挖好的一个土坑沿上单排起来，用刺刀一个一个不声不响的刺杀了；七月半，强盗们又一次的用同样办法暗杀了数十人；七月二十六日，又用'做工'的名义，调出了六十多人去杀害……"（见野政关于揭穿日寇残杀"俘虏"的罪行并追悼二百余被害抗日志士的通知）。

一切公正的、爱好和平的人士们，你们看见或者听见过这样惨绝人寰、令人发指的事情吗？

日本法西斯军部是一班凶手，它的目的是要灭绝全中国人民。这一点，也可以从日本强盗对待我们被俘抗日志士骇人听闻的罪恶中看出来。证明了日本法西斯统治者，已达到了残忍嗜血的罪恶极限！

全世界爱好正义的人士们！一九〇七年海牙会议通过对待俘虏待遇办法。日本法西斯也曾和德国一样的签了字。然而一切国际公法和战争惯例，早已被他们毁弃无余。在中国沦陷区，在乌克兰、高加索及一切欧陆国家沦陷区，所有的事实，都证实了：只要东条及希特勒匪帮存在一天，无论东方或西方的民族，就不能获得民主与自由。只有摧毁这些刽子手的罪恶统治，全人类被污辱的历史才会停止。

中央军、晋绥军及八路军的全体将士们！在太原，在华北战场的各个角落，我们先烈的血已经汇流在一起，坚持华北抗战五年，正是我们亲密团结的收获。今后两年，华北战场的一切军队必须协同一致，更亲密团结起来，携手并肩积极战斗，为了战争胜利，为了给二百多民族英雄复仇。

在华北的日本士兵们！日本法西斯军部诱迫你们来到异国的华北，已经厮战了五年，并且鞭策你们屠杀一切中国人民和俘虏，反而把血污的罪名加在你们身上。太原事件惨痛消息传来之际，适值华北日本士兵反战大会胜利闭幕之时，这定将使你们明瞭中国共产党领导下的军队所采取的俘虏政策，是如何的在本质上不相同。请你们"坚决反对对中国人民的掠杀暴行……拷问和虐杀俘虏等"，拒绝长官命令你们实行的一切暴行！

全华北根据地和沦陷区的同胞们！在狂逞凶暴而即将毁灭的敌人面前，

我们的斗志要愈加坚定,我们要为死难的烈士,死难的兄弟姊妹复仇。

我们的抗议,就将变成更有力的实际行动!最近将来的事实就要表明:日本法西斯野兽无与伦比的罪恶,决不能规避此种重大的责任,更不能逃脱应得的痛惩!

(原载一九四二年九月十五日《新华日报》华北版第一版社论)

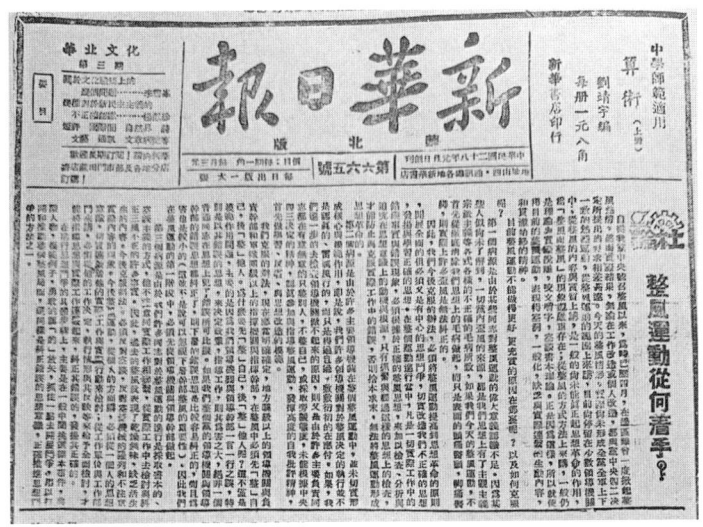

整风运动从何着手?

自从我党中央号召整风以来，为时已历四月。在边区虽曾一度掀起整风热情，然而实际结果，无论在工作改造或个人改造，都与党中央四二决定所提出的要求相差甚远。今天的整风情形，实际尚未形成全党全军上下一致的热烈运动。从整风运动的范围上来讲，目前尚停留在少数领导机关中；从整风的内容与实质上讲，是一般的尚未能真正起思想革命的作用，为"整风而整风"的现象还严重存在；从整风的方式方法上来讲，一般仍是理论与实际脱离，咬文嚼字，空谈书本理论。正是因为这样，所以就使得目前的整风运动表现得空洞，一般化，缺乏与实际联系的生动内容和贯澈始终的精神。

目前整风运动不能做得更好更充实的原因在那里呢？以及如何克服呢？

第一个病源是由于某些同志对整风运动的伟大意义认识不足。因为某些人似尚未了解到，一切党内歪风的来源，都是我们思想上有了主观主义宗派主义等各式各样的不正确的毛病所致。如果我们今天的整风运动，不首先从澈底清除我们思想上的毛病做起，而只是表面的头痛医头，脚痛医脚，则实际上许多歪风是无法纠正的。

因此，我们今后克服的办法，必须将整风运动提高到思想革命的原则，开展全面的但必须又是有中心的思想斗争，切实改造我们不正确的思想，发扬与学习正确的思想。在整个运动进行当中，凡是一切实际工作中的错误事实与错误现象，必须根据于正确的整风思想，来加以检查、分析与追究在思想意识上的动机与根源。只有抓紧与经过这样的思想上的检查，才能防止与克服实际工作中的错误。否则舍本求末，无法将整风运动形成思想革命的。

第二个病源是由于许多主要领导机关在整个整风运动中，并未切实形成核心与模范作用。即是说，我们许多领导机关对于整风决定的执行并不是认真的、雷厉风行的，而只是得过且过，敷敷衍衍的在应付。如果，我们进一步的去检查领导机关做不起来的原因，则又是由于许多主要负责同志都在有意无意的只整别人，不整自己，或采取旁观态度。未能根据中央四三决定的精神，认真参加与指导整风运动，发挥高度的自我批评精神，首先做学习、反省与思想改造的模范。

我们克服的办法，现在应当明确确定，地方县级以上的领导机关与负责干部和军队团级以上的指挥机关与指挥干部，在整风中必须先"整"自己，后"整"他人。为什么要先"整"自己，后"整"他人呢？这不仅是模范作用问题，主要的是因为我们领导机关与领导干部一言一行之误，特别是以其错误的思想，来决定政策，指导工作，则其为害之大，绝非一个普通同志在思想上犯了错误所可比拟。如果我们整个党的领导机关与领导干部的错误思想都纠正了，则下层的错误思想是比较容易纠正的，而且为害也是较小的（这并不是说可以忽视下层干部整风的重要性）。因此我们在整风运动的第一阶段中，必须先从领导机关与领导干部做起。

第三个病源是由于我们许多同志对于整风运动的进行是采取书本的、空谈主义的方式。他不注意同实际工作相联系，从实际工作中去检讨与纠正三风不正的许多事实。因此，过去的整风就表现了干燥无味，缺乏活生生的内容。今后克服办法，必须反对空谈，反对空泛机械的罗列和不注意实际内容的现象。今后整风运动，从个人的方面讲，必须从一个人的思想意识，切实联系着他的实际工作与实际行动来检讨；从工作单位与工作部门来讲，必须从他的工作决定，执行情形与其反映等来给予全面检讨，才能将指导思想与实际工作连系起来，纠正其错误的，发扬其正确的。

在进行思想斗争的具体步骤上，主要是在一般中间挑选标本事件，典型人物，模范例子，勇敢的认"的"放矢，抓住一点去开展斗争，用以打开和推动整个整风局面。这同样是纠正错误的思想意识，正确推进思想斗争的方法之一。

（原载一九四二年九月二十一日《新华日报》华北版第一版社论）

准备秋季反"扫荡"的工作

目前,敌寇继续在对冀中、冀东、平北等地,进行局部的"扫荡"与清剿;对晋西北仍在步步向内侵入;冀南太岳诸地之敌兵,调动频繁,续有增加;太行区周围,敌人则到处散放"秋季'扫荡'"的谣言,企图动摇我根据地人心,搅乱我之行动部署。总观此种事实,不难明白,敌寇因慑于我全面政治攻势之威力,乃企图在其跃跃欲试的新冒险之前,继续向我平原地区施以更大的压力。对我山岳地区,则似在牵制我对平原根据地反"扫荡"的配合。但不论山地与平原,敌人最近"扫荡"的重要目的之一,则在于掠夺与毁灭我重要生存条件的秋粮!我们曾一再说过,平原与山地有着血肉不可分离的关系,而最近中共太行分局与一二九师又已严重的指出今天保卫秋收的严重意义。因此，加紧秋收，保卫秋收，准备粉碎敌人秋季"扫荡"，乃是我们目前最迫切的重大任务。

对于这一任务的具体执行，除了根据今年二月与五月太行区反"扫荡"的经验与教训，以及太行分局与一二九师对于保卫秋收的指示，进行深入的布置外，我们以为在备战工作中的力量使用上，最主要的中心环节应该是在于抓紧干部、支部和民兵。因为没有干部的领导，群众便会失掉坚持斗争的依托，好似一片散沙；没有党的支部的保证，群众便会失掉坚持斗争的核心，缺乏骨干；没有民兵的掩护与警戒，群众便会失掉坚持斗争的信心与勇气，滋长畏缩情绪。这是几年来反"扫荡"斗争中的宝贵经验，同样也是今天准备秋季反"扫荡"的决定的关键。

第一个主要环节是要从边区一级开始，在全体干部中进行深刻的思想动员，使每个干部都认识到今天保卫秋收的战争的严重意义。号召每个干部，在战争中，坚决的同群众在一起。在战争中，最重要的就是保卫群众的利益。在任何情况下，都是站在群众斗争的最前面，英勇的带领群众打击敌人，粉碎敌人的破坏和掠夺秋粮的阴谋。

因此必须克服某些干部的落后思想和消极倾向。我们在这里严重指出：那种只顾自己安全，远走深藏不顾群众；或是害怕"两年抗战胜利、自己不能胜利"，于是处处以保存自己为上，对群众疾苦则漠不关心；或是表面借口"转移"，实则等待"扫荡"过去，再行出头办理"善后"等现象，都是极其要不得的。我们必须强调发扬干部中艰苦斗争的精神，强调百折不挠的斗争性，强调干部领导群众掌握武装，深切教导每个干部都要在战争中下定决心锻炼自己，学习军事技能，学习掌握武装的艺术，学会判断敌情决定对策，懂得如何维持战时秩序，真正做到领导战争，保卫群众利益。

第二个重要环节应当是在准备反"扫荡"中加强农村中党的支部工作。目前每个支部的中心任务就是准备反"扫荡"保证完成秋收。这不仅是表现在党员个人的工作热忱上,更重要的是应该把这种热情,普及到群众中去。因此,党的支部就必须围绕这一中心,加紧进行具体的宣传工作和组织工作。在进行的具体步骤上,一方面要求每一支部的一切积极份子,小组长,支部干事,村级的党员干部都热烈的以身作则的去影响别人,说服别人,吸引大家齐心动手,进行空舍清野,实行快收快打快藏。从个别宣传,进到全家动员,从街头讨论,进到实际上的帮助和督促,估计经常各家可能有些什么困难,帮助他们求得解决等。另一方面则须要领导各种组织细胞内,共产党员都起推动作用,最大限度的发挥各种组织力量。共产党员要在这些组织中,征求非党人士的意见,与他们合力同心,进行秋收和备战工作。

第三个主要环节是在准备反"扫荡"中整理民兵,活跃民兵。民兵是武装保卫秋收的基本力量,因此必须在这一工作中要求全区民兵实行普遍的紧急动员!准备反"扫荡"中的民兵政治工作,必须能在精神上鼓舞民兵斗志,在思想上坚定民兵的信心和决心。要求民兵认清自己的任务是保卫秋收,保护群众,掩护秋耕,保护粮食和资财。要教育民兵,时刻为整个群众利益着想。反对只顾一家不管全村,反对埋枪,反对"二土匪"作风。军事方面,则应着手实验战时编制,调整村级指挥干部,实行武器检查和登记,进行必要的修理与补充,购买与领换一部弹药与地雷,以备反"扫荡"之用。在条件许可情形下可举行一次打靶,演习掩护转移,打击敌人抢粮等等实际行动,以便使动作纯熟,了解地形,更有利的打击敌人。在有驻军地方,要请求驻军给以实际的指导,灌输必要的军事常识。至于目前,最主要的是加紧除奸防谍工作,在边沿区应当恢复岗哨工作,查问各种行迹可疑之行人,随时扑灭在"扫荡"与抢粮中打入根据地的奸细份子。

(原载一九四二年九月二十五日《新华日报》华北版第一版社论)

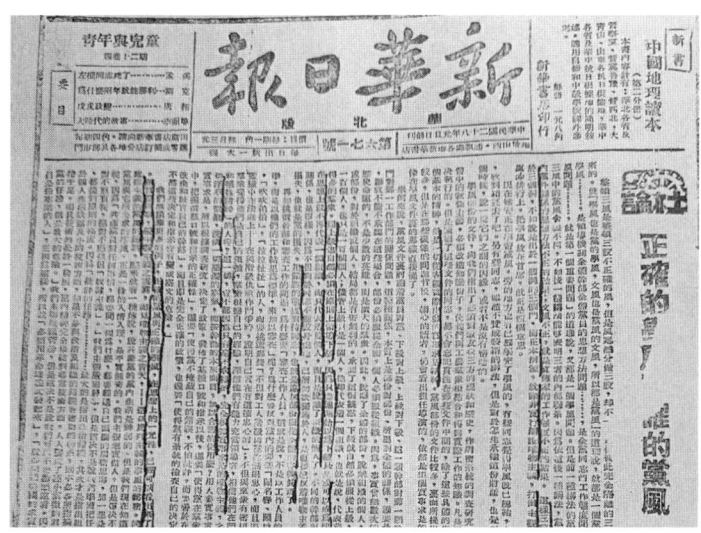

正确的学风正确的党风

　　整顿三风是整顿三股不正确的风,但是风虽然分做三股,却不□□彼此完全隔离的三个"防空洞"里出来的。就"学风也是党的学风,文风也是党风的文风,所以都是党风"的道理说,就都是一个党风问题。而"所谓学风……,是领导机关全体干部全体党员的思想方法问题……,是全党同志的工作态度问题……,所以学风问题……,就是第一个重要问题"的道理说,又都是一个学风问题。但是前一种讲法的党风,是广义的,与三风中的党风含义不同,不如后一种讲法能够表明三者的内部联系。因为依这后一种讲法,党风不正,就是对党内党外关系的思想方法不正的结果。文风不正,就是宣传家的工作态度不正的结果。

这样三股风，与其说是出于三个洞，不如说是出于一个洞的三个门，而正本清源，就除非实行辩证唯物主义，打倒主观主义不可了。在三风的排行上，把学风放在首席，就正是这个意思。

现在延安正在学习党风，旁的地方也有已经学完了学风的。有些同志觉得学风既已总结，大概可以捆捆扎扎，收到箱里去了吧。另有些同志，虽然不赞成装箱的办法，但是对于怎生承继这份财产，也觉得有些不便。在这个时候，说一说它们之间的因缘，或者不是没有帮助的。

学风部份的文件，向我们指出了必须对敌友我三方的现状和历史，作周密系统的调查研究。必须澈底打破学习中的教条主义，必须改造知识份子，使他们与工农群体相结合和得到实际工作的知识。凡是这些，都是必须坚决执行的。但是读过了这些文件的同志，都不会忘记贯注在那些文件中间的，除了这些具体的指示以外，还有一个基本的精神，□是一切从客观实际出发的实事求是精神。党风部份的文件比较多，里面所提出的具体问题也比较多，但是在那些复杂的问题背后，细心的读者，仍会看出担任导演的，依然是这个实事求是的精神，不过没有像在学风文件里的那样直接罢了。

举例来说，党风文件里讨论着党员对党、下级对上级、上级对下级、这一类干部对那一类干部、这一工作部门对那一工作部门的关系问题，这种种关系，本质上是部份对部份、所属对全体的关系，谁要是从客观实际出发，谁就不能不承认在这些场合，部份必须服从全体，个人必须服从组织。因为，事实会无数次的证明，最后决定历史命运的，不是少数的英雄，而是广大的群众。因此，脱离了全体的部份，脱离组织的个人，无论是对于全体或部份，对于组织或个人，结局都是有害无利的。承认了这个观点，下级就自然必须服从上级，因为尽管下级是一百个人，也只是一百个个人；尽管上级只是一个人，他却代表着一个组织，也就是说，代表着可以比一百个多得多的群众。而上级也自然必须在原则上领导下级，因为只要他开始以为下级只是或可以成为他的"私人"，他在思想上就不再代表一个组织，而只代表着他个人，而且是脱离了组织的个人了。不同的干部与不同的部门间的关系，也是这样。因为不但对于同志不能设身处地，己所勿欲独施于人，是直接违反着唯物主义的。而且同志的损失，也就是党的损失，用错误的态度对待同志，也就是违反部份服从全体的□观□理了。

再如挑选干部和审查工作的问题。为什么要"审查工作人员，这就是说，不是以工作人员的允许和宣言为标准，而是以他们的工作结果为标准，来加以审查"呢？为什么要反对党内的那些"闹名誉、闹地位、闹出风头""吹吹拍拍""拉拉扯扯"的人，而要挑选那些"不但对工人阶级与党□无限忠心，而且要已经在战斗中在监狱中在法庭上——在与阶级仇敌作斗争时，证明自己实在有这种忠心的"。不但与群众有密切联系，而且要"群众觉得他们是自己的领袖，群众根据自己的经验，深信他们有能力充当领导者，相信他们在斗争中，有无限决心和牺牲精神"的人呢？这一切，岂不都因为只有毫不含糊的，完全根据实事求是的唯物主义，才能够确实"扫荡"一切浮华的假象，洗清一切恶浊的空气，而按干部的本来面目，加以合理的使用么？用人要实事求是，行政同样要实事求是。所以根据调查研究，决定了政策，发布了某种口号和指示以后，还要"使得党在群众革命斗争的烈火中，把握这些口号和指示的正确性"，还要"使得党不掩藏自己的错误，不怕批评，而要善于在自己的错误上，改进和教育自己的干部"。而且即是完全正确的政策，也还要"使得党有系统的检查自己的决定和指示的执行，不然这些决定和指示会有变成空文的危险"。

我们无须举更多的例子，正确的党风与正确的学风，在思想上的一元性，已经可以看出来了，已经可以证明。照实际办事，拨主观主义之云雾，而见唯物主义之青天——这是马列主义的学风的秘密。同时，也就是布尔塞维主义的党风的钥匙。历来就有一种传说，说共产党的党内生活是神秘的，但是我们现在知道共产党所要求的党风与它所要求的学风，正是一样的入情入理，是平实无奇的。我们主张老实做人，但是这决不是说我们容许盲从，因为"共产党员对任何事情，都要问一个为什么，都要经过自己头脑的周密思考，想一想是否合乎实际，绝对不应盲从，绝对不应提倡'奴隶主义'"。我们主张严肃将事，但是这决不是说我们准备把任何非原则的问题，都提到原则的高度。因为"批评的任务……最大的是指出政治错误，其次才是指出组织上的错误，至于个人生活缺点及小的技术方面，如果不是与政治及组织的错误有密切的联系，则不必多所指摘，使同志们无所措手足。而且技术的批评一发展，党内精神完全集结到寻常技术方面，人人变了谨小慎微的君子，必然要忘记党的任务，这是最大的危险"。我们主张埋头苦干，但是这决不是说我们可以不要抬头远看。因为"我们共产党员是做事业的人"，正因为这样，所以就"必须用革命理论武装起来"，"就必须把美国的求实精神和俄国的革命气概结合起来"。因为"理论使实际工作者能够决定方向，能够明白认识前途，在工作时有把握，相信我们的事业一定会胜利"，而"俄国的革命气概，就是这样一种消毒剂。这种消毒剂，可以消除一切消极态度、守旧思想、保守主义思想、停滞和盲从祖先传统的态度。俄国的革命气概富有活力，唤醒人们的积极性，推动前进，破坏过去，创造将来"。

　　因此，说明学风对于党风的逻辑关系，这将不但是说明整顿三风是一个统一的思想运动；不但是说明学风的整顿必须好好在党风的学习中要常常的力行实习；不但是说明一个人对于党风的认识，也可以测量，他对于学风的认识，这是他在思想方法上确实有了多少的进步；而且是说明，正确的党风究竟是一回什么事，正确的党风是完整的马列主义学说的一个部份，要是有人离开了马列主义的科学人生观，面向党内党外关系上去另外追求什么孤立的新大陆，那么即使他是好意（更不用谈坏意），他也将一无所得的。

（《解放日报》）

（原载一九四二年九月二十八日《新华日报》华北版第一版社论）

迅速救济五六专区的灾荒

今年太行雨季推迟，受雨面积亦未能普遍，致部份地区秋禾苦旱，第五、六□专区大部灾象已成。加之五月间敌寇侵扰，这些地区不仅耽误了下种，更且由于敌人对我人力物资的掠夺，造成家无健壮，户缺余粮。因此，救济灾荒，反对敌寇的掠夺摧残，实为当务之急。

目前正值青纱帐倒，新谷登场，敌我粮食斗争，已经在根据地边缘尖锐展开，救济灾荒是更加严重、艰苦和复杂了！迅速解救五六专区的灾荒，已成为全区人民一致的呼声。急赈被灾同胞提案已获得临参会第二次大会通过。边区政府刻正星夜火速组织急赈，发动互济，将根据地的粮食作适当的调剂。对敌占区灾难民，也在反对敌寇掠夺和奸商走私的方针下，予以适当的调节。敌占区灾难民来归根据地者，政府也要妥为安置，并给以各种可能的帮助。当此救济工作进展中，我们愿就所及，略陈管见，庶几救济工作得以迅即完成，难胞有归，各安□业。

首先根据地救济灾荒的具体组织工作最重要的应有三种：第一，要在发动群众运动中，发扬广大人民的友爱互助精神。非灾区帮助被灾区，如募粮募款募□，发动一把米运动，安置难民，负责解决吃和住的问题。大村可安置三四户，小村可安置一两户，富户帮助贫户，供粮借款，不趁火打劫，不乘机渔利。互相救济是最广泛的全区性的工作。要打破狭隘的地域观念，打破省界、县界，随时随地奖励发扬互助救济的模范例子。反对只顾自己安乐，不顾别人死活的为富不仁的现象。

第二，组织壮丁运输，一个人可以养活两个人；组织妇女纺织，自己可以养活自己。此外还可按照具体情形，进行一些修滩修堤等等以工代赈的工作。这些工作是艰苦的、踏实的组织工作，希望政府与各救会，面向灾难民，深入灾难民，认真的耐心□进行。

第三，组织节约。一条线，一颗米，都要打算，积少成多，聚沙成塔。假使每个干部，都能认真节约，数目是相当可观的。今年春天精兵简政开始进行时，太行区曾掀起节约的浪潮。今天当根据地发生灾荒时，尤须履行节俭，将节约所得，救济灾难民。

要之，各种组织工作的目的，都是为了有效的救济灾荒，使灾难民今年能种黍，明年能春耕。

其次进行救灾工作，还须注意以下几点：

第一，被灾区域，应该是救灾第一，一切工作要围绕着救灾工作进行。党政军民各系统必须一切为灾民着想，体贴灾难民，关心灾难民，并认真确实的解决灾难民的各种问题。同时还须认识救灾工作是比较长时间的工作。估计到明年春天，青黄不接之际，困难一定更多，救灾任务也就会更加繁重。因此，就要有坚韧不拔、始终如一的贯澈到底的精神，按步就板的来进行救济工作。

第二，被灾区域人民的负担，应予适当的减免，要照顾人民的负担能力。而且负担的轻重也要有适当的调整，不能采取平均主义的办法，墨守成规，一成不变，把负担加在无力负担的灾难民身上。

第三，敌人已经利用灾荒，而且还会继续利用灾荒，来进行破坏根据地的活动。如直接进行抢粮，乘机诱骗壮丁出关，甚至派遣汉奸特务份子伪装灾难民，混入根据地进行奸细工作，制造谣言等等。因此救灾工作是和对敌斗争不可分离的，要时刻揭露敌人的阴谋，粉碎各种谣言，安定人心，使寇奸无所□其奸计。

第四，要反对救灾工作中官僚主义。任何轻视、忽视救灾工作，不关心人民疾苦，或□□救灾工作的实施，或只满足于救灾计划的制定，救灾办法的公布，而不进行实际组织工作，即是道地的官僚主义，在今日整风中须先特别防止。要知救灾如救火，多化一分力，即可多救一个难民，是不允许马虎的。五六专区的灾荒虽然非轻，但是我们相信，只要我们全区急起努力救灾，雷厉风行，贯澈到底，困难是一定可以克服的。

（原载一九四二年十月十四日《新华日报》华北版第一版社论）

切实检查保卫秋收工作的进行

中共中央太行分局及一二九师政治部,关于保卫秋收的指示,自公布迄今,已经一个多月了。然而检查目前实际进行的情形,是与指示要求相去很远的。

谁都知道,保卫秋收,是全区军民生死攸关的严重斗争任务。是打击敌寇五次治安强化运动,抢救我根据地接敌区粮食的中心斗争环节,同时也是克服困难,积蓄力量,争取明年打倒日寇的准备步骤。因此全体干部紧急动员与高度警觉起来,根据分局和师政的指示,去检查研究这一工作不能全面切实做好的原因何在,并迅速加紧进行这一工作,实在是我们最迫切的任务。

根据我们的研究与了解,造成这一工作不能很好进行的主要原因，是由于某些错误认识与了解在作怪。

一种人把备战和保卫秋收对立起来，认为这是两种工作，有意无意的形成了只管备战不顾秋收，或是只顾秋收不管备战，前者的结果，是把备战工作抽象化，把保卫秋收这一活生生的内容，从备战工作抽出去了，使得备战工作失去了中心；后者只顾秋收，不管备战的结果，则易使人民对于备战工作发生麻痹，对于秋收工作的进行，采用平常的方式，或是收而不打，或是打而不藏，总之，一切均未能从快去做，使得我们保卫秋收的工作无法迅速去完成。

另一种人对于秋收与备战工作存在着自流观点，以为"到了秋收时候，农民自然会收"。或是"每年秋天都准备战争，不用说，群众到时就会空室清野"。这样自流的观点自然会影响与推迟秋收工作的完成。

也还有一种人，对于战争形势的估计常常抱着一种侥幸心理。在他们的心目中，总认为"大概这次敌人不会再来了吧"，或是"全面大'扫荡'今后会没有了吧"。有了这种思想的结果，就必然会影响保卫秋收工作的进行，形成松懈无力，缺乏组织性与战斗性，这也是无法完成保卫秋收任务的。

为什么会有这些错误思想与认识呢？我们以为首先是这些人对于目前新的战争环境估计不足，不了解敌人大"扫荡"与局部小"扫荡"和突然袭击的互相关联，及其掠夺破坏的残酷性。因而这些人对于战争的准备，仍然是按照旧规律，忽视敌人经常的局部小"扫荡"及突然袭击的可能，因而易于发生麻痹和侥幸心理。其次是这些人不了解，今天准备反"扫荡"的最主要的中心内容之一，是保卫秋收的斗争。即是说，我们今年的秋粮，是关系于我们坚持抗战前途的，因而，不管中心区或接敌区的粮食，我们都不能让敌人抢走。准备反"扫荡"与保卫秋收，不是空洞的宣传号召，而是必须切实从粉碎敌人抢粮斗争中去组织群众与发动群众。而粉碎敌人抢粮斗争的最好办法，是在敌人尚未进行"扫荡"与抢粮之前，不仅要把粮食收好、打好与藏好,而且还要藏得最严密。目前秋收已经快完了,我们必须争取在这短短的战争空隙中,来完成这一任务。为了顺利的达到这一目的,就必须:

首先检查我们对于秋收工作的领导,是否接受了五月反"扫荡"的经验教训?是否根据中共中央太行分局指示的精神,做了具体的布置?特别是应检查对于秋收工作的进行,是否有了具体的组织工作?是否进行了督促检查和动员?

第二,切实检查动员与准备工作,是否根据太行分局的宣传要点和本地具体情况进行了实际的宣传鼓励工作?是否针锋相对的打击了敌人的谣言?以及更重要的,是否特别着重检查在政治攻势中,把保卫秋收的斗争去做为对敌政治攻势的内容?

最后应该是检查各机关团体在保卫秋收工作进行中,是否密切的配合一致?是否进行劳力调剂,加强了侦察警戒和除奸工作?以及是否对于敌人随时可来的"扫荡"有了充分的准备?

从本月八日起,敌人已开始第五次治安强化运动了。敌人五次治安强化运动中心内容之一,即是要拼命的掠夺我们的粮食。我们要迅速的警觉起来,动员全体人民加紧保卫秋收的进行。我们的每一个干部,都要在领导保卫秋收的斗争中,成为保卫群众利益的模范。

(原载一九四二年十月十五日《新华日报》华北版第一版社论)

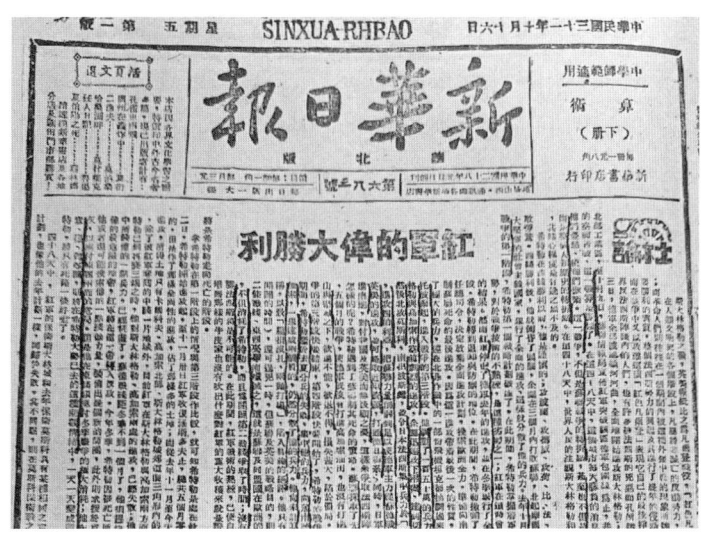

红军的伟大胜利

斯大林格勒之战,英美报纸比之为凡尔登战役,"红色凡尔登"之名已传遍于世界。

在人类文明史的各个阶段上,凡属将要灭亡的反动势力,总是要向革命势力举行最后挣扎的。而革命人们则往往在一个期间内被这种外强中干的现象所迷惑,看不出敌人快要消灭、自己快要胜利的实质。整个法西斯势力的兴起及其进行了几年的侵略战争,正是这种最后挣扎的表现,而在战争中又以攻击这个"红色凡尔登"表现它自己的最后挣扎。在这个历史转折点面前,全世界反法西斯阵线内的人们,也有许多被法西斯的凶恶面孔所迷惑,看不清它的实质。自从八月廿三日,德军全部渡过顿河河曲,全面地开始进攻斯大林格勒。九月十五日,德军一部冲入该城西北部工业区,至十月九日,苏联情报局宣布红军突破该区德军包围线为止,共计四十八天,人类历史上无与伦比的空前苦战,这一战算是胜利了。在这四十八天中,这个城市每天胜负的消息,紧系着无数千万人民的呼吸,使他们忧愁、使他们欢乐。这一战争,不但是苏联战争的转折点,甚至也不但是这次世界反法西斯战争的转折点,而是整个人类历史的转折点。在这四十八天中,世界人民的注视斯大林格勒和去年十月全世界人民的注视莫斯科,其关心程度是有过之无不及的。

希特勒在西线胜利以前,他是谨慎的。攻波兰,攻挪威,攻荷、比、法,攻巴尔干,都是倾全力于一处,不敢旁骛。西线胜利后,他就冲昏了头脑,企图在三个月内打败苏联,北起摩尔曼斯克,南至克里米亚,向这个庞大坚强的社会主义国家,举行了全面的进攻,这样就分散了他的兵力。去年十月向莫斯科进攻的失败,结束了苏德战争的第一阶段。希特勒第一个战略计划破产了。在此期间,希特勒掌握着军事上的许多优势。红军则有许多劣势,对于战争技术的不熟练,是这种劣势之一。红军在这时曾付出了颇大的伤亡,就是这种劣势的结果。然而红军停止了德军去年的进攻,并在冬季举行了全线的反攻,是为苏德战争的第二阶段。希特勒转到退却与防御的地位。在此期间,希特勒撤销了他的前线总司令勃鲁齐区,自己充任总司令。决定放弃全面进攻计划,搜索欧洲全力,准备向南线作局部的进攻。这被认为是足以制苏联死命的最后进攻。因为这一进攻带着最后一次的性质,关系法西斯的存亡。希特勒就集中了极大的兵力,连在北非作战中的一部份飞机坦克都抽调过来了。从今年五月进攻刻赤与塞巴斯托波尔起,进入战争的第三阶段。他调动了一百五十万的兵力,附以飞机坦克,以全力向斯大林格勒与高加索作空前剧烈的进攻,企图迅速攻下两处,达到切断伏尔加河与夺取巴□两个目的。然后北攻莫斯科,南出波斯湾,并令日本法西斯集中兵力于"满洲",准备在斯大林格勒攻下后,进攻西伯利亚,把苏联力量削弱到足以使德军主力从苏德战场上解放出来，以便移到西线对付英美的进攻，并可略取近东资源，打通德日联系。同时，日军主力也可从北面获得解放，以便西进南进，对付我国及英美而无后顾之忧，这样来争取法西斯阵线的胜利。但是这个阶段的情况是怎样的呢？希特勒遇到了苏联制其死命的策略。苏联采取了先则诱敌深入，继则顽强抵抗的方针。五个月的战争，使德军既没有打进高加索油田，也没有打进斯大林格勒，迫使希特勒屯兵于高山与坚城之下，欲进不能，欲退不得，损失甚大，陷于僵局。现在已是十月，冬季就要到来，战争的第三阶段快要结束，第四阶段快要开始了。希特勒的战争目的，仍然一个也没有达到。在此期间，希特勒鉴于去夏分兵的失败，集中他的兵力，向着南线，然而他尚欲东□伏尔加、南取高加索，一举达成两个目的，仍然分散了他的兵力。他尚未计算到他的实力与他的企图之间的不相称，以致"扁担没扎，两头打塌"，陷入目前的绝路。他只有今年这一个时间（第二条战线尚未开辟的时间），还可逞凶一时，但苏联及英美的战略目的，则已经接近。消耗希特勒、开辟第二条战线、东西夹击而歼灭之，这就是苏联及同盟国在欧洲的战略目的。在此期间，红军的战斗，不但消耗了希特勒，而且为开辟第二战线争取了时间。没有这种德军的消耗与时间的争取，战胜法西斯将是不可能的。在此期间，红军战术的熟练，已使自己的损失大大减少。五个月中，戈培尔那样的牛皮家也没有吹出什么对红军的重大收获来就是证明。今年冬季开始的第四个阶段，将是希特勒走向死亡的阶段。

拿希特勒在第一阶段上的情况与第三阶段作比较，就可知希特勒是处在最后失败的门口了。从去年六月二十二日，希特勒开始进攻起，至十一月卅日红军收复罗斯多夫止，总共五个月零八天，德军虽没有达成他的战略目的，但是作了那样全面性的进攻，占了那样多的土地。而从去年十一月至今天十个多月，德军只作了南线一面的进攻，所得土地只有卡尔科夫、高加索北部、斯大林格勒城郊这个三角形内的一片。而在它第一个冬季的败仗中，除了被红军夺回的中线一片地域外，目前红军在斯大林格勒与高加索两方面，实际上均停止了德军的进攻。希特勒已到再衰三竭之时。他对斯大林格勒、高加索两处的进攻，已经失败。他在去年十二月至今年五月整个冬季中所装备的一点兵力，已经耗尽了。苏德战线距冬季不到一个月了，他须赶快转入防御，整个顿河的以西以南是他的最危险的地带。红军将在这一带转入反攻。今年冬季，希特勒因被死亡所驱迫，他将再一次整理他的军队。他或者还可能搜索他的一点残余力量，装备出几个新的师团，此外则求援于意、罗、匈三国，向他们勒索一些炮灰，以应付东西两面的危局。但是他在东线须应付冬季战争的极大消耗。他在西线，须准备对付第二条战线。而意、罗、匈等国，则将在希特勒大势已去的这种悲观情绪中，一天一天变成离心离德。总之，十月九日以后的希特勒，将只有死路一条好走了。

四十八天中，红军的保卫斯大林城和去年保卫莫斯科具有某种相同之意义。这就是它使得希特勒今年的计划，也像他的去年计划一样，同归于失败。其不同点，则在莫斯科保卫战之后，虽然接着举行了冬季反攻，可是不可避免的还要遭到德军的一个夏季攻势。这是因为：一则德国及其欧洲伙伴尚有余勇可鼓；二则英美拖延开辟第二条战线的原故。而在斯大林格勒保卫战之后，则形势与去年完全两样：一方面是苏联极大规模的第二个冬季反攻，英美对第二条战线的开辟已无可拖延（虽然具体时间今天不能计算），还有德国及欧洲人民正等待着的暴动响应；另方面德国及其欧洲伙伴，再也无力举行大规模的攻势了。希特勒只好把整个方针转入战略防御的阶段。只要迫使希特勒转入了战略防御，法西斯的命运就算完结了。因为法西斯的政治与军事生命，从它出生的一天起，就是建立在进攻上面的，进攻一完结，它的生命也就完结了。如果斯大林格勒战争，停止了法西斯的进攻，那末这一战就是带着决定性的。这种决定性是关于整个世界战争的。从此以后，希特勒面前遇着的将是三个强大敌人：苏联、英美与老百姓。在东线是屹立不动的红军堡垒与整个第二个冬季以及连续下去的红军反攻。在西线即使英美怎样采取着观望拖延的政策，但等到有死老虎可打的时候，

第二条战线总是要建立的。在英国有三百五十万陆军及其强大海空军。在美国据陆长史汀生宣布，今冬可武装陆军四百五十万。据海长诺克斯宣布，今年可产飞机六万架，明年可产十二万五千架。这些力量，都没有使用。希特勒还有一个内部战线，就是德国、法国及欧洲其他部份正在酝酿着一个伟大的人民暴动，只待苏联举行全线反攻与第二条战线的炮响，他们将以第三条战线出来响应。这样三条战线夹击希特勒，就将是斯大林格勒战役以后的伟大历史过程。

拿破仑的政治生命终结于滑铁卢，而其决定点则在莫斯科的失败。希特勒今天正是走的拿破仑道路，斯大林格勒一役，是其决定关键。

这一形势将直接影响到远东，明年绝不是日本法西斯的吉利年头。它将一天一天感到头痛，直至走向它的坟墓。

一切昧于这一形势而作观望的人们，应将自私的观点改变过来。

（原载一九四二年十月十六日《新华日报》华北版第一版社论）

反对敌伪五次治安强化运动

在四次治安强化运动破灭之后,为了挽回其在政治上、思想上和经济上的颓势,华北敌伪又于十月八日开始了第五次治安强化运动。

要明白第五次治安强化运动的阴谋实质,这就必先认识敌伪今天的处境,这就是:一、整个世界战局已日益不利于日寇。"首先击败希特勒,明年打败日本"这一战略目标的实现,已显现端倪。日寇本身,也惕于盟国实力的强大。美国军火生产力的激增与太平洋上盟方攻势的旺盛,认为目前已处于生死关头。二、在我全面的政治攻势的打击下,敌伪政治上的劣势已充分暴露。人心向背,统治动摇,这从敌占区和敌伪军最近的许多动态可以看出。三、在敌之华北对日协力政策下，敌占区出现了无法收拾的经济危机，敌伪妄用各种心机，终归无效。不难想像，处于这种四面楚歌，摇摇欲坠状况下的敌伪，其提出五次治安强化运动的总的意图，无非是在于继续四次"治运"的阴谋，扩展思想进攻，实行经济侵略，进一步殖民地化全华北，完全攫取华北的人力、物力、财力，以供应其"大东亚战争"的需求，而解救其日益深刻的危机。当五次"治运"开始之时，敌伪即提出了四个口号，也即所谓四大目标，而把"建设华北，完成大东亚战争"放在第一位。而在所有喽啰的叫嚷之中，又都把这一口号特别提出，说这是整个精神和目的所在。"建设华北与完成大东亚战争不可分离"等等，都暴露出敌寇的阴谋是在奴役整个华北，使华北成为他贪求无厌的"兵站基地"。

于此，我们不妨更进一步来检阅一下敌伪五次"治运"的那四个基本口号：第一是建设华北，完成"大东亚战争"。这一方面敌伪又提出所谓"没有治安就没有建设"的口号，因此决心加紧进行"灭共作战"，同时则制定"华北建设计划"，使华北的农村生产，地下宝藏，一点一滴的利用到它的侵略战争上去。第二是"剿灭共匪，肃正思想"。王逆揖唐特别强调说是要着力于道德修养，消灭共产思想与依赖英美观念。敌伪口中的共产思想实际是指的抗日思想，而所谓依赖英美观念，又无非是同盟国共同作战胜利。从这里也可见到敌占区同胞抗日情绪之日益增长，与敌伪对中国两年胜利的恐惧，乃图在这次运动中来一次"清算"，杀灭我同胞的民族意识，而代之以甘心恭受奴役的消极的封建旧道德。第三是"确保农产，减低物价"。实行农业华北，使华北广大土地都供敌人使用，成为敌人工业原料的产地。第四是"革新生活，安定民生"。提倡节约奉公，禁止浪费和消费合理化。这是对敌战区人民进一步榨取的美妙说法，实际上是要大家束紧腰带，降低生活水准，而把节约下来的东西，去填补日寇"大东亚战争"的无底洞。同希特勒的"以大炮代牛油"的主张，是并无两样的。

从以上四点来看，充分表示出敌人正在用一切办法，企图挣脱其无法挽救的危机。也正唯如此，所以目标虽有四个，而在实际进行过程中，目前尤着重于经济上的掠夺和统制。今年敌占区各地水旱交煎，农产歉收，加以敌伪的敲榨掠夺，已经是灾情遍地，民不聊生。而由于伪币无限制印发，更使物价飞涨，市场混乱。毫无疑问的，五次治运的所谓"改善民生"，简单的只是一个欺骗口号。他不但不会真正顾及民生，而且决心趁此秋谷新登之机，来掠夺一批农产。在敌占区是以粮场制、公□制□取人民的全部秋收。在接敌区是伴随着新的"蚕食"来实行抢收和抢粮。对根据地的中心区则利用局部的或全面的"扫荡"，来破坏我们的秋收，并带着镰刀麻袋来劫掠。据报载，日寇预计今年在华北掠夺粮食两千万石。襄垣一县就要征收六万石，而潞城五十几个村子就派了八万石小米，也可见其掠夺阴谋之凶狠。此外，在敌占城市，敌伪也决心逐渐执行配给制。这就是所谓"物价政策"，实行价格的明码制，除了垄断专卖，控制物资而外，还正可把物价高涨的罪恶，一股脑儿推在商人身上，以缓和人民的反抗与不安情绪。因此，随着敌伪五次治安强化运动的推行，敌占区人民将会更被逼辗转于死亡线上，而敌我之间的经济斗争，特别是粮食的争夺战，必然会更剧烈地展开。

从此可见，敌伪的所谓五次"治运"，不过是企图以中国人民的生命财产来延缓其垂死的命运而已。我们曾经有过一次胜利的全华北的政治攻势，那次政治攻势使得敌伪惊惶失措，就连同盟社也乱叫乱吠起来。现在在敌伪第五次"治运"推行以后，我们需要在一期政治攻势的成果上来开展一次新的政治攻势。新的政治攻势，自然有许多生动的内容，但内容之一，就应该是打击敌伪的五次"治运"，针锋相对的向人民揭破敌伪的各种具体阴谋。敌伪虽然至今还在喑喑不已，但这不是表现它的强，而正表现它的弱。它的政治经济危机是无法克服的，让它的所谓"治运"一次又一次的继续下去吧。多一次"治运"，就多一重血债，也就多接近一步坟墓。

（原载一九四二年十月十九日《新华日报》华北版第一版社论）

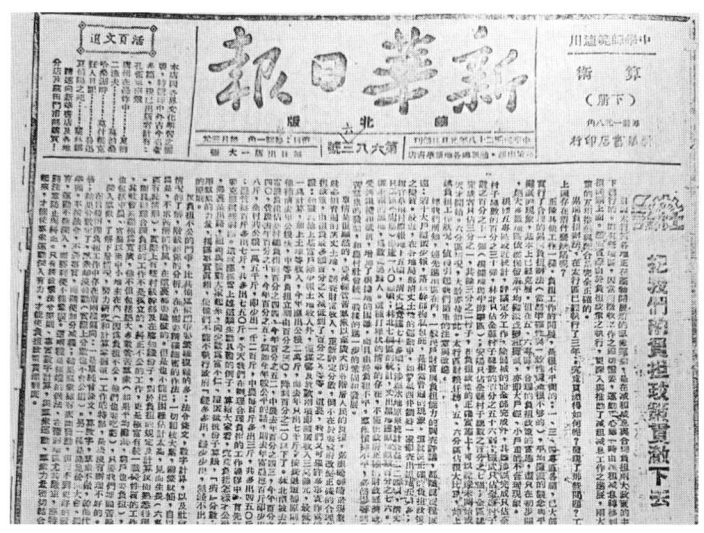

把我们的负担政策贯澈下去

目前太行区各地正在蓬勃开展着的群众运动，是在减租减息与合理负担两大政策的主导下进行的。而有些地区，因当前征收工作之迫切需要，运动重心虽一时由减租减息转移到负担问题上面，然而实际由于负担政策之执行，更深入与推动了减租减息工作之进展。两大政策的互相推动与配合是完全正确的。

累进负担办法在太行区已经执行了三年。究竟贯澈得如何呢？发现了那些问题？工作上还存在着什么缺陷呢？

正像其他工作一样，负担工作的开展，是很不平衡的：一、三、四专区各县，已大部份实行了合理的累□负担办法（当然准确性与一致性还是很不够的）。平均摊派的观念与平均摊派的现象,基本上已经克服。但在五、六专区,合理的负担政策的实施,还只在初步开始。绝大多数地区依然保留着平均摊派或变相摊派,亦即大户轻、小户重的不合理现象。

根据五专区最近统计,评议定分工作,除偏城的能全部完成外,其余涉县完成只占全县村子总数的百分之三十强,林北只占全县村子总数的百分之五十六弱;磁武只占全县村子总数之百分之十一强(根据地与半游击区);安阳只占全县村子总数之百分之七强。全区总计完成者只占三分之一,其余三分之二村子,在负担政策的正确实施上,可以说还未开始或今天才开始。六分区情况,大致亦是如此。太行区财粮任务,五、六分区占很大比重。如上所述负担工作状况,值得引起我们严重的注意与改进。

据我们所知,连先进地区在内,一般民户财富与负担能力的调查评议,都离真实程度尚远。若干大户隐匿少报,落后干部徇私包庇,是相当普遍的现象。这就使正确的负担政策为之变质。最近,在各地局部清丈土地的运动中,如黎城西井刘姓一家即查出黑地五□多;襄垣官草地村原报地十五顷,清丈后竟达七十多顷;涉县水地原来统计全县二二四顷,清丈后只二区(索堡)即达一八○余顷;林北七个区的统计,丈出黑地达原地亩数百分之七六。隐匿未报的黑地,为数□□惊人。这种打埋伏的情事的存在,不仅使政府正确的财政经济政策受到阻挠和抵抗,增加了根据地的困难,而且由于负担不平,群众愤□不平,必然影响到贫苦群众的发动,和农村社会统一战线的进一步的巩固和发展。

事情是很显然的,要减轻贫苦群众以至广大的各阶层人民的负担,克服畸轻畸重现象,就必须普遍的清丈土地,调查财富收入,重新评定分数。倒不在于要政府改变正确的合理负担政策,由担负最多额百分之×减低到了百分之×等等。这里,我们又可举许多事实作为例证:如磁武池上某富户除少报土地收入外,仅煤窑及放款两项即隐匿收入三万余元,最低以一万计算,加上土地等收入,今年应出公粮二万斤,而去年只出七千斤。

按长退短补原则，他补清去年公粮后，中等户负担立刻由百分之三〇，降到百分之二〇以下了。林北南坡去年富农负担占全村总负担的百分之四四，今年百分之五二；中农去年百分之四三，今年百分之四〇；贫农去年百分之十，今年百分之五。假如今年较公平的话，则去年富农每百斤即少出八斤，全村共公粮一万五千斤，即少出一千二百斤；中农每百斤多出三斤，共多出四五〇斤；贫农每百斤多出七斤，共多出七五〇斤。今天我们在办理合理负担的工作过程中，首先就要克服这些弱点。这就应抓紧上述这类生动具体的例子，算给大家看，究竟负担怎样才公平，那里是出路。组织与发动大家起来，向少数为富不仁、隐匿抵抗份子算账，"挤"分数。用群众的力量，揭露事实真相，使他们不能不执行政府"钱多多出，钱少少出，无钱不出"的原则。

反负担不公的斗争，比其他群众斗争要繁难复杂的多。法令条文，数字计算，以及社会情况的了解，阶级关系的分析，在在需要精确细密的作法。一切粗枝大叶，避繁就简，自以为是，不求甚解的作风，在这里都要碰壁的。但是也不能把困难估计太高，见而生畏（六专区有此情形）。实际上有些村级干部及在乡知识份子，对于负担的规定及计算反而熟悉得很。而且办理合理负担的工作不是孤立的，纠正不公的工作，更是极富有统一战线性质的工作。其社会基础极为宽广。他不但包括绝大多数贫苦群众（如果平均摊派，穷户也要负担），也包括中农、富农以至中小地主在内（因为负担不公，他们也要吃亏）。只要我们埋头苦干，深入群众，了解下层情况，努力研究和计算掌握这一工作的特点，是决没有办理不好的。

在目前办理负担工作中存在着两种偏向：一是单纯背条文，算数字，群众不做，干部代替。结果分数定了，群众却没发动（实际上分数也不会公道）。另一种是满足于开大会、举拳头，不按法令，不凭事实，而随便加分减粮。结果群众虽有表面发动，但得不到更好的教育，运动不能深入，而胜利便不能巩固。这两种是极端的做法，在薄弱地区尤其严重，应特别注意防止与纠正。只有将政策法令原则、事实数字计算,与群众运动、群众力量密切结合起来,才能使群众运动深入有力,才能使负担政策贯澈到底。

(原载一九四二年十月二十日《新华日报》华北版第一版社论)

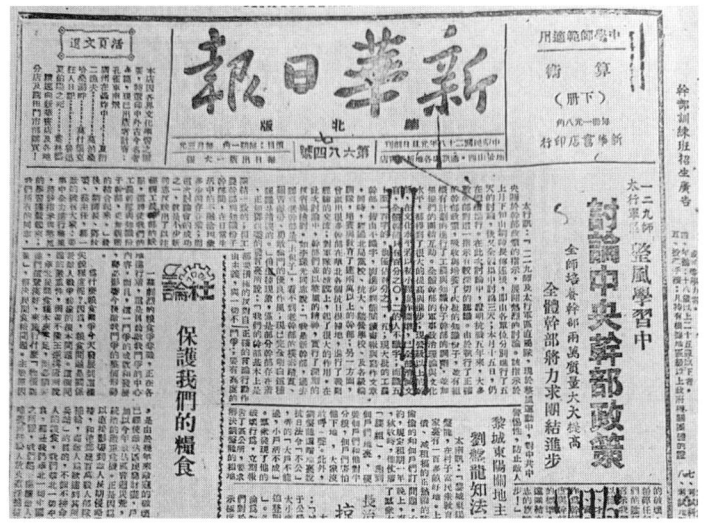

保护我们的粮食

一幕剧烈的粮食争夺战,正在各地进行着,这是目前敌我斗争的中心内容,而且,这一斗争的成败和发展,势必影响今后敌我斗争的整个形势。

为什么粮食斗争今天发展到这样尖锐程度呢?因为,粮食问题是关系于敌人战争前途的根本问题。这个问题的严重性,倒并不像王逆揖唐所说,华北民间食粮本来不足,而必须要他们这辈汉奸,来施行什么"物价对策",解决民间食粮问题。主要原因,是由于几年来敌寇的破坏和掠夺,已经使敌占区民穷财尽,户无余粮。加以今年敌占区普遍灾荒,造成敌伪统治的严重危机。正是因为这样,所以直接影响到敌人长期侵略战争的支持,和他那几百万杀人部队的必需的补给。而敌人为欲达到其所谓华北"兵站"的目的，不能不拼命掠夺中国人的粮食。我们华北一切中国人的粮食，都是我们华北一切中国人的衣食之所需。我们绝不应让敌人抢夺去，哺养那些杀人放火奸淫掳掠的魔鬼，延长法西斯野兽的寿命。为了充实我们的抗战军实，增强我们的抗战力量，特别是为了使得华北人民处处都有饭吃，更必须将我们中国人的粮食保持在抗日政府和我们中国人民自己的手中。

敌人对于掠夺华北粮食，已订了一个庞大的计划，这就是王逆揖唐所秘密颁布的征粮二千万石的方案。为了完成这一吃人的目的，敌人采取了多种多样的阴谋和手段。我们从这几天报上，几乎每天都可看到这类消息。在敌占城市和粮食集市上，敌人是以所谓"低物价政策"，乘此秋谷登场时候，贬低粮价，以不值钱的鬼票来大量的吸收和屯积；在敌占的腹心区，是利用官仓和公场，实行公场打粮，集体灌仓，要老百姓把粮食送入他的仓库中去；在接敌区，"维持"村是实行先逼灌仓，不交就抢；在已经打断了"维持"的地区，则进行军事上的奔□突袭，饱掠以去；对我根据地则利用大小"扫荡"，利用灾民，组织和进行对我们的秋收破坏和掠夺。最近，冀南、冀鲁豫、晋察冀的"扫荡"，无不以抢粮作为其"扫荡"作战的重要任务之一。敌人已集中他全部力量，来执行他的抢粮阴谋。

针对敌人阴谋，首先在政治攻势中，我们要深入敌后，号召敌占区接敌区人民，坚决反对灌仓，反对抢粮。如果我们给敌人灌仓，自己就没有吃的，这样，即使不被敌人杀死，也会活活饿死。而反对灌仓和□□□粮的最好方法，就是自动的或依靠抗日政府和军队的帮助，推行隐蔽的或是公开的武装斗争。以神出鬼没的袭击，围困敌人于据点之内，使其不能恣意抢劫，并镇压汉奸，割掉其抢粮的耳目。能够做到这样，那么，自然就可减少我们中国人粮食的损失。至于那些对敌"维持"的村庄，我们就正可在反对把"粮食送给敌人"的口号下，要他们赶紧取消"维持会"，□回祖国的怀抱。在已经取消"维持"，而又遭受敌人威胁的村庄，则要发动和组织大家实行民兵联防，加强情报，在武装掩护下，实行抢收，并迅速藏好。在这一反对敌人抢粮的斗争中，同时，还必须与争取伪军伪组织工作联系。今天我们要告诉伪军伪组织人员："帮助敌人抢粮，就是罪大恶极的汉奸行为"，"中国人不抢中国人的粮"，"中国人不能害中国人"。伪军伪组织同胞，如果真正"身在曹营心在汉"的话，就应尽可能的使用一切方法，帮助人民减轻对敌人的负担和痛苦，而保护自己父老兄弟的粮食，这却是每个中国人应尽的义务。只要我们工作做得好，这种要求是完全可以达到的。

至于根据地本身，我们已经一再提出，"快收、快打、快藏"，但是至今，某些地区依然不把当做回事，甚至把收下的谷堆在□上，好几天不加收拾。对此，我们已经不愿多所欲言，只是提醒大家，战争的到来往往是□然的。根据各方面的情报，敌人对我区的突袭和进攻已经表现了各种象征，要是这时不及早打算，在遭受损失时，就要后悔无及。

"保护我们的粮食"，这是全边区人民的共同责任。无论政府或军队，都应站在最前线去援助人民。军队要以武装活动打击敌人的抢粮；政府要想尽一切方法，替人民谋取各式各样保护粮食的办法，解决他们的困难和要求；在敌后活动的武装工作队，同样必须协助人民反对敌人抢粮，并当作当前的重要课题。这里对于某些人对敌占区、接敌区人民粮食斗争，保持熟视无睹，漠不关心的错误态度，应该给以及时的批评和纠正。因为，敌占区、接敌区人民的苦难，同样是中国同胞全体的苦难。倘若我们不能支援他们的斗争□达胜利，将来，同样的苦痛将会增加到我们每一个人的身上。

（原载一九四二年十月二十一日《新华日报》华北版第一版社论）

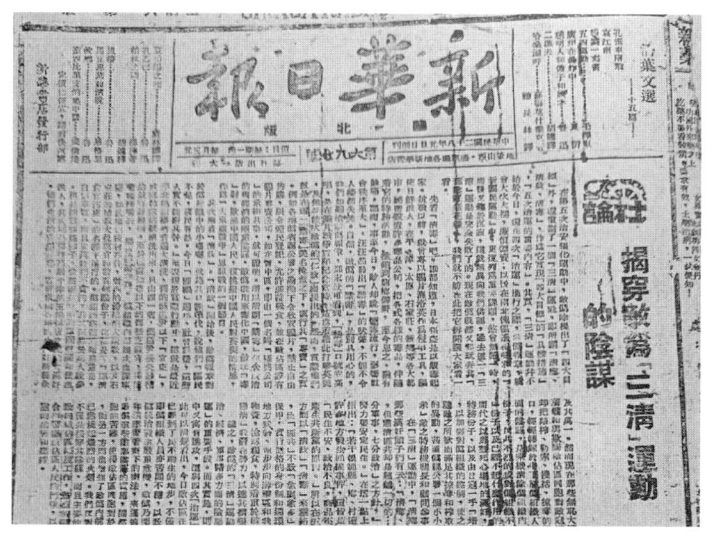

揭穿敌伪"三清"运动的阴谋

在第五次治安强化运动中,敌伪除提出了"四大目标"外,还策划了一个"三清"运动,即所谓"清乡、清政、清毒",作为它实现"四大目标"的"具体措施","五次治运的重要内容"。其实,"三清"运动并不始于今日,还在四次"治运"进行之际,敌伪报章就曾大吹大擂,廉价□卖。以后在南北傀儡遥相□和的"新国民运动"中,更复列为重要课题,煞曾热闹一时,而后又趋于沉寂。这就无异向我们供认,过去这一"三清"运动是完全失败了的。现在敌伪既然又要玩弄其"旧阴谋新花样",我们就不妨在此把它拆开让大家看一看。

先看"清毒"吧。谁都知道,日本强盗是以贩毒起家。

抗战以前，就曾专以鸦片海洛英作为侵华工具，驱使日鲜浪人，在平、津、太原、石家庄，新乡等各大都市，秘密设置许多毒品公司，把各式各样的毒品，伴随着它的特务活动，推销到穷乡僻野。至今思之，犹有余痛。然而，事至今日，敌人却说"烟毒流行，影响社会秩序至大"，汪汪然发出"禁毒"的吠声，不能不令人哑然失笑。自然，敌伪的"禁毒"，是别具用心的。我们如翻检敌伪报章，那末就可看到，"禁毒"口号的高唱，是在鸦片战争百年纪念当时，是为着借此打击英美，及无□鼓吹敌伪的"仁政"而提出的。然而，实际他们就是在这一"禁毒"美名掩盖之下，厉行其"专卖"之实。例如各地伪省县公署之纷纷下令收买鸦片，禁止自由售购，限令烟民登记，允许凭证吸食，并在敌占区设有鸦片专卖公司，如在晋中区，即由一个名叫"福兴公司"的承办其事，就可证明。所以所谓"禁毒"包含政治的与经济的两重阴谋。敌伪既用来毒化中国，敛□"毒"财，欺愚中国人民，复挑拨中国人民对英美的情感，作为"大东亚战争"思想战的一个节目。

其次来看"清政"。"清政"开始后，敌伪报章对于伪组织中的小喽啰，就施其口诛笔伐，说他们"福民不足，扰民有余，今日'匪祸'遍地，社会动荡，这些人实不能辞其咎。"至表现于实际行动中，这就是最近华北伪组织的普遍大清洗。旧的伪道尹以下"官吏"，成群结队的被清洗出来，只山西一省，伪道尹丢失纱帽的就有好几个，至于伪县知事以下的那些芝麻官，得能苟延残喘的，简直寥寥无几。伪组织内部几次血腥事变，如武乡的段村事件，晋西的汾阳的大屠杀，以及石家庄的捕杀大批伪官和数百知识份子，也□是在"肃清贪官污吏"的名义下进行的。伪组织内部的暗幕重重，自系事实，而且要汉奸们不贪污，其又何异于痴人说梦。但是细数强盗头子，当然还是日本的军阀财阀和法西浪人。其次则是那些高居平津的王逆揖唐之流的大汉奸。他们生活的荒淫无耻，实非散处各地的□奸所能企及其万一。然而现在那些无耻大汉奸与法西斯头子，为着缓和与欺骗敌占区同胞对敌寇汉奸不可遏止的仇恨,却把敲诈、勒索、搜括、掠夺的种种罪恶,假清政之借口,轻轻转嫁于中下层伪组织人员的身上了。其另一方面的阴谋,是乘机清除伪组织内部稍有民族天良的动摇份子,反共不烈的或对伪组织不够忠实的所谓"不称职"份子,以及已经不起什么作用的所谓"古老名望家",而代之以那些死心塌地的汉奸,或曾经受过奴化训练的特务份子,以及由日寇一手"培植"起来的"日本通",以加强对伪组织的控制,使之更加汉奸化与特务化,随敌之所欲而满足其掠夺和榨取。现在每次伪组织人员的异动,甚至伪县公署一个小小科员的任免,都得"请示"敌之特务机关长和顾问参事之类,是决非偶然的。

在"三清"运动中,"清乡"是敌人的一个主题。那些汉奸头子们有云:"清乡、清政、清毒为三位一体,但肃清匪共却是超越一切的……此次治运仍须以'三分军事,七分政治'之方针,一方肃清匪共,另一方则努力要安定民生。"在这一点上,敌伪还曾作了检讨,指出:"若干模范县、乡、村遭受'匪共'之袭击……许多地方发生通匪事件,这皆是四次治运的污点。"而"民生不安,政治不良,商品不足,天灾人祸等,都是产生共产党的原因。"所以在五次"治运"中,敌伪一方面以"清政""清毒"来笼络民心。作思想上的攻防,使"匪共"不致"愈剿愈多"。同时就在敌占区整顿保甲,实行严格的身份制和连环保,抽训壮丁,强化伪地方武装,并步步向游击区和我根据地"蚕食"跃进。封锁物资,抢劫粮食,特别着重于破坏我地方组织,所谓"肃清"我潜在势力,以达其扩张占领区的野心。

总之,敌伪的"三清"运动,包含思想、文化、政治、经济、军事诸多方面的险恶阴谋,为推行五次"治运"的重要手段。而其实施,则防御多于进攻,在防御中又寓有进攻,这与四次"治运"的提法略有不同。但从此可以清楚看出,今日敌占区在敌寇的疯狂掠夺之下,已经到了民不聊生的地步。不仅敌占区同胞忍无可忍,即伪组织人员亦苦闷不稳,以致社会秩序急剧动荡,敌伪统治发生严重危机。敌伪乃图以此种软硬兼施,怀柔和镇压双管齐下的办法,来逼迫敌占区人民就范。然而敌伪这些险恶阴谋的实施,固然一方面加深了敌占区同胞的苦难,使得敌占区同胞对于敌伪的仇恨更加剧烈化,而另一方面也增强了敌伪内部的矛盾,使得敌伪内部已燃烧起炽烈的火焰。我们反对敌伪的"三清"运动,不仅是揭穿其阴谋,而且主要的还要我们根据地军民一致向敌占区开展工作,热烈的开展政治攻势,密切的配合以响应敌占区人民的斗争,以减轻敌伪对于敌占区同胞的迫害和压榨。

(原载一九四二年十月二十四日《新华日报》华北版第一版社论)

党与党报

我们常说,报纸是集体宣传者和集体组织者。这句话已经背得很熟,但是仔细想一想,我们真正懂得了这句话的意思没有?我们各地党的组织和党报工作者真正照这句话去做了没有?如果仔细的一检查,就会知道我们多少还有些以背诵名言为满足,多少还有些言行不一致。

所谓集体宣传者,集体组织者,这个"集体"是个什么意思?报馆的同人也算一个"集体"。如果说这个"集体"就是指报馆同人而言,指几个在报馆里工作的人员而言,那末报纸就不成其为党报,而成为报馆几个人员的报纸。在这个报纸上,报馆同人可以自己依照自己的好恶兴趣来选择稿件,依照自己的意见来写社论专论,总而言之,一切依照报馆同人或工作人员个人办事，不必顾及党的意志，一切依照自己的高兴不高兴办，不必顾及党的影响。办报办到这样，那就一定党性不强，一定闹独立性出乱子。对于党的事业，不但无益，而且有害。

所以所谓集体宣传者，集体组织者，决不是指报馆同人那样的"集体"，而是指整个党的组织而言的集体。党经过报纸来宣传，经过报纸来组织广大人民进行各种活动。报纸是党的喉舌，是这一个巨大集体的喉舌。在党报工作的同志，是整个党的组织的"一部份"。一切要依照党的意志办事，一言一□一字一句都要顾到党的影响。报馆的同人应该知道自己是掌握党的新闻政策的人。自己在党报上写的每一句话，每一个字，选的消息和标的题目，直到排字和校对，都对全党负了责任。如果自己的工作发生了疏忽或错误，那不是仅仅有关于一个人或几个人的问题，而是有关于整个党的工作和影响的问题。

党报的每一个工作人员，必须时时警惕，看重自己的责任。党报不但要求忠实于党的总路线、总方向，而且要与党的领导机关的意志呼吸相关，息息相通；要与整个党的集体呼吸相关，息息相通。这是党报工作人员的责任，这是办好党报的必要条件之一，这是报馆工作人员一方面的事情。

但是要办好党报，要使党报成为集体宣传者与集体组织者，光有上述的一方面还是不够的，还要有另一个方面，还有另一个重要条件，这就是党必须动员全党来协助报纸的工作。如果不这样做，党报也同样不会成为真正的集体宣传者和集体组织者。

首先是党的领导机关要看重报纸，给报纸以宣传方针，而且对于每一个新的重要的问题，都要及时指导党报如何进行宣传。党的领导机关与党报的关系，也应当是很密切的，呼吸相关的，息息相通的。我们各地党的领导者对于自己的机关报，要非常关心，要如像毛泽东同志对于解放日报那样密切的注意领导和培养党的机关报。

我们的党是一个大的政党。党的工作是多方面的，党建立了□□机关，来掌握各方面的政策，进行各方面的工作，和组织各方面的工作。党的领导机关依靠了这许多机构，来领导和施行政治、军事、经济、文化、党务、社会各种政策。党的这些机关，既然对党负责研究和施行各种政策，就有完全的必要来利用党报宣传解释各种政策，推动工作和面向工作的进行。因此，同时也就有严重的责任，来向党报供给消息，供给文章，提供意见等等。党报的工作范围是很广泛的。党报的工作人员负责掌握党的新闻政策，但没有可能要求党报的工作人员像上述那些机关一样，精通每一个具体政策，精通每一件事情。党报的工作人员不仅应当尊重党的领导机关，而且应当尊重党的每一个工作部门的意见。党报工作人员对于党的每一个工作部门，对于各种实际工作中的同志，不可以自以为是做"无冕之王"，而应该去做"公仆"，应该要有恭谨勤劳的态度。同时党的一切工作部门，都有责任向党报充分地反映党的该部门的工作情形，利用报纸给该项工作以正确的指导，并且尊重报馆的要求与意见。不但党的上级机关因为党报是自己的机关报，有责任与报纸发生最密□的关系，供给党报以各种指导材料、文章和意见等，而且党的各级机关，各级组织，以至于每个党员都对党报负有责任。这种责任，就是不要对党报漠不关心，而要阅读党报，讨论党报上的重要文章、消息与谈话，推销党报，向党报通讯等等。党报是经过许多积极的党员来反映群众的生活和组织群众的行动的。

这样，党报才真正能成为党的喉舌，成为集体的宣传者与集体的组织者。

反之，如果不这样做，如果不动员全党来办报，其结果党报还是不能成为党的报纸，而会多多少少成为报馆同人的报纸。报纸办不好，乃是全党的损失。这种损失，不仅党报的工作人员要负责任，而且每个党员都要负责任的。所以西北中央局的"关于解放日报工作的决定"中，把参加党报的工作作为党性问题提出来，是完全正确的。西北中央局决定中说："对党报漠不关心的态度，乃是党性不好的一个具体表现；而经常看党报、帮助党报的发行及组织党报的通讯工作，则是每个党员所应当努力的责任。"

依照上述各点来检查我们的党报工作，我们可以看见需要改进的地方还是很多的。不论在党报工作人员方面或者在党的其他部份方面，都还有许多事情要做。我们对于"集体宣传者、集体组织者"这个有名定义的了解，多少还不够深刻。

究竟什么东西障碍着我们把报纸办得更好？除了上面所说的教条主义言行不一致的恶毒以外，还有手工业工作方式的落后习惯。

"报纸是影响人们的思想的最有力的工具。"因为它是天天出版，数量最多，读者最广的一种出版物，没有任何其他出版物可以与之比拟。我们的同志并非不知道这一点，但是手工业工作方式的落后习惯，使我们有些同志醉心于油印机，醉心于个人谈话方式，醉心于"办个独立刊物"。宁愿选择影响比较小的工具来传播他所要传播的东西，却不愿去使用"最有力的工具"。要把任何工作做好，就总有些话要对大家说的。时常说话，就总要用些什么工具。当然在没有报纸的时候，油印机也是好的，但我们已经建立了大规模的党报，这时候再去留恋落后的方式，就是不很聪明的事。客观上等于不想充分传播党的影响，不想把自己的工作做得更好些了。在有党报的地方，改正这种落后的习惯，积极使用报纸，是一个大问题，是改进工作的重要一环，这是我们全党都要注意的问题。

（原载一九四二年十月二十五日《新华日报》华北版第一版社论）